KJ CHARLES

Begegnung um Mitternacht

Zu diesem Buch:
England 1904: Vor zwei Jahren verlor Captain Archie Curtis seine Freunde und seine Zukunft bei einem schrecklichen Militärunfall. Allein gelassen, ohne Perspektive und voll innerem Zorn, ist Curtis fest entschlossen aufzudecken, ob er und seine Kameraden Opfer des Schicksals oder mutwilliger Sabotage waren. Curtis' Recherchen führen ihn zu einem abgelegenen Landhaus, wo er auf Daniel da Silva trifft, der ebenfalls zu Gast auf dem Anwesen ist. Dekadent, fremdländisch und ganz offensichtlich homosexuell, verkörpert dieser all das, was der geradlinige britische Offizier fürchtet und mit Argwohn betrachtet. Und doch fühlt er sich auf unerklärliche Weise von dem exotisch aussehenden Mann angezogen. Da Silva verbirgt hinter seiner kultivierten und schillernden Persönlichkeit weit mehr, als auf den ersten Blick erkennbar ist, und verfolgt während seines Aufenthalts ganz eigene Ziele. Und während die elegante Fassade der Hausgesellschaft zu bröckeln beginnt und Verrat, Erpressung und Mord ans Tageslicht kommen, stellt Curtis fest, dass er den cleveren, faszinierenden Daniel braucht wie keinen Mann zuvor …

Über die Autorin:
KJ Charles arbeitet als Autorin und Lektorin, betreibt einen Blog und liest leidenschaftlich gern. Sie lebt mit zwei Kindern und einer Katze in London. Weitere Informationen unter: http://kjcharleswriter.com/

KJ CHARLES

BEGEGNUNG UM MITTERNACHT

Roman

Ins Deutsche übertragen von
Ursula Prawitz

LYX
EGMONT

Die Originalausgabe erschien 2014 unter dem Titel
Think of England bei Samhain Publishing, Ltd.

Deutschsprachige Erstausgabe April 2016 bei LYX
verlegt durch EGMONT Verlagsgesellschaften mbH,
Gertrudenstraße 30–36, 50667 Köln

1. Auflage
Redaktion: Catherine Beck
Umschlaggestaltung: © Guter Punkt, München/www.guter-punkt.de
Umschlagmotiv: © Guter Punkt unter Verwendung
von Motiven von thinkstock
Satz: Greiner & Reichel, Köln
Printed in Germany (670421)
ISBN 978-3-7363-0221-1

www.egmont-lyx.de

MIX
Papier
FSC FSC® C083411

Für Natalie,
die einfach brillant ist.

1

Oktober 1904

Der Zug von London war Stunden unterwegs, eine ermüdende Fahrt für einen Mann, der zu angespannt war, um zu schlafen, und zu sehr in seine Gedanken vertieft, um zu lesen. Er wäre lieber mit dem Automobil gefahren, aber das war ihm jetzt unmöglich.

Am Bahnhof wartete ein Wagen auf ihn, das neueste Austin-Modell. Der uniformierte Chauffeur stand in militärischer Haltung daneben, machte dann aber gleich einen Satz, als Curtis auf ihn zukam, und überschlug sich fast, während sich dieser auf dem Beifahrersitz niederließ. Unermüdlich bot er ihm Decken zum Schutz vor der Kühle der abendlichen Herbstluft an, die er jedoch allesamt ablehnte.

»Sind Sie sicher, Sir? Lady Armstrong gab mir die Anweisung …«

»Ich bin doch kein Invalide.«

»Nein, Captain Curtis.« Der Chauffeur berührte salutierend seine Kappe.

»Und ich bin auch kein Offizier.«

»Ich bitte um Verzeihung, Sir.«

Es war eine lange Fahrt nach Peakholme. Sie mieden die Industriegebiete von Newcastle, obgleich er den dicken schwarzen Rauch vor dem dunkler werdenden Himmel gut ausmachen konnte. Erst ein paar Meilen zuvor hatten sie die Stadt hinter sich gelassen und fuhren jetzt übers offene Land. Aus

Ackerland wurde Buschwerk, das sich über die Ausläufer der Pennines erstreckte, und schließlich bogen sie auf eine ansonsten leere, kurvenreiche Straße an einem trostlosen und unbewachsenen Hügel ein.

»Ist es noch weit?«, fragte er.

»Wir sind fast da, Sir«, versicherte ihm der Chauffeur. »Sehen Sie das kleine Licht dort vorn?«

Curtis musste etwas blinzeln, konnte dann das Licht auf dem Hügel aber ausmachen und bald darauf auch eine dunklere Form, die sich darum herum abzeichnete. »Es ist doch etwas kahl hier für einen Landsitz«, bemerkte er.

»Ja, Sir. Sir Hubert sagt immer, jetzt mag es noch kahl aussehen, aber warten wir mal hundert Jahre ab.« Der Chauffeur gluckste loyal. Curtis schloss mit sich selbst eine Wette ab, wie oft Sir Hubert diese geistreiche Bemerkung während seines Aufenthalts wohl äußern würde.

Der Austin schnurrte durch die kleinen Pflanzungen, aus denen sich eines Tages in ferner Zukunft ein berauschender Wald um das Peakholme-Anwesen entwickeln würde. Endlich kamen sie vor dem großen neuen Haus zum Stehen, und hellgelbes Licht ergoss sich aus dem Eingang. Ein Dienstbote wartete an der Auffahrt, um die Autotür zu öffnen. Curtis biss sich vor Schmerzen auf die Lippen, als er das Knie streckte. Er schüttelte sein Bein ein paarmal aus, bevor er über den knirschenden Kies bis zur Steintreppe ging, wo ihm ein Dienstbote seinen Mantel abnehmen wollte.

»Mr Curtis!«, rief Lady Armstrong, während sie durch die hell erleuchtete Halle schritt, um ihn zu begrüßen. Ihr Kleid war ein Traum in Blau, der ihre nackten Schultern umspielte und ihr blondes Haar perfekt zur Geltung brachte. In London hätte sie umwerfend ausgesehen, ganz zu schweigen davon, wie sie in dieser abgelegenen Region wirkte.

»Wie wundervoll, dass Sie da sind. Hierher zu gelangen hat schon beinahe etwas von einer Pilgerfahrt, nicht wahr? Ich bin so froh, dass Sie kommen konnten.« Sie streckte ihm beide Hände entgegen, Ausdruck ihrer charakteristischen, charmant informellen Begrüßung.

Er reichte ihr seine linke Hand und hielt die rechte zurück, woraufhin er einen Anflug von Mitleid in ihrem Gesicht wahrnehmen konnte. »Vielen Dank, dass Sie zu unserer kleinen Gesellschaft stoßen. Hubert!«

»Hier, meine Liebe.« Sir Hubert war hinter ihr in den Gang getreten. Er war ein stämmiger, kahlköpfiger Mann, gut drei Jahrzehnte älter als seine Gattin, mit einem gütigen Blick, der in Widerspruch zu seinem professionellen Ruf stand. »Na sieh mal einer an, Archie Curtis.« Sie gaben sich so etwas wie einen Händedruck, wobei Sir Huberts Hand die von Curtis zwar umfing, aber kaum berührte. »Es ist mir ein großes Vergnügen, Sie zu sehen. Wie geht es Ihrem Onkel?«

»Er ist in Afrika, Sir.«

»Um Himmels willen, schon wieder? Er hatte schon immer Fernweh, dieser Henry. Schon in der Schule hat er alle Verbindungen abgebrochen, müssen Sie wissen. Ich würde mich freuen, den alten Kerl irgendwann einmal wiederzusehen und diesen Kameraden von der Marine, den er da hat. Ich schätze, die beiden ziehen noch immer gemeinsam durch die Gegend?«

»Wie gewöhnlich, Sir.«

Sir Henry Curtis hatte sich um das verwaiste Kind seines jüngsten Bruders kümmern müssen, als Archie gerade einmal zwei Monate alt gewesen war. Sir Henry und sein enger Freund und Nachbar Captain Good hatten den Jungen zusammen großgezogen und ihre Reisen in die entferntesten Winkel der Welt jahrelang eingeschränkt, damit sie jeden Sommer da sein konnten, wenn er aus der Schule kam. Er war mit der

Annahme aufgewachsen, dass eine ungezwungene, unkomplizierte Kameradschaft die natürlichste Sache der Welt war. Jetzt schien es ein verlorenes Paradies zu sein.

»Nun, ich denke, wir werden dafür sorgen, dass Sie sich hier wirklich wohlfühlen. Dann müssen Sie den beiden einfach einen Besuch bei uns ans Herz legen. Und wie geht es Ihnen, mein lieber Kamerad? Es tat mir sehr leid, von Ihrer Verletzung zu hören.«

Das war nicht nur so dahingesagt, denn Sir Huberts Augen drückten echtes Bedauern aus. »Das war eine schlimme Sache, ein schrecklicher Fehler. Es hätte Ihnen nicht passieren dürfen.«

Lady Armstrong fiel ihm mit einem perlenden Lachen ins Wort. »Mein Lieber, Mr Curtis hat eine schrecklich lange Reise hinter sich. Und wir essen in einer Stunde. Wesley wird Sie nach oben geleiten. Der Ostflur, Wesley«, sagte sie zu einem gut gebauten Dienstboten, der in der dunkelgrünen Livree des Peakholme-Anwesens gekleidet war.

Curtis folgte dem Mann über die breite Treppe nach oben, wobei er sich ein wenig über das Treppengeländer lehnte, um das Haus besser bewundern zu können. Sir Hubert, ein reicher Industrieller, hatte Peakholme nach seinen eigenen Vorgaben vor etwa fünfzehn Jahren bauen lassen. Zu dieser Zeit war es ein außergewöhnlich moderner Bau gewesen, ausgestattet mit den neuesten Annehmlichkeiten, mit fließendem Wasser in allen Badezimmern, beheizten Warmwasser-Heizkörpern und elektrischem Licht durch einen eigenen hydroelektrischen Generator. Solchen Luxus war man immer mehr von Londoner Hotels gewohnt, ihn aber in einem derartigen Ausmaß in einem Privathaushalt vorzufinden, weit weg von der Hauptstadt, war durchaus eine Überraschung.

Die langen Gänge, in die die elektrischen Lampen ihren hellgelben Schein warfen, zuverlässig und sauber, aber so viel greller als Gaslicht, wären ansonsten herkömmlich erschienen. Sir Huberts Sohn war dafür bekannt, dass er für sein Leben gern jagte, und das schien in der Familie zu liegen, denn die Durchgänge hingen voller Ölgemälde von Fuchsjagden und waren zugestellt mit ausgestopften Trophäen in dramatischen Posen, allesamt sicher verwahrt in Glasvitrinen. Eine Eule in gebückter Haltung, die Flügel heftig gekrümmt in dem Versuch, eine Maus zu fangen. Ein Habicht, der sich von einem Ast neigt, bereit zum Angriff. Ein Adler, ausgestattet mit Glasaugen. Curtis würde sie als Orientierungspunkte in einem Haus nutzen, das insgesamt gesehen nicht sehr überschaubar war.

»Das ist doch eine recht ungewöhnliche Anordnung«, bemerkte er gegenüber dem Dienstboten.

»Ja, Sir«, stimmte Wesley ihm zu. »Das Haus wurde so entworfen, dass es einen Servicekorridor hinter den Schlafzimmern gibt. Dort sind die elektrischen Kabel verlegt, und dort verläuft auch die Zentralheizung.« Er sprach diese technischen Begriffe mit sichtlichem Stolz aus. »Eine fabelhafte Sache. diese Elektrik. Ich weiß nicht, ob Sie mit der Bedienung vertraut sind, Sir?«, fragte er hoffnungsvoll und öffnete die Tür zu einem Raum am Ende des Korridors.

»Nein, zeigen Sie es mir bitte.« Curtis war ein praktischer Mann und recht vertraut mit der Elektrizität, aber diese Tour war für den Dienstboten offensichtlich der Höhepunkt des Tages. Also ließ er sich von Wesley die Wunder der Knöpfe erklären, die andere Dienstboten herbeiriefen, und Schalter, die für Licht sorgten oder einen Deckenventilator in Betrieb setzten. Angesichts der an diesem kalten Oktobertag vorherrschenden Kühle, und ganz zu schweigen von der Lage des Hauses im Norden Englands, bezweifelte er, dass er Letzteres benötigen würde.

An der Innenwand des Raums, gegenüber vom Bett, stand ein großer, goldgerahmter Spiegel. Curtis betrachtete sich darin, um zu prüfen, wie sehr ihm die Reise zugesetzt hatte, und fing dabei Wesleys Blick auf.

»Willkommen in Peakholme, Sir, wenn ich so frei sein darf.« Der Dienstbote schaute sein Spiegelbild an, ohne die Augen zu senken. »Wenn es irgendetwas gibt, das ich während Ihres Aufenthalts für Sie tun kann, läuten Sie bitte, Sir. Sie haben keinen Diener dabei, nehme ich an?«

»Nein.« Curtis wandte sich vom Spiegel ab.

»Darf ich Ihnen dann jetzt behilflich sein, Sir?«

»Nein. Vielen Dank! Bitte packen Sie später aus. Ansonsten werde ich nach Ihnen läuten, wenn ich etwas brauche.«

»Das hoffe ich, Sir.« Wesley nahm den Schilling, den Curtis ihm zusteckte, zwar entgegen, zögerte aber einen Moment. »Gibt es sonst noch etwas …?«

Curtis fragte sich, worauf der Mann wartete; das Trinkgeld war mehr als großzügig gewesen. »Das ist dann alles.«

»Ja, Mr Curtis.«

Wesley ging aus dem Zimmer, und Curtis ließ sich schwer auf das Bett sinken. Er wollte einen Moment lang in sich gehen, bevor er sich umziehen und für die Begegnung mit den anderen Gästen zurechtmachen musste.

Er wusste nicht, ob er das konnte. Was hatte er sich nur dabei gedacht hierherzukommen? Was glaubte er, damit erreichen zu können?

Früher hatten ihm Hausgesellschaften Vergnügen bereitet, zu Zeiten, in denen sie noch seltene Oasen der Unterhaltung und Entspannung zwischen militärischen Einsätzen darstellten. Seit seinem Rückzug aus dem Krieg vor eineinhalb Jahren hatte er drei besucht, wurde von all den Menschen bei Laune gehalten, die ihm immer wieder sagten, er müsse sich aus seinem Kokon befreien, wieder Anteil am gesellschaftlichen Leben nehmen, ein guter Kamerad sein. Jeder Besuch war noch öder gewesen als der letzte, war ihm noch sinnloser erschienen – eine Ausgeburt der Zügellosigkeit von Menschen, deren Leben hauptsächlich darin bestand, ihrem Vergnügen zu frönen.

Zumindest war er zu dieser Gesellschaft mit einer Art Mission im Gepäck gekommen, auch wenn ihm deren Ziel jetzt beinahe absurd erschien.

Er schob den schwarzen Lederhandschuh von seiner rechten Hand und bog Daumen und Zeigefinger. Das vernarbte Gewebe, das seine Knöchel dort bedeckte, wo einst seine restlichen Finger gewesen waren, spannte. Er rieb eine lindernde Salbe ein, zog dann den »Tarnhandschuh« wieder über das vernarbte Fleisch und begann sich zum Dinner umzukleiden.

Das war an sich keine wirklich große Sache, jedoch mühsam. Vielleicht hätte er den Dienstboten Wesley nicht so voreilig wegschicken sollen. Doch er hatte achtzehn Monate Zeit gehabt, den Umgang mit Manschettenknöpfen und Knöpfen mit weniger Fingern zu üben. Zwar brauchte er etwa dreimal so lange beim Ankleiden wie ein unversehrter Mann, aber so bewahrte er sich wenigstens seine Unabhängigkeit.

Er justierte seine weiße Piqué-Weste und die Kragenenden zu seiner Zufriedenheit. Ein wenig Pomade half dabei, die Wellen seines dichten blonden Haars zu bändigen, dann war er fertig.

Er betrachtete sich im Spiegel. Zwar war er wie ein Gentleman gekleidet – mit seinem Gebaren und seiner von der afrikanischen Sonne gebräunten Haut jedoch strahlte er noch immer die Aura eines Soldaten aus. Er sah nicht aus wie ein Spion, ein Spitzel, ein Lügner. Und leider fühlte er sich auch nicht wie einer.

Er war der Letzte, der in den Salon trat, und Lady Armstrong klatschte in die Hände, um die Aufmerksamkeit auf sich zu ziehen. »Meine Lieben, unser letzter Gast. Mr Archie Curtis. Sir Henry Curtis' Neffe, müssen Sie wissen, der Entdecker.«

Man hörte Gemurmel. Curtis lächelte und fand sich damit ab, war er doch sein Leben lang mit ähnlichen Vorstellungen seiner Person konfrontiert worden. Die abenteuerliche Afrikareise, die seinen Onkel vor gut fünfundzwanzig Jahren reich gemacht hatte, faszinierte die Öffentlichkeit noch immer.

»Und jetzt muss ich Sie mit allen bekannt machen«, fuhr Lady Armstrong fort. »Miss Carruth und Miss Merton.«

Miss Carruth war eine hübsche, lebhafte junge Frau Anfang zwanzig, schick gekleidet und mit einem Funkeln in ihren rostbraunen Augen. Miss Merton, die ihre Begleiterin zu sein schien, war ein paar Jahre älter, etwas einfacher zurechtgemacht und mit wachsamem Blick, aber sie murmelte die korrekten Höflichkeitsfloskeln.

»Mr Keston Grayling und Mrs Grayling aus Hull.« *Emporkömmlinge aus der Provinz,* dachte Curtis, als das Paar grüßend lächelte. Mr Grayling sah etwas töricht aus, er trug teure Kleidung, aber ohne Schliff, und hatte den Ansatz eines Doppelkinns. Mrs Grayling trug ein Gewand, das für Curtis' Geschmack zu eng saß und zu viel Einblick gewährte. Er fragte sich, ob sie die Art von Dame war, die einem kleinen Landhausabenteuer der konventionellen Art nicht abgeneigt war.

»Mein Bruder John Lambdon und Mrs Lambdon.«

Bei diesem Paar war es der Mann, der den Eindruck erweckte, als würde er zwischen verschiedenen Schlafzimmern wandeln. Lambdon hatte das auffallend gute Aussehen seiner Schwester und war gut gebaut, wenn auch nicht so breit wie Curtis. Neben ihm war Mrs Lambdon eine blasse Erscheinung mit glattem Haar, schlaffem Händedruck und der Aura einer professionellen Kopfschmerzpatientin.

»Huberts Sohn James.«

Curtis wusste, dass dieser Sir Huberts erster Ehe entstammte. Der Mann war wohl Ende zwanzig, höchstens fünf Jahre jünger als die aktuelle Lady Armstrong. Er hatte einen fröhlichen Blick und ein breites, offenes Gesicht, das von Aktivitäten im Freien verwittert war und keine auffälligen Anzeichen von Intelligenz aufwies.

»Curtis, schön, Sie kennenzulernen.« James Armstrong streckte ihm die Hand entgegen.

Curtis streckte ebenfalls die rechte Hand aus und zuckte zusammen, als der junge Mann sie packte. Sein Griff quetschte das vernarbte Gewebe.

»Darling, ich habe es dir doch gesagt«, rief Lady Armstrong mit scharfer Stimme.

»Oh, es tut mir so leid, Mutter.« Armstrong schenkte ihr ein entschuldigendes Lächeln, das er anschließend auch an Curtis weitergab. »Daran habe ich überhaupt nicht mehr gedacht.«

»Mr Peter Holt. James' lieber Freund«, fuhr Lady Armstrong fort. Der Mann, auf den sie zeigte, war eine stattliche Erscheinung. Er war von Curtis' Größe und Statur, knapp einen Meter neunzig mit kräftigen Schultern, einer Nase, die wohl mindestens schon ein Mal gebrochen war, und der Ausstrahlung eines Faustkämpfers. Seine wachen grünbraunen Augen ließen auf ebenso viel Intelligenz wie Stärke schließen, und sein Handgriff war bestimmt, ohne qualvollen Druck auszuüben. Ein Mann, der es verstand, seine Muskeln zu gebrauchen.

Beeindruckend, dachte Curtis und runzelte die Stirn bei dem Versuch, sich zu erinnern. »Waren Sie nicht in Oxford?«

Holt lächelte und freute sich sichtlich, dass er ihn erkannt hatte. »Keble. Ein paar Jahre unter Ihnen.«

»Mr Holt war ebenfalls Mitglied im Boxteam«, warf Lady Armstrong ein.

»Natürlich. Ich werde Sie in … Fenton's gesehen haben?«

»An der Broad Street, genau. Ich war aber nicht in Ihrer Liga«, erklärte Holt mit fröhlicher Offenheit. »Es war bei Ihrem Kampf mit Gilliam. Grandioses Match.«

Curtis grinste, als er sich erinnerte. »Härtester Kampf meines Lebens.«

»Sie beide können sich übers Boxen unterhalten, solange Sie wollen, wenn ich mit meiner Vorstellungsrunde fertig bin«, rügte Lady Armstrong amüsiert.

»Mr Curtis, das hier ist Mr da Silva.«

Curtis musterte den Gentleman und entschied sofort, dass er selten einen unsympathischeren Mann gesehen hatte.

Er war etwa in Curtis' Alter und nur ein paar Zentimeter kleiner, hatte aber nicht mal annähernd dessen körperliche Masse. Eine gertenschlanke Erscheinung, sehr dunkel und mit glattem, glänzend schwarzem Haar, das bis in die letzte Faser mit Brillantine bearbeitet war. Seine Augen waren so dunkel, dass man Pupille und Iris kaum voneinander unterscheiden konnte. Zu seinem weißen Hemd trug er einen olivfarbenen Teint. Er war ganz offensichtlich irgendein Ausländer.

Ein Ausländer und Dandy, denn obgleich sein Hemd makellos war und der Frack und die spitz zulaufenden Hosen perfekt geschnitten waren, trug er einen riesigen grünen Glasring und, wie Curtis mit aufkommendem Entsetzen wahrnahm, eine hellgrüne Blume im Knopfloch.

Da Silva trat ein paar Schritte auf ihn zu und ließ Curtis ausreichend Zeit, um zu bemerken, dass er einen sehr geschmeidigen Gang hatte. Er hielt ihm eine Hand hin, die derart schlaff war, dass er mit sich kämpfen musste, sie nicht wie ein totes Tier fallen zu lassen.

»Entzückt«, flötete da Silva affektiert. Zu Curtis' Überraschung klang sein Akzent wie der eines echten Engländers. »Ein Militärkavalier und Boxer, wie reizend. Ich verbringe gern Zeit mit unseren tapferen Jungs.« Er schenkte Curtis ein schiefes Lächeln und wandte sich wieder ab, dabei nahm er mit geschmeidigem Hüftschwung Lady Armstrong in den Schlepptau, während sich die Gesellschaft in kleine Gruppen aufteilte.

»Tja. Wer ist denn dieser Kerl?«, fragte Curtis leise.

»Ein grässlicher Kanake«, erwiderte James nicht leise. »Es ist mir schleierhaft, wieso Sophie diesen Mann toleriert.«

»Oh, er ist schrecklich amüsant und so clever.« Die hübsche Miss Carruth lächelte Curtis an. »Ich bin Fenella Carruth, falls Sie sich nicht an alle Namen erinnern können. Woher kennen Sie die Armstrongs? Über Ihren Onkel? Es klingt, als wäre er ein wundervoller Mann.«

Bis sie zum Abendessen gerufen wurden, plauderten sie ein wenig über seinen Onkel und über Miss Carruths Vater, einen Industriellen, der die Telefonanlage in Peakholme entwickelt hatte. Curtis fand sich am Tisch zwischen Miss Carruth und der trostlosen Mrs Lambdon wieder, wobei Holt, sein Kommilitone aus Oxford, auf Miss Carruths anderer Seite saß. Die junge Frau glänzte mit geistreicher Schlagfertigkeit, kühn, ohne jedoch jemals die Grenzen zu übertreten, und Holt parierte mit ein paar schneidigen, koketten Kommentaren. Er hielt mit seinem Interesse an Miss Carruth nicht hinterm Berg; ihre Antworten waren ausreichend schmeichelhaft, bezogen jedoch immer auch geschickt Curtis und James Armstrong, der ihnen gegenübersaß, mit ins Gespräch ein, damit sie ebenfalls um ihre Aufmerksamkeit buhlen konnten. Sie schien es zu genießen, aus ihren Verehrern wählen zu können.

Curtis konnte sich nicht dazu durchringen mitzuspielen. Er konnte sich vorstellen, wie sein Onkel Maurice angesichts seines Mangels an Enthusiasmus verzweifelt aufstöhnte. Miss Carruth war eine hübsche, angenehme und wohlhabende junge Frau, genau die Sorte, nach der er Ausschau halten sollte, jetzt, da er keinen Grund mehr hatte, sich nicht niederzulassen. Aber er verspürte nicht den Wunsch, die anderen beiden Männer auszustechen, und hätte es auch nicht gekonnt, selbst wenn er gewollt hätte. Flirten und derartige Wortgeplänkel waren noch nie seine Stärke gewesen. Es war ihm ein Rätsel, wie Menschen mit solch schnellen, cleveren Bemerkungen und scharfen Erwiderungen aufwarten konnten. Er schaffte es, ein paar angemessene Antworten zu formulieren, um den Schein zu wahren, aber seine Konzentration war eher auf die ermüdenden Anstrengungen gerichtet, das Besteck mit seiner verletzten Hand zu dirigieren. Und darauf, die Anwesenden zu beobachten.

Es schien sich um eine übliche Landhausszenerie zu handeln. Die Graylings und Lambdons sahen aus wie unscheinbare Paare; die beiden alleinstehenden Damen waren ausgesprochen sympathisch. James Armstrong und Peter Holt waren typische junge Lebemänner, wobei James mehr Geld hatte und Holt mehr Hirn. Da Silva stach aus der Gesellschaft hervor. Er gehörte mehr zu der »Bloomsbury«-Sorte, die in der Gesellschaft wie Pilze aus dem Boden schossen – verweichlicht, künstlerisch, beunruhigend modern für eine solide viktorianische Seele, wie Curtis eine war. Es war jedoch recht offensichtlich, weshalb Lady Armstrong diesen Kerl eingeladen hatte. Er hatte eine erstaunlich flinke Zunge, und seine geistreichen, bissigen Bemerkungen brachten die ganze Gesellschaft während des Mahls mehrfach zum Lachen. Deswegen mochte ihn Curtis zwar nicht mehr – drei Jahre hatte er in Oxford damit verbracht, diese giftigen, dekadenten Typen mit ihrem bösartigen und wissenden Lächeln zu meiden –, aber er musste doch zugeben, dass dieser Geselle recht amüsant war.

Nur Holts Kichern schien etwas oberflächlich zu sein. Vielleicht war er besorgt, da Silva würde seine eigene Konversation vor Miss Carruth in den Schatten stellen. Doch Curtis hatte nicht den Eindruck, dass er sich Sorgen um einen Rivalen machen müsste.

Keiner der Anwesenden war in Sir Huberts Alter: Seine Gattin füllte das Haus mit Gästen ihrer eigenen Generation. Vielleicht fühlte sich ihr Mann dadurch etwas jünger. Es war schwierig zu sagen, da er nur wenig zur Unterhaltung beitrug, aber er strahlte seine Gäste hinreichend an, und die Konversation verlief problemlos, bis die Damen den Tisch verließen und ihr Gastgeber nach dem Portwein verlangte.

»Nun, Curtis«, sagte Grayling, als er den Dekanter weitergab. »Sehe ich das richtig, Sie waren im Krieg?«

»Das stimmt.«

»Verletzt?« Lambdon deutete auf seine Hand.

Curtis nickte. »Bei Jacobsdal.«

»Was war das, eine Schlacht?«, fragte Grayling. Der Wein hatte ihm etwas zugesetzt, und er versuchte, diese Tatsache zu verbergen, indem er vermeintlich intelligente Fragen stellte.

»Nein. Keine Schlacht.« Curtis goss sich ein Glas Portwein ein. Er packte dazu den Hals des Dekanters mit Daumen und Zeigefinger und stützte das Gewicht des Gefäßes mit der linken Hand ab.

»Nein, stimmt ja, das war diese Sache mit der Sabotage, nicht wahr?«

»Das wurde nie bewiesen.« Mit seinem Tonfall wollte Sir Hubert die Richtung, die diese Unterhaltung nahm, im Keim ersticken.

Curtis überging den Hinweis. Er verabscheute es, über dieses Thema zu reden, verabscheute es, darüber nachzudenken, aber schließlich war er genau deswegen überhaupt gekommen.

Und wer wusste schon, ob sich eine weitere Gelegenheit ergab, wo doch Sir Hubert offensichtlich überhaupt nicht willens war, diese Angelegenheit zu diskutieren. »Meine Kompanie war in Jacobsdal und wartete auf Verstärkung, als eine Sendung Material ankam. Sehnlichst erwartet.«

»Die Versorgung im Krieg war schrecklich«, sagte Lambdon mit der Kompetenz eines Mannes, der regelmäßig Zeitung las.

»Wir hofften auf Stiefel, bekamen aber ein paar Kisten Schusswaffen. Eine ganz neue Art. Ein Lafayette-Fabrikat. Natürlich konnten wir die ebenfalls gut brauchen. Wir hatten ein paar Tage verfügbar und jede Menge Munition geliefert bekommen, also dachten wir, wir sollten uns am besten an sie gewöhnen. Wir teilten sie unter uns auf und verteilten uns, um sie auszuprobieren.«

Hier hielt er inne und nahm einen Schluck Portwein, um die plötzlich aufkommende Beklemmung in seiner Kehle zu verbergen. Selbst jetzt, nach all den Monaten, hatte er den Geruch noch immer in der Nase. Den Duft der heißen, trockenen Erde Afrikas, und dann den Geruch von Kordit und von Blut.

»Und die Gewehre waren fehlerhaft.« Sir Hubert wollte eindeutig mit dieser Geschichte abschließen.

»Viel schlimmer, Sir. Sie explodierten in unseren Händen. Explodierten überall auf dem Feld.« Curtis hob seine rechte, behandschuhte Hand leicht an. »Ich verlor drei Finger, als das Lager meines Revolvers hochging. Der Mann neben mir …« Leutnant Fisher, dieser warmherzige, lebensfrohe rothaarige Schotte, der zwei Jahre lang sein Zeltgenosse gewesen war, war auf die Knie gefallen, den Mund aufgerissen vor Erstaunen, während das Blut aus seinem zertrümmerten Handgelenk schoss. Wie er dort auf dem Feld starb, während Curtis die blutüberströmten Reste seiner eigenen Hand nach einer Berührung ausstreckte, die niemals mehr stattfinden konnte.

Darüber konnte er einfach nicht reden. »Es war eine verfluchte Sache. Meine Kompanie verlor in zwei Minuten Schussübungen mehr Männer als in den sechs Monaten Krieg zuvor.« Sieben Tote auf dem Feld, sechs weitere im Feldlazarett, zwei Selbstmorde etwas später. Drei Männer erblindet. Verstümmelungen und Amputationen. »Die gesamte Gewehrkiste war tödlich.«

»*Unzweckmäßig* tödlich«, murmelte da Silva.

Lambdon fragte: »Konnte der Firma Lafayette jemals etwas nachgewiesen werden, Hubert?«

»Die Nachforschungen verliefen ergebnislos.« Sir Huberts Gesicht war während Curtis' Ausführungen sehr ernst gewesen, er lauschte der Geschichte mit Abscheu, aber auch nicht mehr. »Der Fertigungsprozess war natürlich fehlerhaft, und die Wände der Patronenlager waren katastrophal schwach, aber niemand hielt es für etwas anderes als einen Unfall. *Ich* hielt es niemals für etwas anderes. Lafayette war versessen auf Einsparungen, alle in der Branche wussten das. Er fand immer Wege, um noch einen Extrapenny aus einem Pfund zu quetschen. Er hat wohl dieses Mal einfach zu viel gewollt.«

James Armstrong setzte einen wissenden Blick auf. »Aber du mochtest seine Politik nicht, nicht wahr, Vater? Ich dachte, du sagtest, er unterstützte den Krieg nicht.«

Sir Hubert sah seinen Sohn stirnrunzelnd an. »Nichts wurde je bewiesen, und jetzt ist der Mann tot.«

»Tot? Was ist passiert?«, fragte Grayling.

»Man fand ihn vor ein paar Wochen in der Themse treibend«, sagte Sir Hubert schwermütig. »Er muss ausgerutscht und hineingefallen sein.«

James machte ein skeptisches Geräusch. »Wir alle wissen, was das bedeutet. Schuld, wenn Sie mich fragen.«

Mit gerunzelter Stirn schloss Sir Hubert das Thema ab.

»Genug davon. John, waren Sie zum letzten Rennen in Goodwood?«

Lambdons Antwort verlagerte die Konversation auf das Thema Sport, und die meisten Anwesenden tauschten schon bald Bemerkungen über ihre bevorzugten Aktivitäten aus. Curtis und Holt hatten ein paar gemeinsame Boxbekanntschaften, und das Plaudern über Vertrautes entspannte ihn, vertrieb für einen Augenblick die schlimmen Erinnerungen. Die anderen diskutierten über Schießen und Kricket. Da Silva beteiligte sich nicht an der Konversation, sondern saß mit einem matten, abwesenden Lächeln da, das höfliche Langeweile ausstrahlte, und nippte an dem exzellenten Portwein mit der Aura eines Mannes, der eher für ein Glas Absinth zu haben gewesen wäre.

Welch ein verflixter Schönling, dachte Curtis.

Es war ein vollkommen normaler geselliger Abend gewesen, aber keinesfalls ein fruchtbares Erlebnis. Während er die Knöpfe aus seinem Kragen fummelte, musste Curtis seinem Spiegelbild eingestehen, dass er keine Idee hatte, wie er das ändern konnte.

2

Der nächste Morgen brachte einen hellblauen Oktoberhimmel, die Sonne ergoss sich warm über die umgebenden Hügel und Gipfel, und Lady Armstrong hatte reichlich Pläne für ihre Gäste.

»Eine Wanderung über die Hügel, gefolgt von einem Picknick, meine Lieben.« Sie klatschte in die Hände. »Also, machen wir uns bereit. Wir haben ausreichend Wanderausrüstung in allen möglichen Größen.« Sie überredete einen Gast nach dem anderen, bis sie schließlich auf zwei massive Hindernisse stieß.

Curtis war das erste. »Das klingt hinreißend, aber ich muss leider passen. In Jacobsdal habe ich mir eine Kugel im Knie eingefangen.« Ein verirrter Schuss eines in Panik geratenen Kollegen, der in dem Moment durch sein Bein ging, als er seine ruinierte Hand anstarrte. »Es ist inzwischen schon viel besser geworden, aber raues Terrain hat es in sich, und Zugfahrten machen ihm zu schaffen. Ich sollte es heute lieber schonen, wenn ich für den Rest der Woche beweglich sein will.«

»Oh, wir könnten den Wagen anfordern – oder ein Pferd?«

»Machen Sie sich keine Mühe. Ich habe wirklich reichlich Lesestoff dabei.« Curtis sprach so nachdrücklich, wie er konnte, in der Hoffnung, sie würde nicht widersprechen.

»Ich werde Mr Curtis Gesellschaft leisten«, hörte er eine samtige Stimme hinter seinem Rücken sagen.

Curtis verkniff sich eine Grimasse.

Stirnrunzelnd meinte Lady Armstrong: »Also wirklich, Mr da Silva, Sie brauchen etwas frische Luft und Bewegung.«

»Meine liebe Dame, meine Konstitution würde so einen Ausflug wohl kaum überleben. Diese Landluft auch nur zu *inhalieren* ist schon beinahe mehr, als ich ertragen kann. All diese gesunde Frische ist so schlecht für die Seele.« Da Silva schauderte dramatisch.

Miss Carruth kicherte.

»Nein, ich werde mich meiner Arbeit widmen. Ich muss mich plagen.«

»Womit?« Curtis konnte die Frage nicht unterdrücken.

»Den poetischen Künsten.« Da Silva glänzte an diesem Morgen in einem grünen Samtjackett.

Curtis kam nicht umhin zu bemerken, dass er zudem Hosen trug, die viel zu eng geschnitten waren, als dass man sie noch hätte anständig nennen können. Der Stoff umspannte fest und etwas zu offensichtlich eine zugegebenermaßen wohlgerundete Form. Gütiger Gott, aber der Geschmack dieses Kerls könnte himmelschreiender nicht sein!

»Poetische Künste?«, wiederholte er und sah Holts seltsam verzweifeltes Kopfschütteln.

»Ich habe die Ehre, Edward Levys neuesten Band zu bearbeiten.« Da Silva schwieg einladend, aber Curtis sah ihn nur ausdruckslos an. Da Silva verdrehte die dunklen Augen gen Himmel. »Der Fragmentalist. Der *Poet*. Sie sind wohl nicht vertraut mit …? Natürlich nicht. Nun ja, ein Genie bleibt oft unerkannt. Und Sie ziehen Ihre intellektuelle Nahrung womöglich lieber aus Mr Kiplings Balladen eines Winkelschreibers, was vielleicht mehr den Geschmack eines Mannes der Tat trifft. Sie *reimen sich so schön*, höre ich oft.«

Er winkte Lady Armstrong grazil zu und schwebte davon, wobei er Curtis mit offenem Mund stehen ließ.

»Von allen …« Er hielt inne.

»Mistigen Kanakenschwuchteln«, beendete James Armstrong den Satz für ihn und ließ es vollkommen an guten Manieren fehlen. »Ich verbitte mir diesen Mann. Ganz ehrlich, Sophie, warum musstest du ihn einladen …«

»Er ist selbst ein Poet«, sagte Lady Armstrong. »Furchtbar schlau. Und so modern.«

»Und er sieht auch noch schrecklich gut aus«, warf Fenella Carruth mit einem sittsamen Blick auf ihre Begleiterin ein. »Findest du nicht auch, Pat?«

»Es kommt nicht nur auf das Äußere an«, erklärte Miss Merton mit Nachdruck. »Bei Weitem zu schrill, wenn du mich fragst.«

Die Ausflugsgesellschaft machte sich gestärkt durch ein ausgiebiges Frühstück auf den Weg und überließ Curtis und da Silva das Haus. Da Silva gab seine Absicht bekannt, sich in der Bibliothek niederzulassen, um mit seiner Muse Zwiesprache zu halten. Curtis, dem die Muse leidtat, sagte, er würde es vorziehen, das Haus zu erkunden und sich mit seinen Eigenschaften bekannt zu machen.

Er hatte tatsächlich vor, sich auf Entdeckungstour zu begeben, aber sein Ziel waren nicht die modernen Annehmlichkeiten.

Sir Huberts Arbeitszimmertür stand offen. Curtis glitt hinein und drehte den Schlüssel im Schloss, um sich selbst einzuschließen. Sein Herz klopfte, und sein Mund war trocken.

Das war nicht seine Berufung. Er war kein Spion, um Himmels willen, er war Soldat. Oder vielmehr war er Soldat gewesen, bis die Schusswaffen in Jacobsdal dem ein Ende gemacht hatten.

Er begann den Schreibtisch zu durchsuchen und wollte beinahe schon aufgeben, als er sah, was darauflag: eine silbergerahmte Fotografie eines lächelnden jungen Mannes in der

Uniform eines britischen Leutnants. Er erkannte die Gesichtszüge aus dem Ölgemälde, das in Lebensgröße im Salon neben dem atemberaubenden Porträt der aktuellen Lady Armstrong von John Singer Sargent hing. Sir Huberts älterer Sohn Martin war auf dem trockenen Boden des Sudan gestorben.

Sicher hätte ein Mann, der seinen eigenen Sohn im Krieg verloren hatte, britische Soldaten nicht verraten können. Ganz sicher.

Ein weiteres Gemälde des toten Mannes hing gegenüber von Sir Huberts Schreibtisch und starrte mit bedächtigem Lächeln auf Curtis herab. Es befand sich zwischen einem einfachen Aquarell einer Dame, die Armstrongs erste Frau sein musste, wie Curtis vermutete, und einer Pastellzeichnung von Sophie, Lady Armstrong. Anscheinend gab es kein Bild von James.

Er zwang sich zum Weitermachen. Die Schreibtischschubladen waren verriegelt, nicht aber der Aktenschrank, und so blätterte er mit der linken Hand durch Akten und Ordner und fragte sich, was er da eigentlich tat.

Sir Hubert hatte sich durch den Zusammenbruch der Lafayette-Waffengeschäfte nach dem Vorfall in Jacobsdal zwar durchaus bereichern können, aber das musste noch nichts bedeuten. Schließlich war er ein Waffenfabrikant, und da war ein Krieg im Gange gewesen; irgendwer musste das Geschäft machen. Und natürlich hatte Mr Lafayette die Schuld auf die Schicht seiner Fabrik schieben wollen, um das Gewicht der Toten von Jacobsdal von seinen eigenen Schultern zu nehmen. Er hatte in Sir Henry Curtis' Salon gestanden, unrasiert, dünn und verzweifelt, und hatte getobt und von Sabotage und Komplott, von Verrat und Mord geredet, und sein Körper wurde keine zwei Wochen später aus der Themse gefischt. Er hatte nichts gesagt, das nicht auch auf Schuld und Irrsinn zurückzuführen wäre.

Aber wenn auch nur die kleinste Chance bestand, dass Lafayette die Wahrheit gesagt hatte, konnte Curtis das nicht ignorieren. Er musste es tun, auch wenn er nicht genau wusste, wonach er eigentlich suchte. Also blätterte er peinlich berührt und mit hochrotem Kopf durch die privaten Unterlagen seines Gastgebers.

Er blieb, solange er es wagte, in diesem Zimmer, lauschte auf Geräusche auf dem Gang oder sich nähernde Dienstboten und fühlte enorme Erleichterung, als er auf dem Boden des Schranks ankam. Er hatte nichts Ungewöhnliches entdecken können, nur Rechnungen und Briefe, eben das alltägliche Geschäft eines wohlhabenden Mannes.

Er durchsuchte das Büro nach Schlüsseln für den Schreibtisch, wurde aber nicht fündig. Sir Hubert trug sie zweifelsohne an seinem Schlüsselbund. Er fragte sich, wie er an sie herankommen könnte.

Nun, hier gab es nichts mehr zu tun, es sei denn, er würde die Schubfächer aufbrechen wie ein gemeiner Dieb. Er beseitigte die Spuren seines Eindringens, so gut er konnte, und ging zur Tür, wo er zunächst auf Schritte horchte. Aber alles war still. Curtis schloss die Tür des Arbeitszimmers auf und glitt hinaus. Dabei spähte er über die Schulter und lief direkt in jemanden hinein.

»Jesus!«, schrie er auf.

»Wohl kaum«, erwiderte eine seidige Stimme, die Curtis klarmachte, dass er mit da Silva zusammengestoßen war. »Beide zwar jüdischen Ursprungs, aber das wären dann auch schon alle Gemeinsamkeiten.«

Curtis trat eilig zurück und stieß an den Türrahmen. Mit einer Geste übertriebener Höflichkeit machte da Silva den Weg frei und bemühte sich kein bisschen, seine Erheiterung zu verbergen. »Sie haben wohl etwas gearbeitet, nicht wahr?«, fragte er und blickte in das Studienzimmer ihres Gastgebers.

»Wie geht es Ihrer Muse?«, entgegnete Curtis und stolzierte mit glühendem Gesicht davon.

Meine Güte, wie peinlich, und welch verfluchtes Glück. Zumindest hatte ihn nur dieser verflixte Levantiner gesehen. Bestimmt würde da Silva nichts Ungewöhnliches dabei finden, die Privaträume eines Gastgebers zu erforschen, tröstete Curtis sich.

Das war zwar ein reizvoller Gedanke, aber eher unwahrscheinlich; selbst der missratenste Bürgerliche würde sich fragen, was Curtis in dem Arbeitszimmer gemacht hatte. Die Frage war, ob dieser Kerl jemandem von dem Vorfall erzählen würde. Curtis würde sich für den Fall der Fälle eine gute Erklärung zurechtlegen müssen.

Er ging auf sein Zimmer, verfluchte da Silva im Stillen und hatte keinen Schimmer, was er als Nächstes tun sollte. Er nahm an, ein echter Spion würde einen Blick in die Schlafgemächer der Armstrongs werfen, doch schon bei dem Gedanken daran wurde ihm schlecht. Er würde anderswo nachsehen müssen.

Nach ein paar Minuten hatte er seine Fassung zurückgewonnen und machte sich auf den Weg in die Bibliothek, nicht jedoch, ohne vorher um die Ecke gelugt zu haben, ob sie auch leer war. Es war ein weitläufiger Raum, im Stil vieler älterer Häuser mit Holz verkleidet und eher dunkel gehalten. In den oberen Bücherregalen standen ledergebundene Bände mit passenden Rücken, die Art von Nachschlagewerken und unlesbaren akademischen Studien, die ein Neureicher kaufte, um die Bibliothek zu füllen. Die unteren Regale hielten in bequemer Reichweite komplette Reihen von Dickens und Trollope bereit, dazu die neuesten klugen Romane und viele Bände mit

Schauer- und Sensationsliteratur. Es gab nur ein Gemälde hier, das Porträt eines etwa neunjährigen Jungen, der ein Baby hielt. Curtis nahm an, dass es sich um Martin und James handelte. Wenn dem so war, war dies das erste Bild von James, das Curtis im Haus gesehen hatte. Er fragte sich, ob der Mann es ebenso verabscheute, Porträt zu sitzen wie er selbst.

Neben den Bücherregalen und ein paar bequemen Lesesesseln gab es eine Reihe verstreuter Tischchen, auf denen schwere Elektrolampen standen, und einen Schreibtisch. Die Schubladen enthielten nichts außer unbeschriebenem Briefpapier und Schreibwerkzeug.

Er sah sich um und bemerkte eine unauffällige Tür am anderen Ende, die in die Holztäfelung eingepasst war. Sie befand sich in der Mitte der Wand, und als er sich den Grundriss des Hauses kurz ins Gedächtnis rief, schien es sich eher um ein Vorzimmer zu handeln als um einen Gang, der irgendwohin führte. Vielleicht ein privater Studienraum? Er drehte am Türgriff. Verschlossen.

»Meine Güte, Sie sind aber wahrlich neugierig«, murmelte eine Stimme in sein Ohr und ließ Curtis beinahe aus seiner Haut fahren.

»Großer Gott!« Er drehte sich zu da Silva um, der direkt hinter ihm stand. Der Mann bewegte sich offensichtlich so leise wie eine Katze. »Würden Sie die Güte haben, sich nicht derart anzuschleichen?«

»Ach, *ich* bin also derjenige, der hier rumschleicht? Ich hatte ja keine Ahnung.«

Ein scharfsinniger Konter. Curtis schob seinen Unterkiefer nach vorn. »Es ist ein faszinierendes Haus«, meinte er lahm und sah mit ohnmächtiger Wut, wie da Silva amüsiert den Mund verzog.

»Dies ist das Dokumentenlager.« Da Silva nickte in Richtung

Tür. »Hier verwahrt Sir Hubert den Großteil seiner Privatdokumente, hinter Schloss und Riegel.«

»Sehr vernünftig«, murmelte Curtis und hörte mit Erleichterung den Gong, der zum Mittagessen rief.

Aber die Erleichterung wich schnell der Bestürzung, als er erkannte, dass da Silva mit ihm gemeinsam speisen würde. Es schien, als würde der Kerl schon den ganzen Tag um ihn herumschleichen.

»Ich hoffe, Sie kamen mit Ihrer Arbeit gut voran«, brachte er hervor und versuchte, einen Schleier der Höflichkeit aufrechtzuerhalten, als sie sich einander gegenüber an den reich gedeckten Tisch setzten.

»Relativ gut, danke.« Da Silva bestrich mit großer Sorgfalt ein Brötchen mit Butter. »Und wie steht es bei Ihnen?«

Curtis' Atem geriet bei dieser kleinen Spitze ins Stocken. »Ich bin nur etwas herumgewandert. Habe mir das Anwesen angesehen. Ein bemerkenswertes Haus.«

»Das ist es.« Da Silva beobachtete ihn, während er sprach. Dabei war sein Gesichtsausdruck undurchdringlich, und Curtis musste sich zwingen, unter seinem Blick nicht unruhig zu werden.

Er griff nach der nächstbesten Servierplatte und bot ihm etwas an, in der Hoffnung, dadurch auf ein anderes Thema zu kommen. »Schinken?«

»Nein, vielen Dank.«

»Er ist wirklich gut.«

Da Silva blinzelte, langsam wie eine Eidechse. »Ich fürchte, seit unserem letzten Gespräch habe ich nicht konvertiert.«

»Kon … Oh! Oh, ich bitte um Verzeihung! Ich habe schon wieder vergessen, dass Sie Jude sind.«

»Wie erfrischend. Das passiert sonst nur wenigen.«

Curtis war sich nicht ganz sicher, wie er diese Bemerkung

auffassen sollte, aber das war auch ziemlich egal. Sein Onkel Sir Henry war zwar ein strenggläubiger Christ, aber ein weit gereister Mann, und einer seiner strengsten Grundsätze in Curtis' Erziehung war immer gewesen, den Glauben eines anderen Menschen stets zu respektieren. Keine Ansicht, die viele seiner Standesgenossen teilten, und Curtis fühlte sich nicht geneigt, gegenüber diesem verflixten Mann rücksichtsvoll zu sein, aber ein Prinzip war ein Prinzip.

»Ich bitte um Verzeihung«, wiederholte er. »Ich wollte Sie nicht beleidigen. Äh, wie sieht es mit Rindfleisch aus?« Entschuldigend hob er eine Platte hoch und sah etwas wie das Glimmen eines Lachens in den dunklen Augen.

»Rindfleisch ist ganz akzeptabel, vielen Dank.« Da Silva nahm das Angebot mit großer Geste an. »Ich fühle mich durch Schinken nicht beleidigt, müssen Sie wissen, ich esse ihn nur einfach nicht. Das einzige Fleisch, das mich wirklich beleidigt, ist Niere, und das aus ästhetischen Gründen.«

Das war genau die Art von weibischer Bemerkung, die Curtis von ihm erwartet hätte. Viel mehr als dieser intensive forschende Blick zuvor oder die Reihe wohlplatzierter Spitzen. Er konnte sich einfach keinen Reim auf da Silva machen.

»Sie sind also ein religiöser Mann?«, startete er einen neuen Versuch.

»Nein, das würde ich nicht behaupten. Ich bin nicht sonderlich praktizierend.« Da Silva setzte sein katzenartiges Lächeln auf. »Was meinen Glauben betrifft, meine ich. Im Allgemeinen praktiziere ich ausgiebig.«

Curtis war sicher, dass dies eine weitere Spitze war, aber da Silva verfolgte sie nicht weiter und wandte sich wieder seinem Teller zu.

Curtis nutzte die Gelegenheit, um ihn zu betrachten. Er war vermutlich ein recht ansehnlicher Kerl, wenn man diesen Typ mochte, mit den tiefen, dunklen Augen, einem vollen, wohlgeformten Mund, hohen Wangenknochen und schwarzen Brauen, die beinahe schon zu elegant gebogen waren. Curtis fragte sich, ob er da nachhalf, und entschied, dass es nicht anders sein konnte. Er hatte solche Männer in London gesehen, wenn er an gewissen Clubs vorbeiging: gezupfte Augenbrauen, gepuderte Wangen, wie sie auf diese affektierte Weise miteinander plauderten. War es das, was da Silva in seinen privaten Stunden mit anderen Männern tat?

Da Silva hüstelte leicht, und Curtis erkannte, dass er ihn etwas gefragt hatte. »Ich bitte um Verzeihung, was sagten Sie?«

»Ich erkundigte mich nach Ihren Plänen für den Nachmittag. Oder sollen wir einfach, nun ja, immer wieder übereinander stolpern?«

»Ich schätze, ich werde einen kurzen Spaziergang übers Gelände machen«, blaffte Curtis.

Da Silvas Lippen verzogen sich zu einem geheimnisvollen Lächeln, als würde er großen Gefallen an einem Witz finden, von dem Curtis nichts wusste. »Ich werde in der Bibliothek sein. Schließlich will ich Ihnen nicht im Weg stehen.«

In dieser Nacht wartete Curtis, bis die Uhr eins schlug, bevor er aus seinem Zimmer schlich. Die Korridore waren sehr dunkel, aber er war den Weg abgegangen und konnte sicher sein, keine ausgestopften Vögel, Tischchen oder sonstigen Gegenstände umzuwerfen.

Seine Beine fühlten sich schwer an, während er die Treppe hinunterstieg. Im Haus war es totenstill. Die Bediensteten waren alle zu Bett gegangen, und die Gäste, die noch nicht schliefen, waren sicher anderweitig beschäftigt.

Er schaffte es ohne Zwischenfall bis zur Bibliothek, auch wenn ihm das Blut in den Ohren rauschte, und schloss die Tür sorgfältig hinter sich. Die Fensterläden des Raums waren für die Nacht geschlossen worden, und es war stockdunkel. Curtis öffnete den Schieber seiner Blendlaterne und entließ einen Strahl gelben Lichts, wodurch die Stille und Dunkelheit um ihn herum noch schwerer erschienen.

Er rüttelte an der Tür zu dem Lagerraum, um sicherzugehen, dass sie noch verschlossen war, dann begann er sich durch den Ring mit Dietrichen zu arbeiten, die er mit hochroten Wangen im East End gekauft hatte.

Doch keiner von ihnen wollte passen. Er fluchte zischend und erstarrte, als er ein Geräusch vernahm. Kaum hörbar, aber – es war ein Knarren. Irgendjemand öffnete die Tür.

Curtis handelte, ohne nachdenken zu müssen, schloss die Laternenblende, um sich nicht durch das Licht zu verraten, und trat, so leise er nur konnte, neben die Tür. Er schloss seine Finger um die Dietriche und wusste, dass er sie in seinen Taschen verschwinden lassen musste, bevor sie jemand sah, und das vollkommen lautlos. Wer auch immer die Bibliothek betreten hatte, hatte das Licht nicht angemacht.

Er konnte einen vagen Schimmer in der vollkommenen Dunkelheit des Gangs rund um den Türrahmen wahrnehmen, der verschwand, als die Tür geräuschlos geschlossen wurde. Dann bahnte sich der Eindringling seinen Weg durch das Zimmer mithilfe eines schmalen, strahlblassen weißlichen Lichts und schaltete ein Gerät ein.

Jemand schlich mit einer Taschenlampe umher.

Es musste sich um einen Einbrecher handeln. Sollte es einen solchen Zufall geben? Er würde sich dem Kerl entgegenstellen müssen, denn er konnte ja schwerlich dabei zusehen, wie sein Gastgeber ausgeraubt wurde. Das würde nicht ohne Lärm vonstattengehen, das Haus würde erwachen, und er würde entdeckt werden – die Dietriche in seiner Tasche und eine

Blendlaterne an seiner Seite. Könnte er die dem Einbrecher unterschieben, wenn Hilfe kam?

Der andere bewegte sich vollkommen lautlos vorwärts, sein Vorankommen war lediglich am Schein der Taschenlampe zu erkennen, und näherte sich unaufhaltsam der Lagerraumtür am hinteren Ende der Bibliothek, neben der Curtis stand. Noch ein wenig näher, und er könnte den Kerl überrumpeln. Er machte sich bereit.

Das Licht wanderte hoch über den Schreibtisch und kam mit einem Ruck zum Stillstand, als sein Schein die Blendlaterne erfasste, die Curtis dort abgestellt hatte. Er spannte sich an, das Licht schwang herum und leuchtete ihm nun direkt ins Gesicht.

Erschrocken und geblendet, aber ohne zu zögern, warf sich Curtis nach vorn, und seine linke Faust schlug ins – Nichts, denn der Eindringling war nicht mehr dort. Er hörte den Hauch einer Bewegung, und eine Hand schloss sich über seinem Mund. Warme Finger pressten sich gegen seine Lippen.

»Meine Güte, Mr Curtis«, murmelte eine Stimme in sein Ohr. »Wir müssen wirklich damit aufhören, uns auf diese Weise zu begegnen.«

Curtis erstarrte, aber als sich die glatte Hand von seinem Mund entfernte, zischte er: »Was zum Teufel wird hier gespielt?«

»Das Gleiche könnte ich Sie fragen.« Da Silva stand direkt hinter ihm, den Körper eng an seinen gedrückt, und seine freie Hand glitt schockierend intim über Curtis' Hüfte.

Unsanft schob er seinen Ellbogen zurück und erntete ein zufriedenstellendes Grunzen von da Silva, als er Kontakt herstellte, auch wenn der Treffer nicht so hart war, wie er es sich gewünscht hätte. Aber als er sich umdrehte und dorthin schlug, wo sein Gegenüber hätte stehen sollen, griff er erneut ins Leere. Frustriert starrte er in die Dunkelheit.

»Na so was«, erklang da Silvas leise Stimme ein paar Schritte entfernt. Das kleine Licht ging wieder an.

Curtis bewegte sich auf die Stimme zu, hatte vor, den Mann zu überwältigen, und blieb abrupt stehen, als er sah, was es beleuchtete. Seine Dietriche in da Silvas Hand.

»Verflucht noch mal, Sie haben mich bestohlen!«

»*Still.*« Der Lichtstrahl wanderte von den Schlüsseln durch den Raum bis hin zum Schreibtisch. »Schreien Sie nicht, und fangen Sie bitte auch keinen Kampf an. Keiner von uns will doch erwischt werden.«

Das fachte zwar seine Wut weiter an, war aber auch nur zu wahr. »Was machen Sie hier?«, wollte Curtis wissen und versuchte so leise zu sprechen wie da Silva.

»Ich wollte in Sir Huberts Lagerraum einbrechen. Und angesichts Ihrer Dietriche und der Blendlaterne hatten Sie wohl die gleiche Idee.«

Curtis öffnete den Mund und schloss ihn wieder. Dann stammelte er: »Sind Sie ein Dieb?«

»Nicht mehr als Sie. Ich vermute, wir haben gemeinsame Interessen, auch wenn das unwahrscheinlich klingen mag.«

»Es erscheint mir verdammt unwahrscheinlich!«

»Und was ist damit?« Da Silva ließ den Lichtstrahl auf die Blendlaterne fallen. »Archibald Curtis, ehemals im Dienst Seiner Majestät, Leser von *Boy's Own Paper*, und mit Sicherheit der einzige – ein Einbrecher? Wohl kaum. Zumindest hoffe ich das nicht. Sie geben ein sehr stümperhaftes Exemplar ab.«

Curtis brodelte. »Ihnen hingegen ist das in die Wiege gelegt worden, nehme ich an.«

»Reden Sie nicht so laut.« Da Silvas Stimme konnte man gerade so hören, er hatte sich gänzlich unter Kontrolle. »Geben Sie mir einen Grund, weshalb ich nicht das ganze Haus aufwecken sollte«, zischte Curtis durch die Zähne.

»Wenn Sie das vorhätten, hätten Sie es schon längst getan. Sie haben die Wahl, Mr Curtis. Entweder Sie tun das Angemessene, rufen nach Hilfe und schauen mir dabei zu, wie ich Ihre Pläne ebenso vereitle wie Sie die meinen. Oder …«

»Oder was?«

Er konnte das Schnurren in da Silvas Stimme hören. »Oder ich könnte diese Tür hier öffnen.«

Curtis antwortete nicht, weil er einfach nicht wusste, was er sagen sollte.

Da Silva fuhr fort: »Ob wir gemeinsame Interessen haben, werden wir herausfinden, sobald wir dort drin sind. Und wenn dem nicht so ist, werde ich Ihnen nicht im Weg stehen und vertraue darauf, dass dies auf Gegenseitigkeit beruht. Wenn keiner von uns das findet, was er sucht, werden wir uns gedanklich bei unserem Gastgeber entschuldigen und vorgeben, es wäre nie geschehen. Aber all das hängt davon ab, ob wir durch diese Tür kommen. Was sagen Sie dazu?«

Es war skandalös. Er müsste ihm sagen, er solle sich zum Teufel scheren. Es war undenkbar, sich mit diesem Schurken zusammenzutun. Stattdessen meinte er nur: »Können Sie sie denn öffnen?«

»Wahrscheinlich. Darf ich?« Da Silva ging zur Blendlaterne und schob den Schirm zur Seite, damit das Licht auf das Türschloss fiel. Er reichte Curtis die Handlampe, als wären sie Partner. »Nehmen Sie die, und sperren Sie die Ohren auf.«

Da Silva ließ sich neben der Tür auf die Knie sinken und wurde zu einer Silhouette – vom Licht der Blendlaterne umrahmt. Als Curtis sich vorbeugte, sah er, dass da Silva mit langen, dünnen Metallstücken hantierte.

»Brechen Sie etwa dieses Schloss auf?«, fragte er nachdrücklich.

»Ist das schlimmer, als einen Dietrich einzusetzen?«

»Sie *sind* ein Dieb.«

»Ganz im Gegenteil.« Da Silva klang ruhig. »Mein Vater ist Schlosser. Ich habe dieses Handwerk von Kindesbeinen an gelernt. Irgendwann einmal werde ich Ihnen seine Ansichten über die Nutzlosigkeit von Dietrichen erläutern. Ich hoffe, Sie haben nicht zu viel dafür bezahlt.«

Curtis verkniff sich eine wütende Antwort. Da Silvas schlanke Finger bewegten sich ruhig und geschickt, er wirkte gelassen.

Das Haus war still, man konnte nur das eigene Atmen hören. Um sich abzulenken und weniger nutzlos zu fühlen, schaltete Curtis die Taschenlampe an und bewunderte die Stärke ihres Strahls. Dieses neumodische Zeug war normalerweise anfällig und unzuverlässig, aber dies war ein eindrucksvolles Gerät; er würde es gern näher untersuchen, wenn sich die Gelegenheit ergab. Er ließ das Licht über die Tür wandern und suchte nach weiteren Schlössern oder Riegeln, seine Augen weiteten sich, als das Licht auf etwas fiel, das er zuvor nicht bemerkt hatte.

»Da Silva«, zischte er.

»Beschäftigt.«

»Da Silva.« Curtis packte seine Schulter und bohrte seine Finger hinein.

Der dunkle Kopf schwang herum, und unfreundliche Augen musterten ihn feindselig. »Was?«

»Da.« Curtis ließ das Licht um seine Entdeckung tanzen.

»Was?«

Da Silva blickte hoch zu der unauffälligen Metallplatte an der Tür, ohne zu verstehen, was er sah. Um es ihm besser demonstrieren zu können, kniete Curtis sich nieder und fühlte sofort einen stechenden Schmerz in seinem Knie, als er das Bein beugte. Er griff nach da Silvas Schulter, um sich zu stabilisieren, lehnte sich auf den Mann und hörte ihn leicht aufstöhnen, als Curtis' Gewicht komplett auf ihm lastete.

Curtis ließ sich schwerfällig auf den Boden sinken, die Hand noch immer auf der schlanken Schulter, die vor Anstrengung oder Anspannung steif zu sein schien, und flüsterte in da Silvas Ohr. Dabei fühlte er die Wärme seines eigenen Atems, wie sie von der Haut, die so nah an seinem Mund war, zurückprallte. »Da läuft ein Draht zur Tür. Metallplatte am Rahmen und an der Tür. Das ist ein elektrischer Kontakt. Wenn Sie die Tür öffnen, wird der Kreislauf unterbrochen.«

»Was bedeutet?«

»Es könnte ein Alarm sein.«

Da Silvas Körper spannte sich unter Curtis' Hand an. »Nun.« Er atmete tief durch. »Wie aufregend modern. Er will uns ganz offensichtlich nicht dort drinhaben, oder?«

Curtis hätte gerne vehement gegen dieses »uns« Einspruch erhoben, aber das ging in der Aufregung, die durch seinen Körper rauschte, schlichtweg unter. Wenn Sir Hubert tatsächlich etwas zu verbergen hatte … Wenn Lafayette recht gehabt hatte …

Wenn das der Fall war, spielte es keine Rolle, dass dieser Mann sein Gastgeber und schon höheren Alters war. Er würde ihm das verdammte Genick brechen.

»Mit Elektrizität kenne ich mich nicht aus«, murmelte da Silva. »Wie sieht es bei Ihnen aus?«

Curtis inspizierte die Metallplatten. Er musste dafür sorgen, dass der Kreislauf nicht unterbrochen wurde, wenn man die Tür öffnete, also … »Ja. Ich brauche ein paar Hilfsmittel.«

»Können Sie die besorgen?«

»Nicht jetzt.«

Da Silva atmete hörbar aus. »Wann?«

»Morgen Nacht. Aber wir haben vorher noch etwas zu bereden. Ich will wissen, welches Ziel Sie verfolgen.«

»Das haben wir bereits festgestellt. Das gleiche wie Sie.«

»Wir reden erst«, wiederholte sich Curtis und nutzte seinen Vorteil. »Oder ich gehe zu Sir Hubert, und zum Teufel mit den Konsequenzen.«

Da Silva öffnete den Mund, entschied aber, nichts zu entgegnen, und warf ihm stattdessen einen maliziösen Blick zu. »Fein. Morgen.«

»Können Sie das wieder verschließen?«

Statt einer Antwort setzte da Silva einen irritierten Blick auf. Es dauerte ein paar weitere Sekunden, dann zog er sein Werkzeug wieder aus dem Schloss. »Na ja, das war eine vergeudete Nacht. Lassen Sie uns gehen. Sie voran, und vergessen Sie Ihre Sachen nicht.«

Curtis schlich mit der Blendlaterne in der Hand und den Dietrichen in seiner Tasche die Treppe hoch. Er war in seinem Zimmer und entkleidete sich so ruhig wie möglich, als er das Klicken einer Tür auf dem Korridor hörte. Zunächst erschrak er, doch dann wurde ihm bewusst, dass es höchstwahrscheinlich da Silva war, der in sein eigenes Zimmer ging.

Selbstverständlich musste dieser Mann das Nachbarzimmer bewohnen. Natürlich. Es wäre nett, dachte er mit berechtigtem Ärger, wenn das Schicksal aufhören könnte, ihm diesen tuntigen, stehlenden, verfluchten Dandy in den Weg zu stellen.

3

Am nächsten Morgen war nichts von da Silva zu sehen, während Curtis frühstückte. Holt war da, voll morgendlichem Überschwang. Er grüßte Curtis so fröhlich, dass sich seine Stimmung auf der Stelle hob. Zumindest gab es eine Person in Peakholme, mit der er gern seine Zeit verbrachte.

Sie plauderten miteinander über belanglose Dinge und kamen dann erneut auf den Sport zu sprechen. Holt fragte: »Können Sie eigentlich immer noch kämpfen? Ich frage mich, ob Sie vielleicht Lust auf ein paar Runden hätten.«

Es tat weh, dass er dies verneinen musste. »Vielleicht in ein paar Jahren. Ich habe zwar noch immer die Knöchel, aber es ist recht schmerzhaft. Und das Knie behindert mich.«

»Das ist wirklich eine Schande. Sie hatten eine wundervolle Rechte.«

Boxen war das Wenigste, was Curtis in Jacobsdal verloren hatte. »Andere sind schlimmer dran.« Er schaffte es, ein Lächeln aufzusetzen. »Ansonsten hätte ich Ihnen eine Runde für Ihr Geld gewährt.«

»Dessen bin ich mir sicher. Was halten Sie stattdessen von einer Partie Billard? Falls Sie das spielen können, natürlich.« Holt errötete. »Ich habe nicht nachgedacht – ich bitte um Verzeihung. Wie dumm von mir!«

»Ganz und gar nicht. Ich komme eigentlich ganz gut zurecht, und das werde ich Ihnen gern unter Beweis stellen.« Curtis war von Geburt an Linkshänder. Natürlich hatte man ihm diese Eigenart in der Schule ausgeprügelt, aber das bedeutete, dass

Jacobsdal ihn nicht gänzlich aller Fertigkeiten beraubt hatte. »Ich werde jedoch zuerst eine kleine Runde auf dem Gelände drehen, ich brauche etwas Frischluft.«

»Darf ich Sie dann bitten, mich zu begleiten, Mr Curtis?«, fragte Fenella Carruth, die am anderen Ende des Tisches ihr Frühstück einnahm. »Ich werde Sie auch nicht hetzen, keine Angst. Pat marschiert gern, aber ich ziehe es vor zu schlendern.«

»Ich werde vorausgehen und dich am Zierbau treffen«, warf Miss Merton ein.

Curtis setzte ein höfliches Lächeln auf und versuchte, seinen Unwillen nicht zu zeigen. Er musste mit da Silva reden, nicht sich unter die Leute mischen, doch offensichtlich holte der Kerl den versäumten Schlaf der letzten Nacht nach und lungerte noch im Bett herum. Diese unsägliche Kreatur.

Er schlenderte mit Miss Carruth durch den jungen Wald und die Gärten, die sich rund um Peakholme erstreckten. Man hatte mit den Pflanzungen frühzeitig begonnen, sodass sich die Bäume bereits gut gesetzt hatten, und die Wege waren sorgfältig und mit Bedacht angelegt.

»Es ist wundervoll hier«, sagte Miss Carruth. »So interessant, und das Gelände wird zauberhaft sein, wenn erst einmal alles eingewachsen ist.«

»So in hundert Jahren?«

»In etwa.« Sie lachte glucksend. »Waren Sie schon im Zierbau?«

Curtis hatte das Gefühl, alles, was mit Peakholme zu tun hatte, war ein Zierbau, aber er ließ es zu, dass ihn Miss Carruth über das Gelände führte, ein paar Minuten durch den jungen Wald, geräuschvoll durchs fallende Herbstlaub schlurfend, bis sie auf eine Lichtung kamen, die zur Spitze eines Bergrückens führte. Als er aufblickte, sah Curtis einen runden grauen Steinturm am Scheitel des Hangs, der sofort ins Auge stach. Der Stil des Gebäudes ließ darauf schließen, dass es etwa acht Jahrhunderte älter war als Peakholme. Es schien irgendein Verteidigungsposten zu sein, aber Curtis bewertete das Gelände mit den Augen eines Soldaten und konnte nichts an den steinigen Hängen im Umkreis erkennen, das es wert gewesen wäre, verteidigt zu werden.

Als sie sich dem Zierbau näherten, sah er Miss Merton, die mit verschränkten Armen dastand. Er dachte eine Sekunde lang, der Mann, der sich neben ihr gegen den hellgrauen Himmel abzeichnete, sei Holt, aber die lässige Haltung war nichts im Vergleich zu Holts fester, kantiger Art. Er erkannte, dass es sich um da Silva handelte, seine schlanke Form von einem wuchtigen Übermantel umhüllt.

»Oh oh, das sieht nach Ärger aus. Hallo, Pat«, rief Miss Carruth und stieg den Hang ein wenig schneller hinauf. »Komme ich zu spät?«

»Miss Merton und ich hatten eine äußerst reizende Unterhaltung«, säuselte da Silva.

Curtis sah Miss Mertons angespannten Gesichtsausdruck und drehte sich schnell um, um den Ausblick zu genießen.

»Lass uns noch einen anständigen Spaziergang machen, Fen«, sagte Miss Merton. »Ich brauche frische Luft.«

Curtis packte die Gelegenheit beim Schopf. »Dann lasse ich die Damen jetzt allein. Ich fürchte, viel mehr verträgt mein Knie nicht, und ich würde mir gern den Zierbau ansehen.«

»Ach je, und ich hatte gehofft, ich könnte allein in der Einsamkeit Zwiesprache mit meiner Muse halten«, murmelte da Silva traurig. »Da hätte ich ebenso gut zum Piccadilly Circus gehen können.«

Curtis fing kurz Miss Mertons Blick auf, und es herrschte stummes Einverständnis über Mr da Silva und seine Muse.

»Nun, ich werde Sie wohl nicht lange belästigen. Bis später, Miss Merton, Miss Carruth.«

Als sich die beiden Frauen auf den Weg machten, öffnete da Silva die Eichentür des Zierbaus und gestikulierte einladend.

Curtis, der sich bereits in Bewegung gesetzt hatte, zögerte plötzlich und schaute sich um. Die Damen würden dies doch wohl nicht für eine Art ... Verabredung halten, oder? Curtis, der sich an einem entlegenen Ort mit einem Kerl wie da Silva traf ...

Er schüttelte sich ob dieser Absurdität. Niemand würde so etwas von ihm denken, auch wenn es die offensichtliche Schlussfolgerung war, zu der man in Bezug auf da Silva kommen musste. Und selbst wenn, *er* wusste ganz genau, dass er so etwas ganz sicher nicht im Sinn hatte.

Er ging weiter und betrachtete die schwere Tür, die da Silva aufhielt. Ihr Stil ließ auf ein hohes Alter schließen, aber es gab nicht mehr Zeichen von Verwitterung oder Verfall als bei den Steinblöcken, die sie umgaben.

»Hat Sir Hubert dieses Ding gebaut?«, fragte sich Curtis laut, als da Silva die Tür schloss und sie somit in dem Steinraum einsperrte. Außer ein paar schweren Holzkisten an den Wänden gab es keine Möbel, und die Stabglasfenster waren eindeutig die falsche Wahl für das Gebäude. Es gab einige Stufen an der Seite der Wand zu einem Hochparterre, auf dem neue Eiche verlegt war.

»Natürlich hat er das.« Da Silva ging nach oben voraus. »Er gab es als brandneue Antiquität in Auftrag. Schockierend vulgär.«

Und das aus dem Mund eines Mannes, der ein absurd geckenhaftes Samtjackett und solch entsetzlich enge Hosen trug. Curtis fragte sich, weshalb ein Kerl so viel Aufmerksamkeit auf sich ziehen wollte. »Nun, Sie müssen es ja wissen«, entgegnete er.

»Oooh! Wie barsch!« Da Silva klang ruhig. »Beruhigen Sie doch Ihr empfindsames Schicklichkeitsgefühl mit dem Ausblick.« Er zeigte auf die erstaunliche Aussicht über die Hänge der Pennines. »Der einzige Vorteil dieses absurden Gebäudes. Es hilft, dass, wenn man *in* dem Zierbau ist, man ihn eigentlich nicht wirklich *sehen* kann.«

Curtis hatte das Gefühl, jetzt genug von Architektur gehört zu haben. »Kommen wir zum Wesentlichen. Ich will wissen, was los ist.«

»Ich bin nicht geneigt, Ihnen das bereits jetzt zu sagen.«

Curtis atmete ein. »Hören Sie …«

Da Silva wandte sich um und funkelte ihn aus seinen dunklen Augen an. »Für wen arbeiten Sie?«

»Was?«

»Ich will wissen, für wen Sie arbeiten. Das ist doch keine schwierige Frage.«

»Ich arbeite für niemanden.«

Da Silva stieß dramatisch den Atem aus. »Reden wir nicht um den heißen Brei herum. Sie sind ein Gentleman, kein Spieler. Sie sind kein gewöhnlicher Dieb. Und Sie sind der Neffe von Sir Maurice Vaizey, dem Leiter des Private Bureau im Außenministerium. Hat er Sie hierher geschickt?«

»Was? Nein, hat er nicht. Und woher zum Teufel wissen Sie, dass er mein Onkel ist?«

Da Silvas perfekte Augenbrauen zogen sich zu einem Runzeln zusammen. »Wir haben wenig Zeit, also tun Sie nicht so unschuldig. Sagen Sie mir nur, sind Sie im Auftrag von Vaizey hier? Wegen der Erpressung oder etwas anderem?«

»Welche Erpressung?« Curtis war hoffnungslos verwirrt. »Ich weiß nicht, was Sie meinen. Ich weiß nichts über eine Erpressung, und ich schätze, mein Onkel hat keine Ahnung, dass ich hier bin.«

Da Silvas Blick ruhte auf seinem Gesicht. Er sagte langsam: »Wenn Sie nicht deswegen hier sind … Sie wurden in Jacobsdal verwundet. Lafayettes Unternehmen kollabierte aufgrund dessen, was dort geschah, und Armstrong verdiente ein Vermögen. Ist es das? Hat es etwas mit Jacobsdal zu tun?«

Curtis machte einen Schritt vorwärts und ballte die Faust. »Wenn Sie irgendetwas darüber wissen…«

»Überhaupt nichts. Ich bin wegen etwas anderem hier.«

»Warum sagten Sie dann, unsere Interessen könnten sich decken?«

Da Silva zuckte irritiert mit den Schultern. »Ich habe mich eben geirrt. Es war ein Uhr früh. Vergeben Sie mir, dass ich Ihr Motiv nicht sofort durchschaut habe.«

Curtis schaute ihn finster an. »Nun, und was ist *Ihr* Ziel? Was hat es mit dieser Erpressung auf sich?«

Da Silva antwortete nicht sofort. Er beobachtete Curtis, wog ab. Als er dann sprach, geschah es mit Bedacht, aber kaum einer Spur dieser gekünstelten Sprache. »Mr Curtis, ich muss wahrscheinlich noch dringender als Sie in diese Privaträume und an die dortigen Dokumente gelangen. Es ist wichtig, dass Sie mir nicht im Weg stehen oder Verdacht erregen. Zwei von uns, die dasselbe Spiel spielen, verdoppeln das Risiko. Ich könnte Sie wohl nicht davon überzeugen, mich über den Umgang mit dem Alarm in Kenntnis zu setzen und mir den Rest zu überlassen?«

»Nein.«

»Ich kann ebenso wie Sie nach Informationen suchen, wahrscheinlich sogar mit etwas mehr Raffinesse. Sie sollten mir sagen, wonach Sie suchen, und ich kann Ihnen geben, was immer ich dazu finde …«

»Was wissen Sie über Waffenausrüstung oder Sabotage?« Die unterschwellige Wut, die immer in ihm schwelte, brach jetzt hervor. »Was wissen Sie schon vom Krieg?«

Da Silva presste die Lippen fest aufeinander. »Zugegeben, ich bin kein Soldat …«

»Ich verlor Freunde in Jacobsdal. Gute Männer. Wenn Armstrong für die Sabotage an britischen Gewehren für britische Truppen verantwortlich war …«

»Dann beging er Mord und Hochverrat«, unterbrach ihn da Silva. »Was mit einem kurzen Fall und einem gebrochenen Genick bestraft wird. Hierbei kann es um Leben und Tod gehen, Mr Curtis. Sie müssen mit äußerster Vorsicht handeln.«

»Das Einzige, worauf ich aufpassen muss, sind Sie. Was wissen Sie, und was zum Teufel haben Sie vor? Und was hat es mit dieser Erpressung auf sich? Erpresst Sie jemand?«

»So seltsam es klingen mag, nein.« Da Silva hielt inne, dachte einen Moment lang nach und fuhr dann mit bitterer Bestimmtheit fort. »Es gab noch ein anderes Opfer. Einen Mann mit – wie soll ich sagen? – ungewöhnlichem Geschmack. Man ließ ihn unter Androhung von Haft und Enthüllung ausbluten, und als er nichts mehr zu geben hatte, wählte er den einzig gangbaren Weg für sich.« Da Silvas Lippen kräuselten sich. »Er war nicht die Sorte Mann, dem es gleich war, ob etwas veröffentlicht wurde, aber er war auch nicht wirklich schwach. Er erzählte mir von der Erpressung, bevor er vom Beachy Head sprang.«

Curtis blinzelte. »Warum Ihnen?«

»Er war ein … Freund.«

Curtis meinte zu wissen, was das bedeutete.

»Und er erzählte mir, dass die kompromittierende Situation, die ihn ruinierte, in Peakholme passierte. Was er in diesem Haus tat, wurde dazu benutzt, ihn zu erpressen. Er erwähnte auch andere Namen, andere Gäste, und mindestens einer von ihnen hat ebenfalls Selbstmord begangen. Zwei tote Männer, und das ist vielleicht nur die Spitze eines äußerst schmutzigen Eisbergs.«

»Aber wie konnte das passieren? Menschen begeben sich in Landhäusern ständig in kompromittierende Situationen.« Er wusste von Häusern, in denen sogar eine Glocke geschlagen wurde, damit die Gäste zehn Minuten vor dem Servieren des Morgentees noch genug Zeit hatten, wieder in ihre eigenen ehelichen Betten zu schlüpfen. Das war nicht das, was er sich unter guter Unterhaltung vorstellte, aber nicht wenigen Leuten kam das gelegen – eine Sache, die allgemein akzeptiert, aber nie erwähnt wurde.

»Es gibt natürlich verschiedene Arten von kompromittierenden Situationen.«

»Ich schätze, Sie meinen Homosexuelle.« Curtis konnte es nicht leiden, wenn jemand derart verschlungen und voller Andeutungen redete – hauptsächlich deswegen, weil er sich nicht immer sicher war, ob er folgen konnte. »Dennoch kann man einen Mann nicht allein mit Klatsch bis in den Tod erpressen.«

Da Silva schenkte ihm ein verschlagenes Lächeln. »Haben Sie schon mal Ihr Zimmer genauer untersucht?«

»Wie meinen Sie das?«

»Kam Ihnen darin nichts merkwürdig vor?«

»Nein, sollte es?« Curtis fand da Silvas hochgezogene Augenbrauen irritierend.

»Auch nicht die Lage der Räume?«

Curtis öffnete den Mund, um zu antworten, und hielt dann inne. Es schien absurd, sich über die etwas seltsame Anordnung der Zimmer Gedanken zu machen, die sich paarweise mit großen Zwischenräumen entlang des Korridors befanden. Es war ein modernes Haus, hier war vieles anders.

»Worauf wollen Sie hinaus?«

»In Ihrem Schlafzimmer gibt es einen großen Spiegel, der gegenüber dem Bett hängt. Die Wand dahinter trennt einen Servicebereich ab.«

»Und? Warten Sie. Waren Sie etwa in meinem Schlafzimmer?«

»Mein Raum befindet sich auf der anderen Seite des Korridors. Ein genaues Abbild von Ihrem. Sollten Sie mich einmal besuchen wollen, werden Sie sehen, dass auch in meinem Zimmer ein großer Spiegel gegenüber dem Bett und vor einem Servicebereich hängt.« Er warf Curtis einen bedeutungsvollen Blick zu.

Curtis sagte mit aufkommender Skepsis: »Sie wollen doch nicht sagen, dass es sich dabei um einen Venezianischen Spiegel handelt?«

»Ich vermute, es gibt einen in jedem Gästezimmer. Wenn man den Spiegel in meinem Zimmer von der Wand hebt, wobei man erst die Schrauben lösen muss, die ihn dort halten, kann man eine Öffnung hin zu einem engen Gang sehen, der auf den Servicekorridor am anderen Ende stößt und mit ihm verbunden ist.«

»Sie machen Witze.«

»Nein. Und wenn Sie sich einen anderen Grund vorstellen können, weshalb jemand ein Loch in die Wand klopfen und dann einen Spiegel davorhängen sollte, außer den, dahinter eine Kamera aufzustellen, dann wäre ich sehr daran interessiert, diesen zu erfahren. Um es kurz zu machen, ich kann mir vorstellen, dass diese versteckten Korridore von Anfang an zu diesem Zweck gebaut wurden.«

»Nun … Elektrizität – irgendetwas mit dem Heizsystem …«

»Möglich. Die nachsichtigste Interpretation wäre noch, dass sie angepasst wurden, als unser Gastgeber das Erpressungspotenzial erkannte, und nicht von vorneherein so geplant waren. Egal wie, Armstrong steckt bis zum Hals mit drin. Armstrong und sein reizendes Haus, so weit weg von London, mit solch ausgewählter Gesellschaft und, ich weiß nicht, ob Sie es bemerkt haben, ein paar äußerst attraktiven und aufmerksamen Dienstboten. Der junge Blonde, der mich zu meinem Zimmer geführt hat, war besonders charmant.«

Curtis rang nach Worten. »Inszenierte, geplante Erpressung?«

»So kann man es nennen.«

»Weshalb?«

»Geld.« Da Silva sagte das, als wäre es vollkommen offensichtlich.

»Aber Armstrong ist reich!«

»Haben Sie eine Vorstellung, wie viel der Bau dieses Anwesens gekostet hat? Der Zierbau, die aus Kanada importierten Rothölzer, die elektrische Verkabelung, die Heizgeräte? Die Glühbirnen in den Lampen wurden speziell für dieses Haus in großen Mengen produziert. Es gibt eine eigene Telefonzentrale und einen elektrischen Generator, der mit Wasser angetrieben wird, und all das wurde speziell für Peakholme hergestellt. Das alles verschlingt Riesensummen. Und wo wir gerade beim Thema sind: Lady Armstrong und dieser ungeheuerliche James sind übertrieben extravagant. Ihre Gönnerschaft für die Künste – sie ist unglaublich großzügig zu Poeten, die es schwer haben – und ihre Kleider. Seine Pferde und das Spielen. Außerdem ist er stinkfaul, lebt vom Geld seines Vaters und macht keinen Finger krumm. Armstrongs Unternehmen geht es ausreichend gut, aber er lebt über seine Verhältnisse. Er braucht einen weiteren Krieg. Und da es den nicht gibt, braucht er Geld.«

Curtis runzelte die Stirn. »Woher wissen Sie das alles? Wie sicher sind Sie sich?«

»In Bezug auf seine finanziellen Verhältnisse? Ich habe viele Gerüchte gehört. Bezüglich der Erpressung? Nun, dessen werde ich mir sicher sein, sobald ich herausfinde, wo er die fotografischen Beweise verwahrt. Bis dahin basiert alles nur auf Gerede, Vermutungen und Folgerungen. Aber Sie können sicher sein, dass ich wohl kaum aufs Land gekommen wäre, noch dazu im Oktober, wäre ich nicht zutiefst besorgt. Damit habe ich meine Karten auf den Tisch gelegt, Mr Curtis. Ich glaube, Armstrong ist in einen grausamen und hinterhältigen Plan aus Verstrickung und Erpressung verwickelt, der schon Männer in den Tod getrieben hat. Was denken Sie?«

Jetzt war es an Curtis, im Gesicht des anderen Mannes zu lesen. Konnte er da Silva vertrauen? Er schien aufrichtig zu sein, soweit Curtis es beurteilen konnte. Und Gott wusste, dass er Hilfe brauchte. Er atmete tief ein. »Lafayette kam vor etwa einem Monat zu meinem Onkel.«

»Welchem Onkel?«

»Sir Henry. Er war zuvor schon bei Sir Maurice in dessen Büro gewesen. Aber Sir Maurice schickte ihn fort, also kam er mit seiner Bitte zu Sir Henry. Ich schätze, deswegen.« Er hob seine verstümmelte Hand. »Er hoffte, Sir Henry würde mit Sir Maurice reden.«

»Reden Sie immer von Ihren Onkeln als Sir Sowieso?«, warf da Silva neugierig ein.

»Ja, warum nicht?« Sir Henry Curtis und Sir Maurice Vaizey, die Brüder seines Vaters und seiner Mutter, waren für Curtis' Erziehung verantwortlich gewesen. Sir Henry blieb während Curtis' Kindheit unverheiratet, und Sir Maurice war jahrzehntelang Witwer gewesen. Curtis hatte nie Zweifel an ihrer Zuneigung gehegt, aber seine Erziehung war dennoch alles andere als sentimental gewesen.

Da Silva zuckte mit den Achseln. »Natürlich. Warum auch nicht. Fahren Sie fort.«

Curtis war gereizt, er nahm indirekte Kritik wahr, ohne genau sagen zu können, in welcher Form. Aber da Silva machte eine Bewegung mit einem Finger, als ob er es eilig hätte. Curtis fuhr fort. »Sir Henry befand sich jedoch bereits in Afrika, aber ich war da, also sprach Lafayette stattdessen mit mir. Er war gebrochen, abgemagert und verrückt. Soweit ich es beurteilen kann, war er vollkommen irrsinnig. Das dachte sicherlich auch Sir Maurice. Lafayette erzählte, dass Armstrong seine Fabrik sabotiert habe und für die Fehler in den neuen Gewehren verantwortlich sei. Alles, um Lafayettes Geschäft zu zerstören und es an sich zu reißen.«

»Was machte ihn glaubwürdig?«

»Ich weiß es nicht. Er glaubte, dass zwei seiner Männer, denen er am meisten vertraute, ein Vorarbeiter und ein Büroangestellter, von Armstrong bestochen worden waren, um ihn zu sabotieren. Er sagte, sie seien beide verschwunden. Ich überprüfte das, und sie wurden beide von ihren Familien als vermisst gemeldet.«

»Was ist Ihrer Meinung nach mit ihnen geschehen?«

»Ich habe keine Ahnung. Lafayette vermutete ein faules Spiel, aber er wusste es nicht sicher. Sie könnten genauso gut das Bestechungsgeld kassiert und das Land verlassen haben. Falls an der ganzen Sache tatsächlich etwas dran ist.«

»Wenn ich Männer bestechen würde, um einen Hochverrat zu begehen, würde ich sie hinterher ganz sicher zum Schweigen bringen wollen«, sagte da Silva nachdenklich. »Aber dann wiederum – wenn ich Hochverrat begangen hätte, würde ich das Land unverzüglich verlassen, wer weiß das schon. Was passierte mit Lafayette? Sagte jemand, er sei gestorben?«

»Etwa vierzehn Tage nach unserem Gespräch. Das ist jetzt etwas mehr als zwei Wochen her. Man fand ihn in der Themse. Es scheint, er schlug sich den Kopf an und fiel in den Fluss.«

»So so, er schlug sich also den Kopf an«, wiederholte da Silva. »Gewiss.« Er schwieg kurz und fuhr nachdenklich fort: »Hat sich keiner Gedanken gemacht, ob jemand anders die Kopfverletzung verursacht hat?«

Curtis hatte sich das immer wieder gefragt, seit er den Untersuchungsbericht gelesen hatte. Er verspürte einen Anflug von Wärme für da Silva, Erleichterung, weil dieser seine Gedanken teilte. »Unmöglich zu sagen. Der Körper trieb ein paar Tage im Fluss, bevor er gefunden wurde. Der Leichenbeschauer bezeichnete es als Unfall.«

»Er hatte angefangen zu reden und wurde dann mit zertrümmertem Schädel im Fluss gefunden.« Da Silva verzog das Gesicht. »Sie sind also hier, um festzustellen, ob an den Anschuldigungen eines labilen Mannes etwas Wahres ist, ob man ihm unrecht tat oder er vielleicht sogar ermordet wurde. Nun, dann wissen wir jetzt ja, wo wir stehen. Machen wir also gemeinsame Sache?«

Das war auf den ersten Blick kein sonderlich verlockender Vorschlag, aber Curtis sah keine Chance für sich, allein etwas herauszufinden, während da Silva zumindest eine vage Ahnung von dem hatte, was er tat – wenigstens konnte er Schlösser knacken. Und Curtis musste in diesen Raum gelangen, musste einfach wissen, ob er seine Freunde, seine Karriere, seinen Lebenszweck durch Verrat verloren hatte und nicht durch das Schicksal. Und wenn er schon dabei war, wollte er auch wissen, ob da Silva mit den Spiegeln in den Zimmern recht hatte und damit, dass Männer durch Erpressung in den Tod getrieben worden waren. Denn wenn das der Fall war, verdiente es Armstrong, ausgepeitscht zu werden, ganz gleich wessen er sich sonst noch schuldig gemacht haben mochte – und Curtis würde verdammt noch mal dafür sorgen, dass er seine gerechte Strafe auch bekam.

Dazu brauchte er einen Mann wie da Silva. Und während er bereits gemerkt hatte, dass sich hinter da Silvas unmännlichem

Benehmen ein scharfer Blick und ein noch schärferer Verstand verbargen, schien er zudem Mut zu haben … und sogar einen Funken Anstand. Curtis hatte das unbehagliche Gefühl, dass er ihn vielleicht etwas vorschnell beurteilt hatte.

»Nun gut. Gemeinsame Sache.«

Ohne nachzudenken, streckte er die rechte Hand aus. Da Silva nahm sie ohne offensichtlichen Abscheu. Sein Griff war zwar sanft, aber deutlich weniger schlaff als bei ihrem ersten Händedruck.

»Also dann, machen wir weiter«, sagte da Silva. »Was brauchen Sie, um diesen Alarm in der Bibliothek auszuschalten?«

»Klemmen und Draht. Davon gibt es Vorräte im Haus, Armstrong zeigte mir gestern den Arbeitsraum. Ich kümmere mich darum.«

»Dann treffen wir uns also um, sagen wir, Mitternacht in der Bibliothek? Ich freue mich schon auf unser Stelldichein.«

4

Nach diesem Gespräch zur Gesellschaft zurückzukehren und über Belangloses zu reden war ein bizarres Gefühl. Beim Mittagessen wollten Mrs Lambdon und Mrs Grayling alles über seinen Onkel wissen; wie immer ließ die Legende des großen, gut aussehenden Forschungsreisenden seine Familie glänzen. Curtis beantwortete die üblichen Fragen, war aber ansonsten geistig abwesend.

Die Unterhaltung im Zierbau schien ihm unwirklich, insbesondere, da da Silva wieder den verweichlichten Ästheten gab, indem er pathetische, flatterhafte Bemerkungen machte, die die Frauen zum Kichern brachten und die Männer geringschätzig die Augen verdrehen ließen. Hatte er tatsächlich per Handschlag einen Pakt mit diesem Mann geschlossen, bei ihrem Gastgeber einzubrechen?

Und konnte da Silva recht haben? Wer zum Teufel wurde hier erpresst? Sicherlich nicht die Lambdons, sie gehörten zu Lady Armstrongs Familie. Die Graylings vielleicht? Sie waren wohlhabend, und er hatte den Eindruck, Mrs Grayling sah sich gern nach Zerstreuung um. Miss Carruth? Das konnte nicht sein. Hatte Armstrong gehofft, *ihn* zu erpressen? Aber womit?

Nach dem Mittagessen suchte er Zuflucht in der menschenleeren Bibliothek, um James Armstrongs Angeboten, sich an sportlichen Aktivitäten zu beteiligen und Mrs Graylings listiger, übertriebener Freundlichkeit aus dem Weg zu gehen. Die Auswahl an Büchern umfasste ein reichhaltiges Angebot an Gedichten und rasanten Unterhaltungsromanen von Edgar Wallace und E. Phillips Oppenheim, in denen es stets um Spione, mysteriöse Ausländer und heißblütige Verführerinnen ging. Curtis las so etwas eigentlich gern, aber heute konnte er sich nicht dafür erwärmen. Das wahre Leben eines Spions schien ihm auf einmal viel profaner, bestand es doch seiner Erfahrung nach hauptsächlich aus Herumschleichen, Regeln der Gastfreundschaft brechen und im Allgemeinen alles andere als ein Gentleman sein. Außerdem war der einzig mysteriöse Ausländer da Silva. Und er war wahrscheinlich auch das, was einer heißblütigen Verführerin hier in Peakholme am nächsten kam.

Wäre dies eine Geschichte von Oppenheim, wäre da Silva sicherlich der Schurke. Curtis wünschte fast, es wäre so. Er wollte nicht herausfinden, dass Sir Hubert ein Erpresser, und noch weniger, dass er ein Verräter war. Oder dass sein Gastgeber Curtis die Hand und George Fisher das Leben gekostet hatte …

Er erstickte diesen Gedanken, bevor erneut Wut in ihm aufstieg, und zwang sich, das Regal in der Bibliothek näher in Augenschein zu nehmen. Als er die Bücher betrachtete, erregte ein Name auf einem Buchrücken seine Aufmerksamkeit.

Er zog den schmalen Band heraus, der schlicht in Grau gebunden war, und da stand es. *The Fish pond. Gedichte von Daniel da Silva.*

Das musste er sich ansehen.

Curtis nahm in einem bequemen Ledersessel Platz und öffnete das Buch auf einer beliebigen Seite. Nach ein paar Minuten blätterte er jedoch verwirrt zurück an den Anfang und begann erneut.

Er war kein Freund der Poesie. Er konnte Tennyson erdulden, seine kürzeren Stücke, und er mochte einiges von diesem mitreißenden Zeug, das jeder kannte, wie *Invictus* oder das eine, das so ging: *Play up! Play up! and play the game*, auch wenn blutroter Sand deutlich weniger poetisch anmutete, wenn man ihn tatsächlich einmal gesehen hatte. Ein paar der Männer in Südafrika hatten im Camp an diesen langen Abenden ein paar Sachen von Kipling rezitiert, und sie waren höchst unterhaltsam gewesen – mit ordentlichen Reimen, einem guten Takt und einer Geschichte, der ein Kerl folgen konnte.

Da Silvas Gedichte waren ganz anders.

Sie waren gebrochene Fragmente, nicht einmal ganze Sätze. Sie führten … irgendwohin, das war klar, aber die Worte schlangen sich umeinander und brachen wieder ab und führten zu Schlussfolgerungen, die Curtis zwar nicht ganz nachvollziehen konnte, die sich aber dennoch schwer auf sein Gemüt legten, unheilsam und beunruhigend. Da gab es lebhafte Bilder, aber sie waren ungewöhnlich, überhaupt nicht auf eine Weise poetisch, wie Poesie nach Curtis' vagem Gefühl sein sollte, mit Trompeten oder Bergen oder Narzissen. Die Gedichte waren voll von zerbrochenem Glas und Wasser – Wasser, das nicht sauber war – und schuppigen Dingen, die sich im Dunkeln bewegten. Es gab ein sich wiederholendes Bild, das alles irgendwie zusammenzufassen schien, das Bild eines Etwas, das in der Tiefe lauerte. Curtis konnte nicht genau sagen, was es war. Es erschien in Form eines hellen Aufblitzens von Schuppen, eines dunklen Glimmens oder Gleitens an einer unachtsamen Hand, und verschwand wieder, aber es lauerte immer, gerade eben außer Reichweite, und wartete.

Er wandte sich wieder den geöffneten Seiten zu und las das Epigraph, ein Zitat, das »Webster« gewidmet war.

Wenn ich in die Fischteiche meines Gartens blicke,
Mich dünkt, dort etwas zu sehen, mit einer Harke bewaffnet,
das nach mir zu schlagen scheint.

Als er wieder von dem Buch aufblickte, lehnte da Silva an den Bücherregalen und beobachtete ihn.

»Ich, äh«, sagte Curtis mit der natürlichen Unbeholfenheit eines Engländers, den man beim Lesen von Gedichten ertappte. »Ich, äh, habe das nur aufgehoben.« Er fragte sich, wie lange der andere Mann dort schon gestanden haben mochte und wie er sich stets so leise zu bewegen vermochte.

»Dafür ist es ja da«, stimmte da Silva zu. »Ich werde Sie auch nicht in Verlegenheit bringen und nach Ihrer Meinung fragen.«

Unter normalen Umständen hätte sich Curtis nichts weniger gewünscht, als nach seiner Meinung zu einem Gedicht gefragt zu werden, aber weil die Bemerkung von da Silva kam, versetzte sie ihm doch einen Stich. Er mochte vielleicht von Literatur nicht viel Ahnung haben, aber er war auch kein verfluchter Narr, und sein Geist war voll von beunruhigenden Dingen, die in dunklem Wasser schwammen.

»Ich habe es nicht verstanden. Ich fürchte, das ist zu hoch für mich.« Er sah, wie da Silvas Augenlider schwer herabhingen, und fügte hinzu, bevor der Mann eine weitere spitzfindige Bemerkung über sein Banausentum fallen lassen konnte: »Es erinnerte mich irgendwie an Seurat.«

Da Silvas Gesicht wurde leer. »An wen?«

Er hatte den armen Tropf auf dem falschen Fuß erwischt, erkannte Curtis mit ungemeiner Zufriedenheit. »Seurat. Der Impressionist«, erklärte er. »Der Kerl, der Bilder mit Punkten malt.«

Da Silvas Augen verengten sich zu schwarzen Schlitzen. »Ich weiß, wer Seurat ist. Was an meiner Poesie lässt Sie an ihn denken?«

Er sah eine Sekunde lang getroffen aus, nicht ganz so selbstsicher wie gewöhnlich. Curtis wurde bewusst, dass er selbst es, wenn er Gedichte schriebe, nicht gern hätte, wenn Menschen schneidende Bemerkungen darüber machten. Besonders nicht über die Gedanken, die stückweise aus den Tiefen des Geists seines Verfassers ausgegraben zu sein schienen. Er hatte keine Ahnung, was *The Fish pond* ihm über Daniel da Silva sagte, aber er hatte das Gefühl, dass es da etwas unter der harten Oberfläche gab, etwas Unverarbeitetes, das zurückwich, wenn man es berührte.

»Seurats Gemälde«, sagte er, indem er sich zu seiner eigenen Meinung vortastete. »Wenn Sie sie ansehen, sind sie nur farbige Punkte, eine Menge durcheinandergeratener Teilchen, die keinen Sinn ergeben. Tritt man jedoch weit genug zurück, fügt sich alles und wird zu einem Bild. Das ist es, was ich darüber dachte.« Er betrachtete das Buch in seiner Hand und fügte hinzu: »Ich glaube, ich müsste etwas weiter weg sein, um es zu begreifen. Manchester vielleicht.«

Da Silva sah eine Sekunde lang erschrocken aus, doch dann erhellte ein Lächeln sein Gesicht. Es war vielleicht der erste echte und nicht einstudierte Gesichtsausdruck, den Curtis an ihm wahrgenommen hatte – eine Kombination aus Überraschung, Belustigung und Vergnügen, wodurch er plötzlich lebendig und auch jünger aussah, ohne seine lebensüberdrüssige Haltung zu verlieren. Curtis drängte sich der ungebetene Gedanke auf, dass Miss Carruth recht gehabt hatte: Daniel da Silva war recht attraktiv.

»Das ist die überzeugendste Analyse, die ich seit Langem gehört habe«, meinte da Silva. »Sie sollten Kritiken für *The New Age* schreiben.«

The New Age war eine dieser modernen sozialistischen, intellektuellen Zeitschriften. Curtis hatte sie noch nie in Händen gehalten, wie da Silva zweifelsohne auch vermutete. »Oh, das würde meine Möglichkeiten übersteigen«, entgegnete er. »Vielleicht braucht aber das *Boy's Own Paper* einen Lyrikkritiker.«

Da Silva lachte laut auf. »Eine ausgezeichnete Idee! ›In dieser Ausgabe: Wie man einen Kreuzknoten bindet, aufregende Kriegserzählungen und *Wie schreibe ich ein Sonett* mit General Gordon‹.«

Curtis lachte jetzt auch. »*Ausgemergelt: Die Abenteuer eines Jungen unter den Fragmentalisten*.«

Da Silva prustete weniger elegant und mit bebenden Schultern. Curtis bereitete es ungeahntes Vergnügen, seinen eigenen Geist mit dem quecksilberartigen Esprit des anderen Mannes zu messen. Außer ihm hatte es niemand sonst in dieser Gesellschaft geschafft, da Silva zum Lachen zu bringen.

Er grinste, und da Silva lächelte zurück, und dann verblasste das Lächeln und veränderte sich, und jetzt war es gar nicht mehr spitzbübisch. Es war … intim. Einladend. Das war zwar überhaupt nicht Curtis' Feld, aber sogar er konnte sehen, dass die dunklen Augen, deren Blick ihn nicht losließ, ihn in sich aufnahmen und mit deutlicher Wertschätzung über seinen Körper wanderten.

Er war allein in einem Raum mit einem Kerl, der Männer bevorzugte, und dieser Kerl sah ihn jetzt auf eindeutige Weise an.

Curtis' Geist war wie leer gefegt, und ihm fiel einfach nichts ein, was er sagen konnte.

Da Silvas Mund kräuselte sich zu diesem geheimnisvollen Lächeln und schien sich an einem Witz zu erfreuen, den niemand sonst hören konnte. Er begann: »Wissen Sie«, dabei beugte er sich aus seiner lässigen Haltung nach vorn, um sich sogleich wieder abzuwenden, als sich die Tür öffnete.

»Da sind Sie ja, Curtis.« Holt und Armstrong stürmten herein. »Wie steht es mit dem Billardspiel?«

Keiner der Männer schloss da Silva in die Einladung mit ein, aber der war ohnehin bereits auf dem Weg zu einem anderen Bücherregal, leichtfüßig wie immer, unsichtbar, von den Anwesenden nicht wahrgenommen.

»Was zum Teufel ist denn das?«, fragte Armstrong nachdrücklich und zeigte auf das Buch, das auf der Lehne von Curtis' Sessel lag. »Poesie? Gütiger Gott, Sie werden doch nicht diesen Schund lesen. *The Fish pond?*«, las er mit tiefer Verachtung vor. »Welch ein Unsinn! Na hören Sie mal.« Er hatte eindeutig den Namen des Autors erkannt. »Lassen Sie uns sehen.«

Schikane hatte Curtis ausreichend miterlebt, als er noch die Schulbank drückte. Er richtete sich auf, nahm das Buch aus Armstrongs Fingern, bevor dieser es öffnen konnte, und hinkte hinüber, um es ins Regal zurückzustellen. Nach dem langen Sitzen war sein Knie steif, verdrossen beugte er es. »Wenn Sie spielen wollen, dann lassen Sie uns spielen.«

Er wusste nicht, ob er sich Mitternacht herbeisehnen oder sich davor fürchten sollte. Vielleicht beides. Er gab an, müde zu sein, und ging frühzeitig nach oben in sein Zimmer. Er brauchte Abstand zu diesen ungestümen jungen Männern, die ohne Unterlass Billardspiel um Billardspiel absolvierten oder eine Partie Bridge oder Whist, und er legte sich vollständig angekleidet auf sein Bett. Er war sich des Spiegels, der einen Großteil der gegenüberliegenden Wand einnahm und dessen Leere auf ihn herabstarrte, auf unbehagliche Weise bewusst.

Beobachtete ihn da gerade jemand? Nein, das wäre absurd. Aber er musste an die hübsche Zofe denken, die er etwas früher am Abend in seinem Zimmer überrascht hatte. War das Zufall gewesen, oder hatte sie auf ihn gewartet? Oder was, wenn er Mrs Graylings harmlose Flirtereien erwidert hätte? Würde dann jemand hinter dem Spiegel stehen?

Die Gesellschaft löste sich gegen halb elf auf. Bis es Viertel vor zwölf war, war es im Haus still geworden. Curtis wartete noch ein paar Minuten, dann machte er sich auf den Weg, bevor ihm die Nerven durchgingen. Gekleidet in eine schwarze

Hose und einen dunklen Pullover unter seinem navyblauen Schlafrock, Blendlaterne in der Hand und Draht in seiner Tasche, glitt er, so leise er nur konnte, die Treppe hinab.

Er untersuchte kurz die Tür zum Lagerraum, um herauszufinden, ob sein geplanter Aufbau funktionieren würde, und wartete dann ein paar Minuten angespannt und ungeduldig in der Bibliothek: Curtis war unsicher, ob er ohne da Silva anfangen oder ob er überhaupt hier sein sollte. Was, wenn das alles Teil irgendeines Plans war? Was, wenn er da Silva nicht trauen konnte? Was, wenn sein Gastgeber herunterkam und ihn hier entdeckte – ihn schauderte bei dem Gedanken.

Auf dem Flur und im Haus ertönten die Uhren und schlugen Mitternacht, als sich die Tür mit einem leisen Luftzug öffnete. Sosehr er es auch versuchte, Curtis konnte da Silvas Schritte kaum wahrnehmen, als dieser sich hereinschlich.

Da Silva schloss die Bibliothekstür, bevor er die Taschenlampe anschaltete. »Hallo«, murmelte er. »Bereit? Nun gut. Soll ich zuerst das Schloss knacken, oder müssen Sie erst Ihr elektrisches Zauberwerk vollbringen?«

»Können Sie denn das Schloss knacken, ohne die Tür zu öffnen? Wenn ja, dann machen Sie das. Aber nicht öffnen, kein winziges bisschen.«

»Verstanden. Sie achten auf den Gang. Spitzen Sie die Ohren.«

Curtis nickte und hielt seinem Komplizen die Blendlaterne hin. Er hielt Wache in der Dunkelheit, horchte auf Geräusche auf dem Gang, beobachtete die geschickten, präzisen Bewegungen von da Silvas Händen im Lampenstrahl, der das Schloss erleuchtete – etwas anderes konnte er ohnehin nicht sehen. Nach einem kurzen Moment hörte er ein leises Klicken.

»Sie gehört Ihnen«, sagte da Silva sanft. »Ich werde aufpassen.«

Curtis ging hinüber und fühlte sich im Vergleich zu seinem leichtfüßigen Partner wie ein riesiges Trampeltier. Es dauerte nur ein paar Momente, um den Draht, den er aus einem Arbeitsraum entnommen hatte, mit den Kontakten unter Zuhilfenahme des Kitts, den er ebenfalls hatte mitgehen lassen, zu verbinden. Er vergewisserte sich, dass der Schaltkreis stabil bleiben würde.

»Was ist das?« Da Silva sprach ganz nah an Curtis' Ohr, sein Atem kitzelte ihn an der Wange und ließ ihn hochfahren.

»Herrgott noch mal«, zischte er. »Können Sie nicht noch lauter sein?«

»Sicher nicht. Was ist das?«

»Ich habe einen Draht montiert. Ich hoffe, er wird den Kreislauf überbrücken. Er ist lang genug, um die Verbindung aufrechtzuerhalten, während wir die Tür öffnen. Sie dürfen ihn aber nicht entfernen.«

»Ah ja. Sie hoffen?«

»Ich kann nicht garantieren, dass auf der anderen Seite nichts ist.«

»Na gut, wer nicht wagt. Darf ich?«

»Vorsichtig.«

Curtis nahm die Taschenlampe und hielt den Strahl auf die Spachtelmasse und die Verkabelung gerichtet, während da Silva die Tür zum Lagerraum aufzog, soweit es der Draht erlaubte. Kein hörbarer Alarm erklang. Er atmete tief aus.

»Gute Arbeit«, murmelte da Silva. »In Ordnung. Kommen Sie?«

Er schlüpfte durch den Spalt. Curtis, von weit mächtigerer Statur, zwängte sich weniger elegant hindurch, schloss die Tür hinter sich und öffnete den Verschluss der Blendlaterne so weit wie möglich, um den Raum zu erleuchten. Es war ein kleines Zimmer ohne Fenster und sonstige Ausgänge. Es gab ein paar gestapelte Stühle, einen Tisch und einen großen Holzschrank. Er zog an der oberen Schublade, die aber verschlossen war.

»Lassen Sie mich mal.« Da Silva stocherte mit einem dünnen Stück Metall in das Schloss und ruckelte etwas hin und her. Schon kurz darauf konnte man ein leises Klicken hören. Er zog die Schublade auf. »Sie fangen hier an, ich unten, und wir treffen uns in der Mitte?«

Curtis nickte. Da Silva zauberte eine zweite Taschenlampe hervor und schloss die Blendlaterne, sodass das einzige Licht von den Taschenlampen der beiden Männer stammte. Er kauerte sich auf den Boden und öffnete die unterste Schublade.

Curtis begann sich durch die Hängeregister zu arbeiten, immer in dem Bewusstsein, dass da Silva zu seinen Füßen hockte. Schon nach wenigen Augenblicken stieß er auf ein paar Fotoabzüge. Er zog einen heraus, und sein Mund wurde trocken. »Schauen Sie.« Da Silva erhob sich und sah sich das Bild im Licht der Taschenlampe an.

»Nun. Wenn jemand die Dame erpressen wollte, wäre das als Druckmittel ausreichend. Legen Sie es dorthin zurück, wo Sie es herhaben.«

Curtis tat, wie ihm geheißen. Da Silva blätterte bereits im nächsten Ordner, und Curtis erkannte, dass sein Treffer kein Zufall war. Jeder Ordner enthielt kompromittierendes Material. Er erschrak angesichts der Vielzahl der Bilder, Schnappschüsse von Lust oder Sittenlosigkeit in Schwarz, Grau und Weiß, einige davon etwas unscharf.

»Großer Gott!«, zischte er, als da Silva eine Fotografie herausnahm, die ihm den Magen umdrehte. »Legen Sie es weg.«

Aber das tat da Silva nicht. Er betrachtete das Bild genau, und auch Curtis konnte nicht wegschauen. »Um Gottes willen. Ich *kenne* ihn. Er war in Oxford ein paar Jahre unter mir. Tun Sie es endlich weg!«

»Welchen kennen Sie?«

»Den dort.« Er zeigte auf den Knienden, der sich dem Mann hinter ihm darbot – das Gesicht vor Schmerz oder Lust verzerrt.

»Wer ist er?«

»Das geht Sie nichts an.«

»Seien Sie nicht dumm. Wer ist er, oder um zum Kern zu kommen: Wo arbeitet er?« In da Silvas Tonfall lag nichts Verruchtes, sondern vielmehr scharfe Dringlichkeit.

»Außenministerium«, entgegnete Curtis widerwillig. »Er ist Untersekretär.«

»Welch Ironie! Weil er sich hier nämlich unter einem Sekretär befindet oder zumindest einem Attaché. Der Blonde arbeitet in der preußischen Botschaft.«

Curtis starrte auf den blonden Preußen, festgehalten, während er den anderen Mann mit offensichtlicher Derbheit nahm. Er fühlte sich seltsam, wie ein Eindringling, und doch bebend vor verbotenen Empfindungen. »Ich glaube nicht, dass ein Mann aus dem Außenministerium das mit einem preußischen Diplomaten tun sollte.«

»Ich auch nicht.« Da Silva legte das Foto wieder zurück und begann weitere Akten zu durchsuchen. »Hier ist noch eins.«

Ungläubig griff Curtis nach dem neuen Beweismittel. »Um Himmels willen! Ihn kenne ich auch. Er war in meinem College. Gehört zu meinem Club.«

»Er gehört auch zu ein paar der meinen, wo wir schon dabei sind. Nicht sehr diskret. Ist er nicht ein Stallmeister Seiner Majestät?«

Curtis nickte.

»*Höchst* indiskret. Sehen Sie mal, man kann das Gesicht des anderen Kerls nicht erkennen.«

Der Stallmeister vergnügte sich offensichtlich mit einem

Mann, aber dessen Gesicht konnte man nicht sehen, da er seinen Kopf in den Laken vergraben hatte. Da Silva runzelte die Stirn. »Blond. Ich frage mich, ob dies der gefällige Diener ist.«

»Dieser Wesley?« Curtis versuchte, ihn sich in Erinnerung zu rufen. »Könnte wohl sein.«

»Und … oh! Schauen Sie.«

Curtis betrachtete die Fotografie, die da Silva hochhielt. Sie zeigte eine Frau, die sich mit einem Mann vergnügte, der eine Y-förmige Narbe auf der Schulter hatte. Er hatte keine Ahnung, wer die Frau war, aber als sein Blick das Gesicht des Mannes traf, klappte ihm die Kinnlade nach unten. »Ist das nicht Lambdon?«

»In der Tat. Und …« Da Silva blätterte zurück zur ersten Akte und zog nochmals das Bild hervor. Diese Fotografie war eingerahmt, sodass der Mann darauf am Hals abgeschnitten war, aber da Silvas Finger tippte auf die markante Narbe auf seiner Schulter. »Es sieht so aus, als wäre er auch das hier. Mr Lambdon übernimmt wohl gern eine führende Rolle.«

»Aber Sir Hubert wird doch nicht seinen eigenen Schwager erpressen!«

»Woraus folgern Sie, dass es Lambdon ist, der erpresst wird? Und wo wir schon dabei sind, warum glauben Sie, dass nur Sir Hubert der Erpresser ist? Überlegen Sie mal, Curtis.« Da Silva strich mit der Hand über die Schublade mit den Akten. »Wie viele Kollegen aus Oxford haben Sie in diesen Unterlagen entdeckt, die in Ihrem Alter sind oder jünger?«

»Drei.«

Zwei davon waren mit Männern abgelichtet worden. Der dritte stieg gerade kometenhaft in der katholischen Kirche auf, und eine Fotografie von der Zusammenkunft mit einer großbusigen jungen Frau würde dabei sicher keine große Hilfe sein.

»Wer in diesem Haus besuchte ein paar Jahre nach Ihnen Oxford? Wer würde von den Gerüchten gehört haben? Wer befindet sich am ehesten in der Lage, diese schrecklich netten Kerle zum Jagen einzuladen, um seinen Vater kennenzulernen?« Da Silva imitierte in seinem ruhigen Tonfall boshaft den Akzent der Oberschicht.

»Sie können nicht James Armstrong meinen.«

»Schauen Sie sich an, wer sie sind. Denken Sie nach. James lädt die jungen Halbstarken ein, diejenigen mit aufkeimenden Karrieren, die alles zu verlieren haben. Sophie wählt die Damen aus. Frauen reden, sie weiß, wer frustriert ist, wer offen ist für Angebote. Sie nehmen sie ins Visier, laden sie ein, und dann zerren sie der Diener, ihr charmanter Bruder oder der verfluchte preußische Botschafter ins Bett. Es ist ein Familiengeschäft.«

Curtis dachte darüber nach, während er die Taschenlampe hielt und da Silva in Windeseile das nächste Schubfach durchkämmte. Darin fanden sich noch ein paar weitere Fotos mit Menschen, die er nicht kannte, ein älterer Mann mit einem Mädchen, das nicht älter als zwölf aussah, und dann noch bündelweise Papier. Da Silva blätterte und hielt inne, als Curtis seine Hand packte.

»Was?«

Curtis ging in der Akte zurück, bis er fand, was ihm ins Auge gestochen war. Er zog es heraus. Eine Seite mit Diagrammen, die ihm bitter vertraut war. Er starrte darauf, das Blut pochte durch seine Schläfen.

»Was *ist* das?«

Curtis benetzte seine Lippen. »Es ist der Plan für eine Lafayette-Büchse.« Er atmete tief ein, dann sichtete er Stück für Stück die begleitenden Papiere. »Architekturpläne der Lafayette-Fabrik. Noch mehr Gewehrspezifikationen. Für …« Er schluckte schwer und hielt die Seite hoch. »Dies ist der Revolver, den ich in Jacobsdal verwendete.«

»Oh Gott«, sagte da Silva sanft. »Curtis …«

»Warum sollte Armstrong die haben, hier drin weggesperrt? Es sei denn …«

Diese Papiere in dem geheimen Schrank der Schande konnten nur eines bedeuten. Jacobsdal war kein Unfall gewesen. Die Schusswaffen waren in der Fabrik sabotiert worden. Sir Hubert Armstrong hatte die Soldaten von Curtis' Kompanie ermordet, seine Männer, seine Freunde, als hätte er den Auslöser selbst betätigt.

Die Papiere raschelten, als seine Hand zu zittern begann. Da Silva nahm sie ihm behutsam ab. »Es tut mir leid.«

»Armstrong hat uns hintergangen. Er schickte uns aus Gewinnsucht zur Hölle.«

»Reden Sie nicht so laut.« Da Silvas Hand schloss sich um Curtis' zitterndes Handgelenk, und er neigte die Taschenlampe, sodass ihre Gesichter teilweise beleuchtet wurden. »Es ist entsetzlich, und ich kann mir vorstellen, wie wütend Sie sind, aber Sie müssen ruhig bleiben.«

»Ich werde ihn umbringen.« Curtis' Stimme kratzte in seinem Hals.

»Da werden Sie mit dem Henker um das Privileg kämpfen müssen. Sabotage der britischen Armee in Kriegszeiten? Er wird wegen Hochverrats baumeln.«

»Oh Gott!« Curtis ballte seine nutzlose, verstümmelte Hand in ihrer schwarzen Lederhülle. »Und ich bin im Haus dieses Bastards. Esse sein Essen. Bin sein *Gast*.« Am liebsten hätte er jede Mahlzeit, die er bislang hier verspeist hatte, sofort wieder hervorgewürgt. Er wollte Sir Hubert aus dem Bett zerren und ihn zu blutigem Brei schlagen.

»Er wird dafür bezahlen. Ich schwöre Ihnen, Curtis, wir

werden ihn tot sehen. Verlieren Sie jetzt nicht den Kopf.« Da Silva hielt seinen Blick fest, bis Curtis schließlich steif nickte. Er hielt Curtis' Handgelenk noch einen Moment länger, seine schlanken Finger wirkten beruhigend. Dann ließ er ihn los und widmete sich wieder der Schublade.

Curtis stand still und versuchte, die rasende Wut, die in ihm aufstieg, unter Kontrolle zu bringen. Er hatte Lafayette nicht wirklich geglaubt, hatte seinen Worten lediglich deswegen Taten folgen lassen, weil es seine Art war, Dingen auf den Grund zu gehen, aber jetzt gab es keinen Zweifel mehr. Das vollständige Ausmaß von Armstrongs Hochverrat spulte sich erneut vor seinem inneren Auge ab: die toten Männer, die Verstümmelten, George Fishers perplexes Gesicht. Sein eigenes leeres Leben ohne Zukunft, ohne das Heer, ohne Sinn und Kameradschaft. Es war alles gewesen, was er jemals gewollt hatte. Und all das nur, um Sir Huberts Haus mit Elektrizität zu versorgen, Lady Armstrong weiterhin in die neueste Mode zu kleiden und James' Leidenschaft für Pferde zu finanzieren.

»So eine Scheiße, welch ein Hohn!« Da Silvas Stimme war ruhig, aber stählern und holte Curtis zurück. »Was ist?«

Da Silva hielt ihm ein Stück Papier hin. Curtis bemerkte den Briefkopf und die Aufschrift *Streng geheim*. »Das kommt aus dem Außenministerium. Was zum Teufel geht hier vor?«

»Fragen Sie Ihren alten Collegefreund mit dem Preußen in seinem Arsch.« Da Silvas Hände bewegten sich jetzt sehr schnell, blätterten durch getippte und handschriftlich beschriebene Blätter. »Uh, oh! Sagen Sie mir bitte als ein Mann des Militärs, nach was sieht das hier für Sie aus?«

»Pläne über die Versorgungslinien der Armee.« Curtis konnte sich kaum dazu zwingen hinzusehen; sie waren als *Streng geheim* abgestempelt. »Was zum Teufel …? Wie kommt Armstrong an diese Papiere?«

»Was meinen Sie?«, blaffte da Silva.

»Männer aus dem Außenministerium. Erpressung. Verkauft Armstrong etwa Staatsgeheimnisse?« Ihm kam ein Gedanke, und er fühlte, wie es in seinem Genick kribbelte. »Sie sagten heute Morgen, er bräuchte einen weiteren Krieg.«

Da Silva atmete tief ein. Dann sortierte er die Dokumente wieder zurück in ihre Akten und glättete die Ecken, wo sie umgeknickt worden waren. »Wir machen uns jetzt aus dem Staub. Wir schließen ab und hinterlassen keine Spuren. Und Sie halten gefälligst Ihren Mund. Nicht ein Wort, nicht mal ein Blick, der erkennen lässt, was Sie wissen, bis wir aus diesem Haus raus sind. Es ist mir egal, wie aufgebracht Sie sind. Dieser Schrank enthält genügend Material, um die Armstrongs fünfmal hängen zu sehen, und wir sind in ihrem Haus in Unterzahl und dreißig Meilen von der Zivilisation entfernt.«

»Das kann nicht Ihr Ernst sein.«

»Kann es nicht?«, zischte da Silva. »Hochverrat? Staatsgeheimnisse? Lafayette tot im Fluss, nachdem er um Hilfe gebeten hatte? Oh, *verflucht*! Wann wurden Sie eingeladen, Curtis? Vor oder nach Lafayettes Besuch bei Ihnen?«

»Danach.« Bei Curtis läuteten plötzlich die Alarmglocken. »Aber Sir Hubert ging mit meinem Onkel Sir Henry zur Schule. Es erschien mir nichts Merkwürdiges daran …« Außer dass er zu der Zeit gedacht hatte, die Einladung wäre ein verdammt glücklicher Umstand. »Meinen Sie, sie haben mich eingeladen, um herauszufinden, was ich weiß?«

»Ich bin mir nicht sicher. Da ist noch etwas. Lafayette ist nicht der einzige Mann, den man mit zertrümmertem Schädel in der Themse fand.«

»Was?«

»Es gab ein weiteres Opfer. Er war wütend. Er überlegte, die Karten auf den Tisch zu legen, die Beweise über die Erpressung an die Behörden weiterzugeben und die Konsequenzen zu tragen. Dann verschwand er, und sein Körper wurde ein paar Tage später im Fluss gefunden, mit einem zerschmetterten Schädel. Der Leichenbeschauer entschied, es sei ein Straßenraub gewesen, der aus dem Ruder lief.«

»Oh Gott! Sie denken …«

»Das tue ich.« Da Silva blickte sauer drein. »Lafayette und ein Erpressungsopfer im Fluss? Zwei weitere Männer verschwunden? Klingt das nach einem Zufall?«

»Nein«, sagte Curtis schwer. »Das tut es nicht.«

»Ich denke, die Armstrongs haben getötet, um ihre Geheimnisse zu bewahren, und wir müssen damit rechnen, dass sie es wieder tun. Wenn wir diese Informationen hier herausschaffen, werden die Armstrongs baumeln. Wenn sie entdecken, was wir wissen, haben sie wohl nur die Wahl, uns zum Schweigen zu bringen. Und während wir in diesem Haus sind, haben sie alle Trümpfe in der Hand. Wenn Sie kein Stillschweigen bewahren, sind wir beide so gut wie tot.«

Curtis runzelte die Stirn. »Mit wie vielen hätten wir es Ihrer Meinung nach zu tun? Nur mit den Armstrongs oder …«

»Auch einige der Dienstboten. Ich sehe keine Möglichkeit, wie das Ganze ohne ein bisschen zusätzliche Hilfe funktioniert hätte. Es wäre riskant, zu viele von ihnen einzubinden, aber …«

»Sie wissen, dass viele der Gärtner ehemalige Armeemitglieder sind«, warf Curtis ein.

»Das wusste ich nicht.« Da Silva sah nicht gerade erfreut aus.

»Sir Huberts älterer Sohn Martin starb im ersten Burenkrieg. In seinem Gedenken übernahm Sir Hubert so viele Männer aus der Gegend in sein Unternehmen, wie er konnte. Er hat mir erst gestern davon erzählt.« Er hatte Curtis gegenüber ausgiebig von dem geliebten, klugen, schmerzlich vermissten Martin gesprochen, in der Erinnerung seines Vaters ein Held. Als ob die Männer in Jacobsdal keine Väter hatten, die sie betrauerten. »Die Pension der Armee reicht zum Leben nicht wirklich aus, und das hier ist ein viel besserer Posten als in einer Fabrik. Es sind ausgebildete Männer, und sie empfinden gegenüber ihrem Dienstherrn große Loyalität. Aber ob sie für ihn töten würden …«

Da Silva zuckte zusammen. »Das sollten wir lieber nicht herausfinden wollen. Wir dürfen uns nicht erwischen lassen.«

»Ich muss Sie warnen, im Vortäuschen von Dingen bin ich nicht sehr gut.«

»Dann müssen Sie es werden. Wir müssen diese Papiere zu den Behörden bringen, und das können wir nicht, wenn wir in einem flachen Grab unter den Kiefern liegen. Bis wir hier wegkönnen, müssen Sie ganz normal auftreten. Spielen Sie Billard mit James Armstrong, plaudern Sie über Soldatenzeug mit Sir Hubert.«

»Man lud mich für vierzehn Tage ein«, sagte Curtis. »Ich kann keine zwei Wochen in diesem Vipernnest zubringen. Nicht mit …« Nicht mit dem Mann, der seine Kameraden umgebracht hatte, essen, plaudern und gesellig sein. Der Gedanke war unerträglich, ungehörig. Allein es in Erwägung zu ziehen, machte ihn krank.

Da Silvas Blick ruhte aufmerksam auf ihm. »Das werden Sie auch nicht müssen. Ich werde Sie so schnell wie möglich hier herausschaffen, ohne Verdacht zu erregen. Überlassen Sie das mir, Curtis. Mir wird etwas einfallen.«

Curtis nickte, auf absurde Weise dankbar für das unausgesprochene Verständnis in diesen dunklen Augen. »Ich … ich meine, danke.«

»Danken Sie mir, wenn wir es geschafft haben. Wir besprechen das morgen, wir sind schon viel zu lange hier.« Er schloss die letzte Schublade, während er sprach, verschloss den Schrank wieder mit seinem Werkzeug und steckte seine Taschenlampe ein. »In Ordnung, gehen wir.«

Curtis wandte sich zur Tür und stieß sie, ohne nachzudenken, auf. Auf der anderen Seite löste sich der Verbindungsdraht aus dem Kitt auf der Kontaktplatte. Sofort war die Bibliothek in ein helles Licht getaucht, zu grell für seine Augen, die sich an die Dunkelheit gewöhnt hatten. Irgendwo im Haus war ganz schwach eine Klingel zu hören.

5

»Verdammt«, fluchte Curtis und konnte kaum glauben, welch törichter Fehler ihm unterlaufen war.

Da Silva stand eine Sekunde wie erstarrt, dann schob er Curtis in die Bibliothek und verschloss die Lagerraumtür hinter sich. »Verstecken Sie die Blendlaterne, dort hinter den Büchern. Schnell, Mann.«

»Sollten wir nicht lieber rennen?«

»Keine Widerrede.« Da Silva entfernte den Draht und Kitt vom Türrahmen und stopfte sie in seine Tasche, dann beugte er sich hinab zum Schlüsselloch und machte sich mit unerträglicher Bedächtigkeit an die Arbeit, die Tür wieder zu verschließen. »Ziehen Sie Ihren Pullover aus, und werfen Sie ihn einfach über diesen Sessel. *Jetzt*.«

Rot vor Scham und wütend auf sich selbst tat Curtis, wie ihm geheißen und zog auf da Silvas Anweisung hin seinen Schlafrock über seinen nackten Brustkorb. Schon hörte man eilige Schritte, mehrere Männer, die rasch näher kamen.

»Schnell, kommen Sie her.« Da Silva stand auf und lehnte sich an die Tür des Lagerraums. Curtis trat zu ihm, und da Silva sagte eindringlich: »Schlagen Sie mich jetzt nicht.«

»Wa …«

Da Silva grub die Hände in Curtis' Schlafrock, zog ihn an sich und küsste ihn auf den Mund.

Curtis konnte eine Sekunde lang nicht einmal reagieren. In seinem Kopf wirbelten die Gedanken: Panik, Zorn auf sich selbst und Wut auf seinen betrügerischen Gastgeber, Panik, erwischt zu werden, außerdem war es spät, und er war einfach verwirrt. Und jetzt war da noch dieses Gefühl von harten Lippen, die seinen Mund bedeckten, eine Hand, die seinen Kopf umfasste und ihn nach vorne zog, Bartstoppeln, die an seiner Haut rieben. Er stand wie festgefroren vor da Silva, bis dieser ihm hinterhältig gegen den Knöchel trat, sodass Curtis beinahe vornüberkippte. Er klammerte sich Halt suchend an da Silva, als das Hauptlicht angeschaltet wurde und ihn blendete.

Da Silva stieß Curtis so heftig von sich, dass dieser ein paar Schritte rückwärtsstolperte. Er drehte sich instinktiv um und blickte in drei Gewehrläufe.

Der Drang zu kämpfen stieg in ihm auf, und das entsetzliche Bewusstsein, selbst unbewaffnet und in der Unterzahl zu sein, verdrängte jeden anderen Gedanken. Sein Körper spannte sich an, und er versuchte, die Bedrohung einzuschätzen.

Drei Männer im Nachtgewand. Einer von ihnen war der attraktive Diener Wesley; die anderen beiden waren älter und trugen zweifelsohne den Stempel eines Soldaten. Alle hatten ihre Waffen – das neueste Modell der Armstrong-Hochleistungsgewehre – im Anschlag, und alle drei zielten auf Curtis. Die älteren Männer schenkten ihm ihre volle Aufmerksamkeit, aber Wesley blickte über Curtis' Schulter, und seine Augen weiteten sich, während er sich ein Grinsen verkniff.

Ein paar endlose Sekunden vergingen, in denen sie sich stumm gegenüberstanden. Curtis erkannte, dass sie nicht die Absicht hatten zu schießen.

»Legen Sie die Gewehre nieder«, verlangte er. »Gute Arbeit, aber nicht länger nötig. Mr da Silva und ich waren gerade …« Er schaute sich zu dem Mann hinter ihm um, und die Worte blieben ihm im Hals stecken.

Da Silva lehnte mit provokativ nach vorn geschobenen Hüften an der Tür. Seine Lider waren schwer, das schwarze Haar zerzaust, die Lippen geöffnet und ein wenig rot, wie bei einem Mann, der gerade ausgiebig geküsst worden war. Der seidene Schlafrock stand offen und entblößte seine glatte, nackte Brust und, wie Curtis nicht umhinkonnte zu bemerken, dunkle Brustwarzen, von denen eine – oh, gütiger Gott! – von einem silbernen Ring durchbohrt war.

Er sah unglaublich dekadent aus. Er sah aus, als ob jemand gerade dabei gewesen wäre, ihn genau dort an dieser Tür zu verführen, und als ob es ihm gefallen hätte.

Jemand, und für die Bediensteten würde es ganz offensichtlich sein, wer dieser Jemand war.

Curtis fühlte, wie das Blut in seine Wangen schoss, und zwang sich wegzusehen, sich wieder auf die Gewehre zu konzentrieren. »Legen Sie die nieder!« Irgendwie brachte er eine Art Befehlston zustande.

»Ich bitte um Verzeihung, meine Herren«, sagte einer der älteren Männer hölzern und senkte sein Gewehr ein kleines Stück, damit man ihm nicht mehr wirklich unterstellen konnte, er hätte damit auf einen Gast gezielt. »Ein Alarm wurde ausgelöst. Haben Sie vielleicht eben an der Tür gelehnt, Sir?«

»An der Tür«, wiederholte da Silva und verzog den Mund zu diesem geheimnisvollen Lächeln. »Nun ja, vielleicht ein winziges bisschen. Hat das einen Alarm ausgelöst?«

»Kann sein. Wenn Sie recht schwer daran gelehnt haben. Sir.«

»Oder vielleicht jemand anders …«, begann Wesley, grinste und ließ sein Gewehr sinken.

Der grauhaarige Mann gab ein leises, warnendes Geräusch von sich.

Wesleys Grinsen verschwand, er murmelte: »Tut mir leid, Mr March«, und nahm sein Gewehr wieder in Anschlag.

Curtis wollte ihm befehlen, es sofort wieder abzusetzen, doch da er nicht wusste, was er tun sollte, sollte der Mann sich weigern, hielt er sich zurück.

»Ein unglücklicher Unfall«, stammelte er stattdessen. Er wusste, er sollte da Silva irgendwie bei seiner brillanten, wenn auch unaussprechlichen Improvisation helfen, aber sosehr er auch versuchte, die Worte hervorzubringen, blieben sie ihm doch vor Scham im Hals stecken. Aus den Augenwinkeln sah er den Mann mit der nackten Brust, der an der Tür lehnte, und seine Wange brannte. »Es tut uns leid, dass wir Ihnen Schwierigkeiten bereitet haben.«

»Sir«, sagte March platt. »Entschuldigen Sie bitte.« Er schritt in Richtung Lagerraumtür, während er sprach, senkte das Gewehr, hielt sich aber weiterhin bereit. Dass er da Silva dabei aus dem Weg drängte, war ihm keine Entschuldigung wert. Die anderen beiden Männer warteten in Position, die Waffen noch immer im Anschlag.

March rüttelte an der Tür, um zu sehen, ob sie noch verschlossen war, und untersuchte die Kontakte mit einem Stirnrunzeln. »Das hätte nicht passieren dürfen.« Er rüttelte kurz daran, dann drückte er etwas fester. »Scheint nicht locker zu sein. Warum wurde dann der Alarm ausgelöst?« Er blickte sich mit abschätzendem Blick erneut zu Curtis um. »Es ist niemand sonst in diesem Raum, oder, Sir?«

»Für meinen Geschmack sind hier ausreichend Personen vorhanden.« Da Silva klang unbeschwert und spöttisch, ohne einen Hauch von Scham oder Schuld. »Zu viele, würde ich meinen, also werde ich mich wohl umgehend zurückziehen. Ich bitte um Entschuldigung, dass wir Sie, äh, aus Ihren Betten geholt haben.« Er zwinkerte Wesley mit seinen langen Wimpern kurz zu. »Und ich werde zu meinem zurückkehren. Oder in das von irgendjemandem, ganz gleich. Kommen Sie, mein Lieber.« Diese Aufforderung war mit einem spöttischen Lächeln an Curtis gerichtet.

March warf ihm einen Blick zu, den da Silva ignorierte, und nickte schließlich seinen Untergebenen zu. »Wesley, Preston, sorgen Sie dafür, dass die Herren sich nicht verlaufen.«

Da Silva tippte Curtis auf den Arm und ging den Korridor hinunter bis hin zur Haupttreppe, wobei er skandalös die Hüften schwang. Curtis folgte. Er konnte Marchs Misstrauen spüren, bis er den Raum verlassen hatte, und die Blicke ihrer Begleiter bohrten sich in seinen Rücken, während sie ihnen die Treppe hinauf, den Gang entlang und an den Glasvitrinen mit den toten Jagdvögeln vorbei folgten. Die Präsenz der Gewehre brachte die feinen Härchen in seinem Genick zum Kribbeln. Die Haare standen ihm senkrecht im Genick.

Wesley und Preston blieben am Eingang zum Ostkorridor stehen und sahen ihnen zu, wie sie den dunklen Gang zu ihren nebeneinanderliegenden Zimmern gingen, ohne ein Wort zu wechseln. Curtis öffnete seine Tür und schaltete das Licht an.

Er wurde von da Silva in den Raum geschoben, der die Tür mit seinem Absatz zuschlug und sogleich anfing, sich leise und erstaunlich derb über Curtis' Intelligenz, Fähigkeiten, sexuelle Vorlieben und Herkunft auszulassen. Er nannte sich Poet, hatte aber eher das Vokabular eines Straßenhändlers.

»Ich *weiß*«, warf Curtis ein, als da Silva Atem schöpfen musste. »Ich bin ein verdammter Narr. Ich habe diesen Alarm vollkommen vergessen. Sie haben zum Glück unverzüglich reagiert, sonst hätten wir wohl keine Chance gehabt.«

»Wir sind noch nicht aus dem Schneider. Hören Sie!«

Curtis lauschte. Man konnte ganz leise Geräusche wahrnehmen, die aber nicht aus Richtung der Tür kamen, sondern von der gegenüberliegenden Wand, der mit dem Spiegel, dem geheimen Spionagekorridor. Er hörte ein leises Kratzen.

»Sie wollen uns beobachten«, meinte da Silva mit leiser und angespannter Stimme. »Ich bin nicht sicher, ob March uns die Geschichte abnahm. Sie sind einfach zu sehr Soldat. *Verdammt!*«

Curtis schob den Unterkiefer nach vorn. Er hatte sie in diese Lage gebracht, er würde sie auch wieder herausholen. Er sprach sehr leise und drehte sich vom Spiegel weg, damit man nicht seine Lippen lesen konnte. »Wenn es zu einem Kampf kommt, habe ich meinen Revolver im Schrank. Sind Sie bewaffnet?«

»Ich benutze keine Schusswaffen. Denken Sie, Sie können uns den Weg freikämpfen?«

Zwei bewaffnete Männer beobachteten sie, und ein weiterer wartete unten. Sein Revolver war weggepackt und nicht geladen. Ein dreißig Meilen langer Nachtmarsch durch unbekanntes Gelände läge vor ihnen, selbst wenn sie es schafften, die drei zu überwältigen und, ohne gesehen zu werden, aus dem Haus zu kommen. Mal abgesehen davon, dass da Silva nicht der Partner war, den er für eine Flucht, geschweige denn einen Kampf gewählt hätte. »Die Chancen stehen nicht gut«, musste Curtis zugeben. »Aber wenn es dazu kommt …«

»Wenn es dazu kommt, sind wir verloren. Wir schaffen es vielleicht aus dem Haus, aber die Beweise wären dann längst verschwunden.« Da Silva zögerte. »Oh, verflucht! Setzen Sie sich aufs Bett.«

»Wie bitte?«

Da Silva legte einen Arm um seinen Hals, lächelte ihn provokant an, hakte seinen Fuß hinter seinem Knöchel ein und schob ihn zurück. Curtis stolperte und fiel schwer auf die Matratze.

Seide raschelte leise, als da Silva sich seines Schlafrocks entledigte und dastand, nackt bis zur Hüfte. Der kleine Ring in seiner dunklen Brustwarze glänzte.

»Was zum Teufel tun Sie da?«

»Lächeln, wir werden beobachtet.« Da Silva sank auf die Knie und zog Curtis' an sich. »Versuchen Sie es einfach zu genießen, ich mache die ganze Arbeit.«

»Arbeit?«, fragte Curtis mit rauer Stimme. »Was …?«

»Wenn sie zu dem Schluss kommen, dass wir nur etwas vorgetäuscht haben, dass Sie an diesem verfluchten Schrank waren, sind wir so gut wie tot.« Da Silva ließ seinen Mund über Curtis' Hals hin zu seinem Ohr tanzen. »Also liefern wir überzeugende Argumente für unsere Geschichte, verstanden? Oder …« – er ließ einen Finger über Curtis' Brust nach unten wandern – »… Sie können hier sitzen wie ein Sack Kartoffeln, bis unsere Beobachter zu dem Entschluss kommen, dass Sie mich in der Bibliothek *nicht* angemacht haben, als sie mit ihren Gewehren ins Zimmer kamen.« Er blickte ihn mit geneigtem Kopf an, als ob er mit ihm flirten wollte. »Haben Sie eine bessere Idee? Ich nämlich nicht.«

Curtis hatte überhaupt keine Idee mehr, denn da Silvas Hände strichen an seinem Hosenbund entlang, ihm entrang sich ein erstickter Laut.

»Es ist nur ein Mund. Sie sind alle gleich«, zischte da Silva. »Kommen Sie, das haben Sie doch sicher auch schon in der Schule getan. Stellen Sie sich vor, Sie wären wieder in Eton.«

»Das können Sie nicht machen!«

»Und wie lautet Ihre Alternative?«

Curtis hatte keine. Da Silva kniete vor ihm, seine dunklen Augen öffneten und schlossen sich, und dieser skandalöse Ring glitzerte mit dem Heben und Senken seines Brustkorbs. Geschickte Hände glitten über Curtis' Knöpfe und die harte Schwellung an seiner Leiste.

»Nun?«

Curtis schüttelte kaum merklich den Kopf. Er war sich nicht sicher, was er hier eigentlich verweigerte.

»Nun dann, Augen zu und durch.«

Da Silva schob seine Hose nach unten, und Curtis hob die Hüfte etwas an, um ihm das Ausziehen zu erleichtern. Er schloss die Augen, fühlte da Silvas Hände auf den Knöpfen seiner Unterhose, seine Finger strichen über die Spitze seines Penis.

»Oh Gott!«

»Entspannen Sie sich«, murmelte da Silva. »Ich beiße nicht.«

Kaum hatte er das gesagt, nahm er ihn in den Mund, und Curtis wurde von einem warmen, feuchten Gefühl überwältigt.

Seine Augen sprangen auf, und er sah sich selbst in diesem günstig positionierten Spiegel, mit errötetem Gesicht und gespreizten Beinen. Und dann war da natürlich dieser dunkle Mann, der mit gebeugtem Kopf zwischen seinen Oberschenkeln kniete.

Oh Gott! Jemand stand dort hinter dem Spiegel und beobachtete sie. »Ich kann nicht«, zischte er.

Da Silva schnaubte. »Sie müssen doch gar nichts tun. Schließen Sie einfach die Augen.«

Doch Curtis konnte nicht. Er sah zu dem Spiegel, und anstatt sich vorzustellen, was auf der anderen Seite der Wand wohl vor sich ging, war er wie gebannt von dem Kontrast zwischen der feingliedrigen Silhouette von da Silvas glattem, olivfarbenem Rücken und seinem eigenen viel blasseren Brustkorb, dicht behaart mit dunkelblondem Haar auf den breiten, mächtigen Brustmuskeln. Da Silvas Mund wanderte über sein steifes Glied, arbeitete hart, seine Zunge umkreiste ihn, leckte ihn, und es wurde langsam unmöglich, an überhaupt noch etwas zu denken.

Dies hatte nichts mit den hastigen Fummeleien zu tun, die er von der Schule her kannte, oder mit den ungelenken Verrenkungen im College. Da Silvas Wangen mit den kratzigen Bartstoppeln rieben leicht an seinen Oberschenkeln. Seine geschickte Zunge glitt über seine Eichel, schob und saugte. Dann schloss sich sein Mund vollständig um ihn, und seine Lippen glitten über die gesamte Länge hinab. Er nahm ihn tief in sich auf, bis er ganz und gar verschwunden war.

Curtis gab einen fast animalischen Laut von sich. Es war obszön und wunderbar, und er fragte sich, weshalb da Silva gar nicht würgen musste. Er lehnte sich zurück und beobachtete den dunklen Kopf. Er sollte überzeugend aussehen, hatte da Silva gesagt, daher legte Curtis – zunächst etwas zaghaft – seine Hände auf dessen Kopf. Doch dann ließ er die Finger durch den glatten, glänzenden Schopf gleiten, spürte die Bewegung, während da Silvas Zunge unermüdlich war. Dieser rieb sein Gesicht wie eine Katze am Leder von Curtis' Handschuh. Seine Kehle vibrierte von einem sanften Schnurren, das gegen Curtis' Fleisch prallte und durch sein Blut sang. Curtis biss sich auf die Lippen.

Es muss überzeugend wirken. Seine Hüften bewegten sich jetzt beinahe willenlos und schoben ihn in da Silvas geschickten, hübschen, schmutzigen Mund. Da Silvas Finger glitten über seine Schenkel, und er war einfach unglaublich, umschlang und saugte, auf und ab. Curtis vergaß die Beobachter, Lafayette und alles sonst. Er fühlte nichts als den heißen Mund, sah nichts als die gespiegelte Form eines dunklen Engels zwischen seinen Beinen. Er stieß jetzt härter, verkrallte sich in da Silvas Haar, um ihn nicht entkommen zu lassen, und da Silva stöhnte lustvoll. Seine Finger gruben sich in Curtis' Oberschenkel, um ihn noch näher heranzuziehen, und er nahm die Stöße auf, ohne zurückzuweichen. Gott, es gefiel ihm sogar, es gefiel ihm, Curtis' großes, angeschwollenes Glied im Mund zu haben …

Curtis fühlte, wie sich seine Hoden schmerzhaft zusammenzogen, viel zu schnell, und konnte sich gerade noch an seine Manieren erinnern. »Ich komme gleich«, warnte er mit rauer Stimme.

Da Silva ließ seinen Penis aus dem Mund gleiten, und Curtis bedauerte bereits seine eigene Ritterlichkeit, als der andere Mann wieder abtauchte und seine gesamte Länge mit einer einzigen Bewegung in sich aufnahm. Wellen der Erregung schossen über Curtis' Haut.

»Verflucht, da Silva, stopp, hören Sie auf, oder ich komme in Ihrem Mund!«

Da Silva grunzte, saugte noch stärker und machte wieder diese Sache mit dem Schnurren. Curtis' Körper verkrampfte sich, und er kam mit einem unterdrückten Schrei. Er packte da Silvas Kopf hart, dabei war es ihm gleich, ob er ihn würgte, und seine Hüften zuckten frenetisch, als er sich in einem schier nicht enden wollenden Strahl ergoss.

Erst jetzt war er in der Lage, seinen Griff in da Silvas Haaren zu lockern, und ließ sich benommen zurückfallen. Noch immer zwischen seinen Beinen kniend, hörte er, wie da Silva schluckte. Curtis starrte an die Decke.

Da Silva stand auf und goss sich am Nachttisch ein Glas Wasser ein, mit dem er sich den Mund spülte.

Das Bett knarrte, als der Mann sich darauf setzte, ohne Curtis zu berühren. »Alles in Ordnung?«

Curtis hatte keine Ahnung, ob alles in Ordnung war. Er schaute hinüber zu da Silva. Dessen dunkles Haar war vollkommen zerzaust, und es fiel nach vorn, sodass er nicht mehr so poliert und selbstbeherrscht aussah, sondern rauer, echter, gelöster. Seine Lippen waren geschwollen, der silberne Ring glänzte an seiner Brustwarze, die fest und erigiert war.

Erwartete er etwa, dass Curtis sich revanchierte?

»Sie sehen aus, als stünden Sie kurz vor einem Herzanfall«, bemerkte da Silva. »Ich bin mir nicht sicher, ob ich das schmeichelhaft finden sollte … oder das Gegenteil.«

In diesem Moment wurde Curtis von ihrer Situation überwältigt, wurden ihm die Konsequenzen der letzten Minuten wieder bewusst. »Guter Gott«, zischte er. »Verstehen Sie nicht – sie werden davon verdammte Aufnahmen gemacht haben!« Er setzte sich auf, während er sprach, und griff in dem plötzlichen Drang, sich bedecken zu wollen, nach seinem Schlafrock.

»Was Sie nicht sagen.« Da Silva rollte mit den Augen.

»Aber … nun …«, stammelte Curtis. »Wir könnten beide verhaftet werden!«

»Besser das als tot. Keine Panik, um Himmels willen, beruhigen Sie sich. Wir hatten Sex in der Bibliothek, haben keine Ahnung, dass sie unser Zwischenspiel hier fotografieren würden, somit wissen wir auch nichts von einer möglichen Erpressung, und daher kann es nur falscher Alarm gewesen sein. Wir sind aus dem Gröbsten heraus, solange Sie nicht durch einen hysterischen Anfall für Misstrauen sorgen.« Er schenkte Curtis ein schräges, nicht ganz echtes Lächeln. »Sie brauchen mir nicht zu danken.«

Curtis konnte nicht glauben, dass er das gesagt hatte. »Und was, wenn sie diese Fotografien verwenden? Sie der Polizei übergeben?« Allmächtiger Gott! Fünf Minuten in da Silvas Mund, und er sah sich mit zwei Jahren Gefängnis wegen grober Unsittlichkeit konfrontiert.

»Das sind Erpresser, Sie Idiot, die rufen keine Polizei. Ich muss mir nur die Filme holen, das ist alles.« Da Silva klang zum Verzweifeln ruhig. »Beruhigen Sie sich. Das ist trivial.«

»*Trivial*? Ihnen mag es vielleicht nichts ausmachen, in solch einer entsetzlich kompromittierenden Situation erwischt zu werden …«

Da Silvas Miene verhärtete sich. »Das macht mir weniger aus, als wenn man mich mit den Händen in der Kasse unseres Gastgebers erwischt. Und wenn ich Sie daran erinnern darf: Sie waren es, der uns überhaupt erst in diese Lage gebracht hat, als Sie, ohne nachzudenken, direkt durch diesen Draht marschiert sind.«

»Das weiß ich auch, verdammt noch mal!«

»Seien Sie doch leiser«, zischte da Silva. »Und hatten Sie eine bessere Idee, wie ich den Verdacht aufgrund Ihrer Dummheit hätte entkräften können, bevor Sie mich beschuldigen, ich hätte Ihren unberührten Körper mit meinen schmutzigen Methoden besudelt?«

Curtis war sich sicher, dass er das nicht gesagt hatte. Er schätzte es gar nicht, dass da Silva ihm Worte in den Mund legte, aber er war jetzt nicht in der Verfassung, einen Krieg an zwei Fronten zu führen. »Und wieso zum Teufel stehen wir jetzt besser da?«

»Man hat uns schließlich nicht den Schädel eingeschlagen und uns unter den Kiefern verscharrt, oder?«

»Das würde keinen großen Unterschied mehr machen!« Curtis musste sich anstrengen, um den Flüsterton aufrechtzuerhalten. »*Sie* mögen es ja gewohnt sein, für schmutzige Fotografien zu posieren …«

»Ja, Sie Armer, Sie müssen schrecklich gelitten haben.« Da Silva klang höchst erzürnt. »Sie sind ein Märtyrer für Ihr Land. Sie unterschätzen jedoch Ihre Fähigkeit, anderen etwas vorzuspielen, ganz gewaltig. Ich hätte schwören können, dass Sie dieses verabscheuungswürdige Geschäft ohne größere Qual über sich ergehen ließen.« Er warf Curtis ein boshaftes falsches Lächeln zu. »Schließlich sind Sie ja gekommen.«

Das war einfach nur verflucht unanständig, und Curtis hörte sich erwidern: »Sie haben mich dazu gebracht!«

In dem Moment, als er sich eingestand, wie kindisch das

klang, war da Silva schon auf den Füßen. »Nun, ich entschuldige mich vielmals, dass ich mich Ihnen aufdrängte. Das nächste Mal können Sie Ihre Schlösser selbst knacken, Ihre Probleme selbst lösen und Ihren Schwanz selbst lutschen. Gute Nacht, Mr Curtis!«

Er stolzierte hinaus.

Curtis starrte ihm mit offenem Mund hinterher.

Er blieb noch einen kurzen Moment auf dem Bett sitzen und blickte ins Leere, dann machte er sich mit automatischen Bewegungen bereit zu schlafen. Er versuchte, nicht in den Spiegel zu schauen, nicht zu denken, auf keine Geräusche aus dem Raum gegenüber zu lauschen – doch natürlich waren da keine, es handelte sich ja schließlich um da Silva.

Curtis schaltete das Licht aus, lag im Bett und starrte in die Dunkelheit.

Selbstverständlich hatte er es tun müssen. Es bestanden keine Zweifel an dem, was sie gefunden hatten, und auch nicht an der Skrupellosigkeit der Armstrongs, ihre Geheimnisse zu wahren. Armstrongs Männer hatten sie erwischt, waren misstrauisch gewesen. Er – sie – hatten *etwas* tun müssen. Curtis wäre da Silvas Lösung in hundert Jahren nicht in den Sinn gekommen, aber da er keine Alternative hatte, weder vorhin noch jetzt, konnte er sich wohl schwerlich beklagen.

Er konnte nicht behaupten, es wäre eine Qual gewesen. Im Gegenteil, er hatte es genossen, aber wer hätte das nicht? Jeder Mann hätte das gleiche Vergnügen gespürt, dessen war er sich sicher. Jeder wäre in den Händen dieses erstaunlichen Mannes gekommen, mit diesem feuchten Mund, der talentierten Zunge. Besonders jemand, der schon seit Langem sein Lager mit niemandem mehr geteilt hatte. Ein Mann hatte schließlich Bedürfnisse, und da Silva wusste ganz offensichtlich, wie man diese befriedigte.

Er war sich sicher, dass es da Silva ebenfalls Vergnügen bereitet hatte. Diese Geräusche, die er gemacht hatte, das Schnurren in seiner Kehle, das kleine Stöhnen … veränderte das etwas? Wurde es dadurch … nun, schwul?

Sicher nicht. Es konnte keinen Unterschied für Curtis machen, ob da Silva den Akt genossen hatte oder nicht. Und der Kerl mochte vielleicht homosexuell sein, aber er schien ein anständiger Mensch mit Herz zu sein, verborgen unter seinen Eigenarten und der harten, stacheligen Schale. Curtis würde nicht wollen, dass er den Akt für abstoßend hielt.

Es wäre viel schlimmer gewesen, wenn da Silva nicht schwul wäre, jetzt, da er darüber nachdachte. Was also dann? Was, wenn Curtis vor da Silva hätte knien müssen, um ihn in seinen Mund zu nehmen …

Seine Gedanken kreisten. Er musste schlafen.

Er hatte zu viele unruhige Nächte gehabt, um lange wach zu liegen, und die Jahre der Kriegsführung hatten ihn gelehrt, seinen Kopf freizubekommen, ganz gleich, was er am Tag erlebt hatte oder was am nächsten auf ihn wartete. Während er wegdämmerte, drehte sich sein letzter Gedanke weder um den Inhalt des Schranks noch um die späteren Vorkommnisse. Nein, das Bild, mit dem er einschlief, war dieses liebkosende, intime Reiben von da Silvas Gesicht an seinem Lederhandschuh.

6

Am nächsten Morgen regnete es. Curtis saß mit den anderen Gästen am Frühstückstisch. Da Silva, der ein eigensinniger Spätaufsteher zu sein schien, war nicht darunter. Darüber war er froh. Aber natürlich musste er mit ihm reden. Sie mussten sich absprechen, wie sie ihre Informationen an die richtige Stelle tragen sollten, und Curtis wusste, dass sie sich auch über das, was letzte Nacht geschehen war, aussprechen mussten. Doch er war nicht traurig darüber, dieses Thema noch ein wenig aufschieben zu können. Wenn man sich in den Mund eines Kerls ergossen hatte, erschien es fast unmöglich, ihm nachher in die Augen zu sehen.

Es fiel ihm schon schwer genug, mit den Armstrongs höfliche Konversation zu betreiben.

Die Bediensteten hatten sicher ihre Herrschaft über die Vorkommnisse der letzten Nacht in Kenntnis gesetzt, dessen war er sich sicher. Einer der Armstrongs, vielleicht auch alle drei, wussten, was er und da Silva getrieben hatten. Kein sehr beruhigender Gedanke. Natürlich würden sich seine Gastgeber nichts anmerken lassen – wenn sie etwas sagen würden, dann eher in Form einer Erpressung, und Curtis hatte sich entschlossen, darauf prompt und nachhaltig zu reagieren. Es würde eine Erleichterung sein. Aber falls die Armstrongs die Fassade der Normalität aufrechterhielten und sich Sir Hubert entschied, ihn unter vier Augen zurechtzuweisen – denn selbst der toleranteste Gastgeber hätte sicher etwas dagegen einzuwenden, wenn seine Gäste durch ihr unanständiges, illegales

Verhalten in der Bibliothek den Alarm auslösten, würde Curtis es ertragen, sich sogar entschuldigen müssen.

Er hatte da Silva mit ein paar unfreundlichen Gedanken bedacht, während er zum Frühstück herunterkam, auf eine Demütigung vorbereitet. Aber bislang schien es, als würde die Landhausregel der vorgetäuschten Ignoranz Anwendung finden. Sir Hubert war gesellig und Lady Armstrong wundervoll lebendig, sie lachte, während sie spöttische Klagen über den Regen anstimmte. Lambdon und James Armstrong verhielten sich unauffällig.

Sie waren alle dermaßen liebenswürdig, dass die Ereignisse der letzten Nacht ihm immer mehr wie ein Traum erschienen, während er aß. Er konnte diese geselligen, zivilisierten Menschen einfach nicht mit dem schrecklichen Inhalt des Schranks und den Anhäufungen von Betrug, Verrat und Tod in Verbindung bringen. Er konnte überhaupt kaum etwas von dem glauben, was letzte Nacht geschehen war, außer dass sein schwarzer Lederhandschuh noch immer von da Silvas Haaröl glänzte.

Etwa zur Mitte der Mahlzeit schneite da Silva herein. Seine tief liegenden Augen wiesen dunkle Ringe auf, die auf Schlaflosigkeit deuteten, aber er war tadellos gekleidet und sein Haar ordentlich geglättet. Curtis wünschte, er würde diese Frisur nicht tragen. Er hatte plötzlich das Bild von da Silvas zerzausten Locken vor Augen und blinzelte es weg.

Er grüßte ihn mit einem kurzen Nicken und erntete einen leeren Blick.

»Mr da Silva, ich sagte gerade zu allen«, rief Lady Armstrong mit ihrer glockenhellen Stimme, »wenn es heute Nachmittag aufklaren sollte, schlage ich einen Spaziergang zu den Kalksteinhöhlen vor. Sie sind nur ein paar Meilen entfernt und unglaublich beeindruckend. Ich bin mir sicher, Sie würden davon inspiriert werden.«

»Da muss ich leider ablehnen. Ich verabscheue alles Unterirdische, und meine redaktionelle Arbeit ruft. Ich wünsche Ihnen bei Ihrem Erkundungsgang aber viel Freude.« Da Silva nahm sich einen Bückling und war sich offensichtlich nicht bewusst, dass man einer Dame nicht widersprach, schon gar nicht seiner Gastgeberin.

Curtis musste ihm seine pure Unverfrorenheit hoch anrechnen. Die anderen Männer wechselten bedeutsame Blicke.

»In der Zwischenzeit begeben Sie sich doch bitte in das Spielzimmer«, fuhr Lady Armstrong fort. »Karten, Billard, und vielleicht könnten wir auch eine Runde Scharade einplanen, falls das Wetter sich nicht bessert?«

»Oh, wundervoll«, sagte Miss Carruth enthusiastisch. »Ich liebe Scharaden.«

Curtis schaute da Silva an, er konnte nicht anders. Er aß den geräucherten Fisch mit katzenartiger Hingabe, ein Mann, der sich völlig darauf konzentrierte, Gräten zu vermeiden.

Scharaden, in der Tat.

Nach dem Frühstück begaben sich Curtis, Grayling und Holt in den Billardraum, und irgendwie hatte sich da Silva ihnen angeschlossen. James Armstrong und Lambdon waren mit Miss Carruth und Mrs Grayling gegangen, wobei beide Damen vor koketter Heiterkeit kicherten. Lady Armstrong hatte sie mit einem Lächeln beobachtet, das Curtis wie eingefroren schien.

»Spielen Sie, da Silva?«, fragte Holt skeptisch.

Da Silva reagierte nicht auf den Tonfall. »Weniger als früher. Aber ich kann mich noch an die Grundlagen erinnern.«

»Wer spielt gegen wen?«, fragte Holt.

»Ich bin bei Ihnen«, preschte Grayling vor, bevor er am Ende noch mit dem falschen Mann ein Team bilden musste.

Da Silvas Mund kräuselte sich zu einem spöttischen Lächeln.

Curtis sagte: »Dann bleiben Sie und ich übrig, da Silva.«

»Können Sie denn damit spielen?« Da Silva wies nickend auf seine Hand, als Curtis sein Queue mit Kreide überzog. »Ich hatte reichlich Praxis. Keine Angst, Sie werden dadurch keinen Vorteil haben.« Er machte eine kurze Pause und streckte sich zufrieden.

»Da wäre ich mir nicht so sicher«, meinte da Silva und versenkte die ersten beiden Kugeln.

Curtis trat zurück und empfand zunächst Überraschung und dann Respekt, als da Silva den Tisch methodisch bespielte. Seine Hände waren mit dem Queue so geschickt wie mit den Picks, und er bewertete offensichtlich das ganze Spiel, während er sich mit zurückhaltender Anmut um den Tisch bewegte, um den nächsten Stoß festzulegen, wenn er eine Kugel versenkt hatte. Curtis, der ein recht anständiger Spieler, aber kein Stratege war, beobachtete ihn mit offener Bewunderung.

Da Silva beugte sich vornüber, um einen komplizierten Stoß auszuführen. Eine schwarze Locke löste sich und fiel ihm ins Auge. Ungeduldig schüttelte er den Kopf. Sie hatten sich ihrer Kleidung bis auf Westen und Hemdsärmel entledigt, und seine Manschetten waren zurückgeschlagen und gaben die braunen Unterarme frei. Da Silva beugte sich über den Tisch, und in dieser Position saß seine Kleidung straff an seinem schlanken, eleganten Körper. Diese eng anliegenden Hosen betonten ein festes, äußerst wohlgeformtes Hinterteil. Seine Lippen waren vor Konzentration leicht geöffnet, und Curtis befiel plötzlich die Vorstellung, wie er den dunklen Schopf packte, während er ausgestreckt auf dem Tisch lag, und sein Glied in diesen einladenden Mund schob – Curtis konnte das Stocken seines eigenen Atems hören. Da Silvas Kopf zuckte hoch, als er anstieß, und seine Kugel donnerte gegen die Bande.

»Verdammt! Ihr Tisch, Curtis.«

Man konnte hören, dass er mehr als verärgert über sich war. Curtis nickte stumm, vergeigte seinen nächsten Stoß und verlor das Spiel verdient mit großem Abstand.

»Ja, nun, sehr gut.« Holt sah zu ihnen herüber. »Wie fänden Sie es, gegen einen Kerl mit zwei Händen zu spielen?«

»Sehr gut.« Da Silvas Lächeln glitzerte.

»Tatsächlich? Würden Sie darauf wetten?«

»Nein.«

»Doch nicht so zuversichtlich?«

»Ganz im Gegenteil.«

»Ich setze auf da Silva, wenn wir Wetten platzieren«, äußerte Curtis und versuchte, die Atmosphäre zu entspannen. »Ich glaube, ich wurde noch nie so vernichtend geschlagen.«

»Ich wette ein Pfund dagegen.« Holt schaute da Silva mit offenem Hohn an. »Setzen Sie nicht auf sich selbst? Ah, wie konnte ich das vergessen, Leute wie Sie achten natürlich sehr auf ihre Pennys.«

Da Silvas Lider wurden schwer, aber er bewahrte das Lächeln auf seinen Lippen. »Erhöhen Sie ruhig Ihren Einsatz, Curtis. Ich werde Ihre Ehre verteidigen.«

»Das würde ich nicht tun.« Grayling sah unbehaglich aus. »Holt ist schrecklich gut.«

Holt zuckte bescheiden mit den Schultern. »Ich kann meinen Mann stehen.«

»Das werden Sie wohl auch müssen«, murmelte da Silva.

»Ich erhöhe auf einen Fünfer«, warf Curtis ein, bevor irgendjemand über diese Bemerkung nachdenken konnte.

»Sie sind ja ein Überflieger. Es ist eine Schande, Ihr Geld zu nehmen. Hier.« Holt reichte da Silva eine Münze, um zu entscheiden, welcher Spieler beginnen sollte. »Aber wieder zurückgeben.«

Da Silva, der gerade die Münze werfen wollte, nahm sie zwischen Finger und Daumen und ließ sie auf das Billardtuch fallen. »Sie fangen an.«

Holt warf ihm einen feindseligen Blick zu und hob dann die Münze auf. Da Silva lächelte. »Kaufen Sie mir einen Drink von Ihrem Gewinn, Curtis.«

»Also, welche Seite?«, brummelte Grayling.

Holt war ein guter Spieler, das hatte Curtis schon zuvor bemerkt. Die beiden Männer schienen sich zunächst ebenbürtig zu sein. Holt ging das Spiel sehr ernst an und runzelte konzentriert die Stirn. Da Silva tat nichts, um ihn zu stören – man konnte ihn nicht der geringsten Unfairness bezichtigen –, aber seine affektierte Haltung, während Holt an der Reihe war, die Hand auf der Hüfte, der geneigte Kopf … das hätte jeden echten Mann zur Raserei gebracht. In der Tat war es wahrscheinlich auch so, wie Curtis bemerkte.

Als sie den Tisch halb abgeräumt hatten, läutete die Uhr. Da Silva, der gerade die Kugel spielen wollte, schnappte kurz nach Luft und streckte sich katzenhaft. Dabei hob er dramatisch sein Queue in die Höhe. »Ist es etwa schon halb? Gütiger Himmel, die Zeit verfliegt in solch charmanter Gesellschaft im Nu. Ich habe noch *so* viel Arbeit zu erledigen, müssen Sie wissen. Die Muse verlangt nach Opfern.«

»Sie werden doch nicht einfach aufhören zu spielen?«, verlangte Holt zu wissen.

»Himmel, nein, ganz und gar nicht. Aber ich kann jetzt wirklich nicht mehr länger bummeln.« Da Silva kreidete sein Queue erneut ein, beugte sich wieder über den Tisch und räumte ihn bis zur letzten Kugel ab.

Die drei sahen mit offenem Mund zu. Da Silva bewegte sich wie eine Schlange, geschmeidig, ohne zu zögern und unglaublich schnell. Er legte sein Queue schon bei einer neuen Kugel an, noch bevor die vorherige überhaupt in ein Loch gefallen war. Die Stille im Raum war zum Schneiden, wenn man von Holts rasselndem Atmen absah, dem Flüstern von Kugeln auf dem Billardtuch und dem Klicken, wenn Elfenbein auf Elfenbein traf.

Die letzte Kugel drehte sich ins Loch, und da Silva richtete sich auf. »So«, sagte er zu Holt. »Alle versenkt. Und ›vergessen‹ Sie nicht, Curtis zu bezahlen.«

Er steckte sein Queue zurück in den Ständer, zog seinen Mantel sorgfältig über, richtete die Manschetten und schlenderte hinaus.

»Nun ja«, unterbrach Grayling die Stille. »Also ehrlich.«

»Ich wusste es.« Holt war tiefrot angelaufen. »Dieser Mann ist ein Betrüger.«

»Unsinn«, widersprach Curtis.

»Unsinn? Haben Sie das gesehen?«

»Der Dichter hat mit Holt gespielt«, stellte Grayling undiplomatisch fest. »Er hätte ihn zu jeder beliebigen Zeit fertigmachen können.«

Holt sah ihn an. »Ein Betrüger, ich sage es ja. Sie spielen so in diesen jüdischen Billardhallen im East End …«

Curtis ging dazwischen: »Das mag vielleicht so sein, aber Sie können einen Mann nicht des Betrugs beschuldigen, wenn er nicht einmal um Geld spielen wollte.«

»Ich verstehe nicht, warum zum Teufel Sie sich auf seine Seite stellen.« Holt sah erstaunt aus und schien durch Curtis' Abtrünnigkeit verletzt.

Curtis war selbst überrascht, aber Tatsache war nun einmal Tatsache. »Er hat Sie fair geschlagen, und das noch nicht einmal des Geldes wegen. Er ist ein verdammt guter Spieler, sodass uns anderen nur die Rolle des anständigen Verlierers bleibt.« Curtis ließ das sacken; ein schlechter Verlierer war eine schmähliche Kreatur.

Holt presste die Lippen zusammen, und Curtis machte einen Vorschlag: »Wollen Sie jetzt versuchen, einen Teil des Fünfers, den Sie mir schulden, zurückzugewinnen?«

Sie spielten zwei weitere Spiele, und Curtis verlor einen beachtlichen Betrag seines fiktiven Gewinns. Das beruhigte Holts aufgebrachtes Gemüt etwas, aber er schien noch immer gekränkt zu sein. Curtis konnte es ihm nicht verübeln.

Aber er konnte auch da Silvas Reaktion verstehen. Zwar hatte Holt nichts wirklich Außergewöhnliches gesagt, und man hätte denken können, da Silva sei an diese Art Geplänkel gewöhnt. Er bekam solche Spitzen bestimmt reichlich oft zu hören, vermutete er. Aber Curtis hatte gegen die Buren gekämpft, eine Handvoll schlecht bewaffneter Bauern, die beinahe durch blanken, eigensinnigen Stolz das britische Imperium geschlagen hätten, und er hatte das Blitzen in da Silvas dunklen Augen erkannt. Ein lateinisches Sprichwort, das er einst als Schuljunge gelernt hatte, kam ihm ins Gedächtnis und gleich auch noch die holprige Übersetzung dazu. *Nemo me impune lacessit. Wenn du meinen Weg kreuzt, wirst du es bereuen.*

Er ging los, um den Gegenstand seiner Gedanken zu suchen, und war sogleich erfolgreich: in der Bibliothek, wo die Damen Merton und Carruth die Regale durchforsteten. Da Silva saß in seine Arbeit vertieft am Schreibtisch, das Haar wieder ordentlich zurückgestrichen.

Curtis trat zu ihm und war sich der Anwesenheit der Frauen bewusst. »Gute Partie. Sie sind ein ausgezeichneter Spieler.«

»Jahrelange Übung.« Da Silva blickte nicht auf. Er hatte zwei Wörterbücher und einen Stapel Manuskriptpapier vor sich aufgebaut, auf dem er Anmerkungen zu machen schien.

Curtis stellte sich vor ihn, um einen Blick zu wagen. Die ursprüngliche Handschrift war grässlich; da Silvas Anmerkungen dagegen waren in einer schwungvollen, eleganten Handschrift und bedauerlicherweise mit brauner Tinte geschrieben. Curtis kniff die Augen zusammen, um zu lesen, was auf dem Kopf stand.

»Das Bearbeiten von Levy ist kein Volkssport.« Da Silvas Federhalter kratzte. Er schien nicht geneigt, Curtis seine Aufmerksamkeit zu schenken.

»Wer ist Levy?«

»Der führende Fragmentalist. Einer von Englands größten lebenden Poeten.« Da Silva betrachtete das Wort, das er geschrieben hatte, strich es wieder durch und fügte hinzu: »Wenn Sie jetzt Alfred Austin erwähnen, werde ich Sie niederschlagen.«

»Aber Mr da Silva!«, kicherte Fenella Carruth. »Mr Austin ist der Hofdichter.«

»Was uns die künstlerische Leere dieser entsetzlichen Institution vor Augen führt.« Während da Silva sprach, schrieb er mit deutlichen Druckbuchstaben auf das Papier, sodass Curtis es lesen konnte: *Zierbau – 1 Stunde*. Der Stift tippte auf die Worte, um Curtis' Aufmerksamkeit darauf zu lenken, hielt dann ein paar Sekunden lang inne und strich die Botschaft wieder durch. »Jetzt würde ich es begrüßen, wenn ich mich meiner Arbeit widmen dürfte. Ihr militärisches Gebaren ist meiner Jagd auf die Muse nicht gerade förderlich. »

»Bitte entschuldigen Sie, ich wollte Sie nicht stören«, murmelte Curtis, während er mit Miss Merton Blicke wechselte, dann ging er hinaus, um zu sehen, ob es irgendwo im Haus passendes Ölzeug für ihn gab.

7

Er kam recht klamm im Zierbau an, nachdem er die lange Wanderung durch den Regen unternommen hatte. Sein Bein machte ihm zu schaffen, aber das tat es immer. Die Ärzte behaupteten zwar, dass seine Kniescheibe keinen schweren Schaden erlitten hatte, und schienen zu denken, er hätte sich inzwischen gänzlich von der Verletzung erholt haben müssen, aber Curtis konnte es nicht glauben, damals wie heute. Die Wunden von Jacobsdal waren nicht von der Sorte, die verheilten. Als er sich dem lächerlichen mittelalterlichen Turm auf der Spitze des Hügels näherte, dachte er jedoch nicht an den Schmerz oder das Blut auf der ausgetrockneten Erde, sondern an die hässlichen Wahrheiten, die unter Peakholmes glatter Fassade ruhten wie die Dinge in da Silvas Fischteichen. Und er dachte an den dunklen, schlanken Mann, den er gleich treffen würde.

Er betrat den Zierbau und schüttelte die Nässe von seinem geborgten Ölzeug.

»Hier oben«, hörte er eine Stimme, die Curtis zurückweichen ließ wie ein scheuendes Pferd. »Verriegeln Sie die Tür.«

Curtis warf das Ölzeug auf eine Kiste, ließ den schweren Eichenbalken in die großen eisernen Halterungen gleiten – dankbar für Sir Huberts beziehungsweise dessen Architekten Sinn, denn die dicke Tür könnte eine kleine Armee abhalten – und stieg die Wendeltreppe hoch. Das Zwischengeschoss umfasste etwa die Hälfte der Turmbreite, und die dicken Eichendielen fühlten sich unter den Füßen wärmer an als die Steinfliesen im Erdgeschoss. Da Silva stand etwas von den Fenstern entfernt da, Schultern an die Wand gelehnt und die Arme vor dem Brustkorb verschränkt. Er hatte seinen großen Übermantel mit Pelzkragen umgelegt.

»Es ist recht warm hier drin«, bemerkte Curtis und warf seinen eigenen Übermantel ab. »Solide Bauweise.«

»Eine Ruine soll doch trotzdem etwas Einladendes haben, nicht wahr? Wir sollten über letzte Nacht reden.«

Curtis schluckte. »Richtig.«

»Erpressung und Verrat. Wir müssen unsere Informationen an die entsprechenden Behörden weitergeben, ohne dass irgendjemand hier bemerkt, was wir vorhaben. Außerdem müssen wir alle Beweise über unsere Taten der letzten Nacht vernichten, die wir unternommen haben, um das Verdachtsmoment zu entschärfen.«

Das Verdachtsmoment entschärfen, dachte Curtis. Da Silvas Mund, der an seinem Schaft auf und ab geglitten war, die geschickte Zunge an der Spitze seines Penis, der Brustwarzenring, der sich kurz an Curtis' nackten Oberschenkel gedrückt hatte, als sich da Silva an ihn gelehnt hatte. »Richtig.«

»Wie Sie nahm ich eine Einladung für vierzehn Tage an.« Da Silva sprach mit seiner gewohnten Sanftheit. Selbst wenn er ebenfalls die Flut der sinnlichen Erinnerungen spürte, die Curtis gerade überrollte, ließ er sich nichts anmerken. Hatte er seine Spielchen mit so vielen Männern getrieben, dass ihn einer mehr gar nicht mehr berührte? »Ich würde lieber nicht so lange mit dem Alarmschlagen warten. Jeder von uns könnte sich zu jeder Zeit verraten.«

»Ich schätze, Sie meinen, dass ich das könnte.«

Da Silva zuckte mit den Achseln. »Ich bin mir jedoch noch nicht sicher, wie wir Hilfe holen sollten. Das Haustelefon läuft über eine örtliche Zentrale, über einen Telefonisten, der ein Bediensteter der Armstrongs und somit von Peakholme ist.«

»Sie meinen, die Telefonate werden mitgehört?«

»Da bin ich mir ziemlich sicher. Es wäre gewiss eine Möglichkeit, ein Telegramm oder einen Brief zu senden, aber ich würde der Familie zutrauen, dass sie die Post ihrer Gäste öffnet. Und ich bin sicher, dass sie auf jeden Fall Ihre und meine öffnen würde, in der Hoffnung, schriftliche Eingeständnisse oder sogar noch weitere Namen zu finden, die sie verfolgen könnten.«

»Das würden sie vermutlich tun. Nun, dann wird wohl einer von uns seinen Besuch abkürzen müssen.«

»Es ist die beste Wahl. Es wäre natürlich unseren Gastgebern gegenüber schrecklich unhöflich.«

»Ich bin sicher, Sie können damit umgehen«, stichelte Curtis.

Ein amüsierter Schimmer glomm in da Silvas Augen. »Zweifelsohne.« Er zögerte. »Ich möchte Sie nicht beschämen, aber wir sollten über das Problem von kompromittierenden Fotografien reden, die eventuell letzte Nacht gemacht wurden. Ich denke, wir müssen annehmen, dass es tatsächlich welche gibt.«

Curtis nickte. Er konnte sich derart lebhaft vorstellen, was auf diesen verfluchten Dingern zu sehen war, als hielte er sie direkt in Händen. Seine muskulöse Brust, das Gesicht von Lust verzerrt, der schlanke, dunkle Mann, der mit gebeugtem Kopf zwischen seinen Oberschenkeln kniete.

»Das Problem ist nicht nur, die Filme und alle Fotografien zu finden. Denn wenn wir sie verschwinden lassen, ist es offensichtlich, dass wir wissen, was die Armstrongs treiben. Dann werden sie sich entweder um uns kümmern müssen, oder sie werden die Beweise in diesem Aktenschrank vernichten. Oder beides.« Da Silva nahm seinen schweren Übermantel ab und legte ihn sorgfältig zusammen. »Es ist wirklich warm, nicht wahr? Was ich am liebsten täte, ist, die Beweise für all die illegalen Aktivitäten zu nehmen, unsere und ihre, und ohne großes Aufhebens zu verschwinden. Sind Sie mit dem Wagen hier?«

»Das geht nicht«, sagte Curtis. Wie konnte er nur so beiläufig reden? »Meine Hand. Ich kann das Lenkrad nicht greifen. Können Sie fahren?«

»Nein. Wir könnten wohl laufen, aber Sie sind sicherlich ebenso wenig begeistert wie ich von der Aussicht auf einen dreißig Meilen langen Marsch über raues Terrain, und das bei diesem Wetter. Zweifelsohne würden Armstrongs Männer auch viel schneller vorwärtskommen, schon weil sie das Gelände besser kennen.«

»Das Gelände ist zu offen, die Verfolger würden uns zu schnell sichten.« Das war jetzt zumindest ein Gebiet, auf dem er sich auskannte. »Sehr wenig Deckung, lange Sichtstrecken. Haben Sie Erfahrung mit dem Pirschgang?« Die schlanke, in Samt gekleidete Figur, die dort an der Wand lehnte, schien nicht zu einem Mann zu passen, der an einen Aufenthalt im Freien gewöhnt war.

Da Silva erschauderte. »Gott, nein, ich jage nicht. Nun gut, wir haben also kein Mittel für einen schnellen Abgang. Dann sollten Sie wohl nach London zurückkehren und mit Ihrem Onkel Maurice plaudern. Das ist etwas, das in seine Zuständigkeit fällt. Warnen Sie mich per Telegramm – ich werde Ihnen einen unverfänglichen Wortlaut mitteilen, den Sie verwenden können –, und wir werden diese Bilder an uns nehmen, bevor die Truppen hier eintreffen.«

Curtis runzelte die Stirn. Es waren leicht dahingesagte Worte, aber unter dem Strich bedeutete es, dass da Silva allein war und riskierte, von gefährlichen Männern entdeckt zu werden. »Warum gehen Sie nicht nach London, und ich bleibe?«

»Sie können keine Schlösser knacken.«

»Und Sie können nicht mit dem Alarm umgehen.«

»Ich habe Ihnen zugesehen. Das war kein wirklich kompliziertes Vorgehen. Sie könnten es mir zeigen.«

Das könnte Curtis wahrscheinlich, aber da Silvas Vorschlag war noch immer inakzeptabel. »Ich glaube, das Risiko eines Angriffs seitens der Armstrongs ist für Sie viel größer als für mich.« Er musste nicht erwähnen, weshalb. Wenn Archie Curtis, dem reichen Kriegshelden aus gutem Hause, etwas zustieß, würden einflussreiche Leute nachforschen. Der gefürchtete Sir Maurice Vaizey und der alte Krieger Sir Henry Curtis würden nicht ruhen, bis sie ihren Neffen gefunden hatten, tot oder lebendig. Da Silva hatte keine besondere Herkunft oder keinen sozialen Stand, es war auch unwahrscheinlich, dass er hochrangige Freunde hatte. Die Armstrongs würden nicht erwarten, dass das Verschwinden eines *halbseidenen* portugiesischen Juden in den entsprechenden Kreisen für Aufruhr sorgen würde. Curtis würde natürlich ein Riesentheater veranstalten, wenn dem Mann etwas passierte, aber dann wäre es zu spät.

Da Silva schüttelte den Kopf. »Ich wäre da nicht so sicher. Ich glaube, Sie unterschätzen die Skrupellosigkeit, die bei den Erpressungen im Spiel ist, und wenn Sie mir erlauben, offen zu reden: Sie sind nicht wirklich gut vorbereitet, um damit umzugehen.«

Curtis starrte ihn beinahe sprachlos an. Wie konnte es dieser verfluchte verweichlichte Kerl wagen … wie konnte er auch nur andeuten …? Er atmete tief ein. »Ich kann auf mich selbst aufpassen, und das ein gutes Stück besser als irgend so ein aufgeplusterter Schönling. *Sie* werden diese Informationen weitergeben. Denn im Reden sind Sie gut.«

»Oh, du meine Güte, der tapfere britische Soldat, der heroisch entgegen aller Wahrscheinlichkeit sein Kinn nach vorn schiebt. Sie haben kein Gatling-Gewehr hier.« Da Silvas Ton war beißend.

»Ich habe keine Angst vor diesen verfluchten Armstrongs.«

»Hier geht es nicht ums Kämpfen. Es geht um die Beweise und wie wir sie an uns bringen können, damit unsere Gastgeber am Ende dieses Durcheinanders verhaftet werden, und nicht wir. Wenn die Armstrongs alles in diesem Schrank vernichten, bevor es die Behörden zu sehen bekommen, haben wir versagt. Und wenn sie diese verfluchten Fotografien gegen uns verwenden, bedeutet das im besten Fall einen Skandal, im schlimmsten Fall zwei Jahre.«

»Und wenn die Armstrongs oder deren Männer Sie beim Herumschnüffeln erwischen?«, hakte Curtis nach. »Wie war das mit dem flachen Grab unter den Kiefern?«

Da Silva zuckte lässig mit den Schultern. »Das werde ich natürlich zu vermeiden versuchen. Wir sollten nicht darüber streiten. Gehen Sie einfach nach London, und überlassen Sie mir das Übrige.«

»Den Teufel werde ich tun.« Curtis machte einen aufgebrachten Schritt nach vorn. »Wenn Sie denken, ich bin Feigling genug, um mich hinter Ihren Röcken zu verstecken …«

»Wie bitte?«

»Ich werde nicht meine Ehre dadurch retten, dass ein anderer Mann sein Leben dafür riskiert«, knirschte Curtis. »Das ist es nicht, was Ehre bedeutet. Verstehen Sie das?«

»In der Tat verstehe ich sehr gut, was Ehre bedeutet, auch wenn ich nur ein Ausländer bin.« Da Silva sah um den Mund herum recht blass aus. »Ich habe Sie letzte Nacht zu unserer Zusammenkunft gezwungen, ich werde auch die Konsequenzen tragen.«

»Ich bin doch keine verfluchte Frau und brauche keinen verfluchten Schutz vor einer kompromittierenden Situation!«

Curtis blickte ihm ins Gesicht. »Wer zum Teufel glauben Sie zu sein, dass Sie mir Befehle erteilen wollen?«

»Du lieber Himmel! Dies ist nicht der richtige Zeitpunkt, Ihre Männlichkeit zurückzuerlangen.«

»*Was?*«

Er hatte sich jetzt direkt vor da Silva aufgebaut. Der schmächtigere Mann stand mit dem Rücken zur Wand, und es lag etwas Alarmierendes in seinen dunklen Augen, aber kein Zeichen von Rückzug.

»Es tut mir leid, Ihre Männlichkeit letzte Nacht gekränkt zu haben«, stieß da Silva hervor. »Ich entschuldige mich dafür, an Ihrem Schwanz gelutscht zu haben. Ich verstehe, dass Sie nach dieser höchst unmännlichen Erfahrung lieber den noblen Helden spielen wollen, aber ich habe ein größeres Interesse daran, die Armstrongs an den Galgen zu bringen, ohne dass einer von uns darunter zu leiden hat. Verstehen Sie das?«

Curtis blieb jedes weitere Wort im Hals stecken. Wütende Verleugnung angesichts der Wahrheit seiner Worte rang mit dem Wunsch, diesen verfluchten Kerl in seine Schranken zu weisen, ihn zum Schweigen zu bringen. Doch das Schlimmste von allem waren die Gefühle, die durch da Silvas raue, schamlose Worte entfacht wurden. Er wollte ihn schlagen. Er wollte ihn packen und hinter sich herzerren, so wie da Silva ihn vergangene Nacht in der Bibliothek zurückgedrängt hatte. Allerdings hatte er keine Ahnung, was er tun würde, wenn er ihn in seine Finger bekam…

»Es tut mir leid«, zischte da Silva und klang dabei mehr wie eine Kobra als wie ein Mann, der seinem Bedauern Ausdruck verlieh. »Ich erniedrige mich, krieche zu Kreuze … ist es das, was Sie hören wollen? Würde es helfen, wenn ich auf die Knie sinken würde?«

Curtis' Herz blieb stehen. Die Vorstellung von dem vor ihm

knienden da Silva nahm all seine Gedanken ein. Er brachte kein Wort hervor und wusste, dass sein Gesicht sein Begehren widerspiegelte, aber er hatte keine Kontrolle darüber.

Ein winziger Moment klirrender Stille.

»Ah«, sagte da Silva.

Curtis konnte vor Anspannung in seiner Brust kaum atmen. Da Silvas Augen waren undurchdringlich, seine Lippen leicht geöffnet und ganz nah.

»Ist es das? Dass ich auf die Knie gehe, ist es das, was Sie wollen?«

Es war ungeheuerlich. Unverantwortlich. Und diesmal gab es keine Entschuldigung dafür. Curtis war hart wie nie zuvor in seinem Leben, und er war sich ziemlich sicher, dass da Silva das auch bemerkt hatte.

Da Silva löste sich von der Wand und stellte sich so dicht vor Curtis, dass sich ihre Körper quasi berührten. »Hier sind die Bedingungen, Curtis. Wenn ich das tue, dann, weil Sie es wollen. Sie bitten mich darum. Ich lasse mich von Ihnen nicht beschuldigen, ich hätte Ihnen gegen Ihren Willen etwas aufgezwungen.«

Diese Bemerkung entlockte Curtis ein undeutliches Geräusch des Protests. Da Silvas dunkle Augen ruhten auf ihm. »Ich meine es ernst. Wenn es Ihrer verletzten Männlichkeit guttun würde, das gestrige Erlebnis zu wiederholen, dann sagen Sie es.«

Curtis hatte keine Ahnung, weshalb ihm da Silva dauernd unterstellte, er würde sich nicht männlich fühlen. Er hatte sich seit Jahren nicht mehr so maskulin gefühlt. Das Verlangen war eine weitere Sache, die ihm Jacobsdal genommen hatte, zusammen mit seinen Fingern, seiner Karriere und seinen Freunden. Über Monate hatte er kaum die Energie aufgebracht, sich mit seiner linken Hand Erleichterung zu verschaffen. Jetzt, als er diese sündigen Lippen anstarrte, wohl wissend, wozu sie fähig waren, hatte er das Gefühl, da Silva hätte einen Damm gesprengt und eine Wasserflut freigesetzt, die über lange brachliegendes Gelände tobte.

Aber er war schließlich kein Poet, also schwieg er.

»Sagen Sie mir, was Sie wollen.« Da Silvas Stimme war fest, er atmete heftig.

»Ich will … ich will, dass Sie es tun.«

»*Was* tun?«

»Auf die Knie gehen«, sagte Curtis. »Nehmen Sie mich in den Mund.«

Da Silva zog ein Taschentuch hervor und breitete es auf den Dielen aus, um sich daraufzuknien. Curtis beobachtete seine Bewegungen, wie erstarrt vor Ungläubigkeit und Verlangen. Dann griff da Silva, ohne aufzublicken, nach seinem Hosenbund. Knöpfe flogen auf, Stoff wurde beiseitegeschoben, und schon war sein steifes, schmerzendes Glied befreit. Neben da Silvas attraktiven Gesichtszügen sah es riesig aus.

»Was wollen Sie? Wollen Sie in meinem Mund kommen?«

»Oh Gott, ja! Bitte.«

»Höflichkeit wird stets belohnt«, murmelte da Silva und nahm ihn zwischen seine Lippen.

Curtis blickte nach unten und sah zu, wie er sich in da Silvas Mund hinein- und wieder hinausschob, da Silvas Zunge bewegte sich unermüdlich, und seine Hände glitten nach oben, um Curtis' Hinterteil zu umfassen. Selbst durch den Stoff war es eine außergewöhnliche Erfahrung, so berührt zu werden. Er begann sich zögernd zu bewegen, im Rhythmus von da Silvas Lecken und Saugen, und fühlte, wie sich dessen Finger anspannten. Eine Hand schob sich in seine Unterhose, umfasste seine Hoden, und dann – oh lieber Gott! – glitt ein Finger nach hinten, entlang der Falte.

»Nein«, keuchte Curtis heiser, denn dieses Gefühl war einfach zu viel, zu intim, aber als da Silva den Finger zurückzog, wünschte er, er hätte nichts gesagt.

Da Silva ließ ihn aus dem Mund gleiten, sodass Curtis seine volle Länge sehen konnte, glänzend vom Speichel. »Ich bitte um Entschuldigung. Aber warum vögeln Sie dann nicht meinen Mund?«

Er nahm erneut die Spitze von Curtis' Penis zwischen seine Lippen, und Curtis tat, wie ihm geheißen. Er stieß fest zu, krallte sich in seinen Haaren fest und schob sich hinein. Er bemerkte die Geräusche, die der andere Mann machte, ein hohes Wimmern, während beide Hände seine Hinterbacken umfassten, und fragte sich vage, ob da Silva auch kommen würde. Doch dann verflüchtigte sich jeder Gedanke, und da waren nur noch reine Ekstase und Daniel da Silvas Mund, der ihn fest umschloss. Curtis stieß und stieß immer wieder zu und ergoss sich ohne Vorwarnung oder Erbarmen in einem Strahl heißen Verlangens in den Hals des Poeten. Nach ein paar Sekunden ließ er da Silvas Haar los und fühlte, wie seine Beine unter ihm einknickten. Da Silva ließ sich auf die Fersen sinken, Kopf nach unten geneigt, die schwarzen Locken zerzaust.

Mit zitternden Händen packte Curtis sein bestes Stück wieder ein. Sein jetzt schlaffes Glied war nahezu unerträglich empfindlich.

Da Silva hockte weiter am Boden. Er bewegte sich nicht, sprach kein Wort und sah Curtis auch nicht an.

Curtis wollte etwas sagen. Ihm danken. Ihn berühren. Ein Satz aus der Schule schoss ihm durch den Kopf, der da lautete: *Gleiches Recht für alle*, und das war jetzt schon das zweite Mal innerhalb von zwölf Stunden, dass da Silva ihm eine Reise gen Himmel beschert hatte. Er fragte sich, ob da Silva am ganzen

Körper den gleichen olivfarbenen Hautton hatte und was genau man beschnittenen Männern denn abschnitt.

Da Silva, ruhig und still, sah nicht so aus, als wollte er berührt werden. Zaghaft streckte Curtis eine Hand aus, als wäre der Poet ein unbekannter Hund, der vielleicht beißen könnte. Keine Reaktion.

»Da Silva? Was ist mit Ihnen?«

»Was soll mit mir sein?« Seine Stimme hatte einen schneidenden Unterton, und Curtis' warmes Behagen, das er eben noch verspürt hatte, wich. Er ließ seine ausgestreckte Hand sinken.

»Warum haben Sie das getan?«

»*Sie* haben es doch getan.« Da Silvas Kopf war noch immer gebeugt. »Tun Sie nicht so, als wäre ich das allein gewesen.«

»Das habe ich auch nicht gemeint.« Dachte dieser Kerl etwa, er sei ein Heuchler? »Ich meine – geht es Ihnen gut?«

Da blickte da Silva auf. »Gewiss. Fantastisch. Es gibt nichts, was mir lieber ist als ein heißes Stelldichein mit jemandem, der mich verachtet.«

Curtis landete tief im dunklen Wasser und wusste nicht mehr, wo oben und unten war. »Was? Ich verachte Sie doch gar nicht.«

»Ach wirklich?« Da Silva stand auf und klopfte sich die Hosenbeine ab.

»Nein, das tue ich nicht. Das ist Unsinn.«

»Kurz bevor Sie Ihr Geschlecht in meinen Mund schoben, nannten Sie mich einen aufgeplusterten Schwulen.« Seine Finger wanderten verunsichert seinen Kiefer entlang. »Sie sollten vorsichtig mit Ihrem Ding sein, damit könnten Sie ernsthaft jemanden verletzen.«

Curtis fühlte sich schuldig. »Ich habe Ihnen doch hoffentlich nicht wehgetan?«

»Nein. Aber das spielt auch keine Rolle.«

»Natürlich spielt das eine Rolle. Warten Sie, in Gottes Namen.« Er packte da Silvas Arm, als der nach seinem Mantel greifen wollte. »*Warten Sie!* Bitte. Das war verdammt grob von mir. Ich entschuldige mich. Ich – nun, ich nehme es mir übel, dass ich mich so verhalten habe.«

»So viel habe ich verstanden. Hatten wir nicht gerade versucht, das auszuräumen?«

»Das meinte ich nicht. Schauen Sie, Sie sind wirklich ein tapferer Mann, und Sie haben sich in erhebliche Gefahr begeben, sich an die Fersen eines Erpressers zu heften. Aber ich habe schon viel schlimmere Situationen als diese erlebt, und ich habe noch immer viel mehr Erfahrung im Umgang mit Teufeleien als Sie. Tatsache ist, ich bin Soldat, und Sie sind ein –«

»Ein Schwuler?«, ergänzte da Silva scharf.

»Ein Poet«, verbesserte Curtis. »Und das bedeutet, dass *ich* hier die körperlichen Gefahren auf mich nehmen werde. Ich werde Sie nicht der Gefahr aussetzen, während ich zurück nach London fliehe. Ihre Unterstellung, ich sei unfähig, behagt mir nicht, und ich kann auch nicht behaupten, dass es mir gefallen würde, wie Sie mich vorher beschrieben. Aber ich hätte als Reaktion darauf nicht so beleidigend sein dürfen, und ich bitte Sie um Verzeihung.«

Nach da Silvas Gesichtsausdruck zu urteilen, hätte Curtis ebenso gut Suaheli reden können. Er sah verwirrt aus. Curtis hatte keine Ahnung, weshalb, ihm erschien das alles eindeutig genug. Er richtete sich auf und fuhr fort, weil er etwas loswerden musste: »Und ich wünschte, Sie würden mir sagen, wenn ich etwas falsch gemacht habe mit …« Er machte eine vage Geste zu seinem Schritt und da Silvas Mund. »Wenn ich mich vielleicht nicht so verhalten habe, wie es üblich ist. Ich habe nicht viel Erfahrung mit solchen Dingen.«

Da Silva öffnete den Mund, schloss ihn wieder und sagte schließlich: »Nein, das haben Sie nicht, und ich ganz offensichtlich auch nicht.«

»Wie bitte?«

»Nur, damit ich richtigliege. *Das* war es, worüber Sie verärgert waren? Einfach hinausgedrängt zu werden? Ich habe verstanden, dass Ihr Stolz auf dem Spiel stand, aber …«

Curtis wusste, dass er diesem Mann Offenheit schuldete. »Ich bin ein halber Krüppel. Das weiß ich. Ich muss mich damit arrangieren, meist eher schlecht als recht, und ich lasse mich nicht gern daran erinnern, dass ich weniger bin als zuvor.«

»Nun, Gott weiß, was Sie früher einmal waren, denn Sie sind gebaut wie ein Wikinger und bestückt wie ein Pferd.«

Curtis blinzelte angesichts dieser erstaunlichen Vulgarität. Da Silva schenkte ihm ein schiefes Lächeln. »Aber es liegt mir fern, das zu kommentieren. Sagen Sie mir nur: Sind Sie oder waren Sie wütend auf mich, weil ich mich Ihnen letzte Nacht aufdrängte?«

Curtis suchte nach einer Antwort und kam schließlich auf ein einfaches »Nein«.

»In Ordnung.« Da Silva zog das letzte Wort in die Länge.

»Nein«, wiederholte Curtis. »Nun, wäre ich verärgert, hätte ich Sie dann gebeten, es erneut zu tun? Das war, äh, sehr anständig von Ihnen«, fügte er hinzu und fühlte, wie er errötete.

Da Silva begann seinen Nasenrücken zu reiben, als hätte er Kopfschmerzen. »Hmm. Man kann nicht gerade sagen, dass Sie mit etwas lange hinter dem Berg halten, oder? Ich vermutete – egal, ich bin ein Narr. Ich verstehe. Ich verstehe in der Tat.«

»Sie verstehen was?«

»Was ich vor mir sehe. Mit allem, was dazugehört.« Da Silva atmete hörbar aus. »Nun. Zunächst hatte ich nicht die Absicht, Ihre körperlichen Fähigkeiten infrage zu stellen. Ich befinde mich nicht in der Position, das zu tun, aber um ehrlich zu sein, bezweifle ich, dass Gewalt uns in unserer Situation nützen wird. Täuschung ist angesagt, und das ist meine Welt, nicht Ihre, was mich zum zweiten Punkt bringt. Offen gesagt, und ohne um den heißen Brei herumzureden, der Grund, weshalb ich mich für qualifizierter halte als Sie, diese Angelegenheit zu regeln ... ah, das ist wirklich peinlich. Ich hatte nicht vor, Ihnen das zu sagen.«

»Mir was zu sagen?«

»Nun, die Sache ist die: Ich bin gewissermaßen beruflich hier.«

»Beruflich? Um was zu tun, Sonette zu schreiben?«

»Nein, es geht um meinen anderen Beruf.« Da Silva sah so beschämt aus, wie Curtis es selten gesehen hatte. »Ich arbeite für das Private Bureau des Außenministeriums. Für Ihren Onkel Maurice, um genau zu sein. Als einer seiner, äh, Sonderrekruten.«

Er hörte die Worte, verstand sie aber nicht. »Sie arbeiten für das Private Bureau?«, wiederholte Curtis.

»Wie ich schon sagte.«

»Sie sind Geheimagent?«

»Ich verabscheue diese Bezeichnung. Sie klingt irgendwie so brutal.«

»Sie?«

Da Silva verdrehte die Augen. »Ich schätze, ich sollte Ihre Skepsis als Kompliment sehen. Es wäre erniedrigend zu erfahren, dass ich wie ein Werkzeug des Staats aussehe.«

»Aber – warum haben Sie nichts gesagt?«

»Es heißt *Geheim*agent. Geheim, verstehen Sie?«

Curtis starrte ihn fassungslos an und versuchte, sich seinen kompromisslos strengen Onkel vorzustellen, wie er diesen gertenschlanken, dekadenten Dichter anwarb, als ihm plötzlich ein schrecklicher Gedanke kam.

Es war aufgesetzt. Es war alles aufgesetzt. Da Silva war ein Agent der Regierung, der den Verdacht durch seine brillante, glaubwürdige Fassade von sich ablenkte. Er hatte Curtis letzte Nacht nur deswegen befriedigt, um sicherzugehen, dass sie die Informationen, die sie benötigten, nicht aufs Spiel setzen, und heute hatte er, Curtis, ihn …

Er hatte diesen Mann auf seine Knie gezwungen und seinen Mund benutzt, und das nicht, weil da Silva es wollte, sondern *er*.

Curtis starrte ihn an, erschüttert.

»Ist alles in Ordnung?« Da Silvas Stimme schien aus weiter Ferne zu kommen. »Curtis?«

»Du lieber Gott«, murmelte Curtis, übermannt von Scham. »Es tut mir so leid. Oh Gott! Ich – ich kann mich nicht genug entschuldigen.«

»Wegen …?«

Die Situation war untragbar, und er verdiente jede Strafe. »Sie müssen denken, ich bräuchte die Peitsche.«

»Ich glaube wirklich nicht, dass es das ist, was Sie benötigen. Worüber zerbrechen Sie sich dermaßen den Kopf?«

»Gütiger Gott, Mann, ich habe Sie eben …« Curtis deutete auf den Boden, wo da Silva gekniet hatte.

»Ach das. Das habe *ich* doch provoziert. Es war allein mein Fehler. Es tut mir so leid.«

Ein sonderbarer Ausdruck stahl sich auf da Silvas Gesicht. »Rühren Ihre Gewissensbisse daher, dass Sie zu dem Schluss kamen, ich sei ein Agent der Regierung, der sich als schamloser Homosexueller ausgibt?«

Curtis zwang sich, ihm in die Augen zu sehen. »Ich kann mich nur entschuldigen. Ich hatte ja keine Ahnung.«

»Mein lieber Kamerad, Sie liegen meilenweit daneben.« Da

Silva tätschelte beruhigend seinen Arm. »Ich bin ein Agent der Regierung *und* ein schamloser Homosexueller. Was nicht bedeutet, dass ich Ihnen auf Kommando zu Gefallen bin, aber wenn Sie denken, Sie haben meinen jungfräulichen Mund geschändet, dann sind Sie fünfzehn Jahre und eine Reihe Männer zu spät dran.«

»Oh, Gott sei Dank«, platzte Curtis in einer Welle purer Erleichterung heraus, und da Silva verlor seine Contenance. Er brach in schallendes Gelächter aus.

Curtis warf ihm einen wütenden Blick zu. »Das ist verflucht noch mal nicht witzig!«

»Doch, das ist es.« Da Silvas Augen flackerten vor Belustigung. Seine Lippen waren gerötet, sein Haar derangiert, und er sah dermaßen unerträglich attraktiv aus, dass sich Curtis' Brust zusammenzog.

Curtis ließ sich auf den Boden sinken und legte den Kopf in die Hände.

Da Silva bemühte sich redlich, sich unter Kontrolle zu bekommen, auch wenn seine Stimme noch schwankte, als er sagte: »Kommen Sie schon, so schlimm ist es doch nicht.«

Keine Antwort. Es herrschte ein Moment der Stille. »Curtis?«

Er konnte das nicht tun, konnte sich dem nicht stellen. Wie zum Teufel schaffte es da Silva? Wie konnte er ihm in die Augen sehen? Lieber Gott, und dieser Mann berichtete an seinen Onkel.

»Es ist doch so schlimm. Ich sehe schon. Ah, wenn Sie mich angehen wollen, um Gottes willen verschonen Sie mein Gesicht, aber darf ich kurz erwähnen, dass wir noch immer zusammenarbeiten müssen …«

»Was reden Sie denn da für einen Unsinn?«

»Ich hoffe, Sie haben nicht vor, mich zu schlagen?«

Curtis hob den Kopf. »Selbstverständlich nicht!«

»Erfreut, das zu hören.« Da Silva kauerte sich lautlos neben ihn. »Ich verabscheue Gewalt, besonders, wenn sie gegen mich gerichtet ist.«

»Warum im Himmel sollte ich Ihnen etwas tun?« Diese Bemerkung hatte Curtis verärgert. Er mochte vielleicht kein Intellektueller sein, aber sicherlich war er auch kein verfluchter Schläger.

»Nun gut. Manche Männer haben das Gefühl, es sei weniger schwul, sich von einem Kerl befriedigen zu lassen, wenn sie ihn hinterher misshandeln.«

»So bin ich aber nicht«, sagte Curtis und erkannte sogleich, dass seine Antwort etwas missverständlich klang. »Ich meine, einen wegen so etwas zu schlagen. Nicht, dass das vorkommt, natürlich …«

Da Silva presste die Lippen zusammen und bemühte sich sichtlich, nicht wieder zu lachen.

Curtis sah ihn an. »Was ich meine, ist, dass man offensichtlich *nicht* homosexuell wird, wenn man sich von einem Mann befriedigen lässt. Ich bin nicht so wie Sie.«

»Natürlich nicht.«

»Genau, bin ich nicht. Es ist nur – das war … Es ist nicht das Gleiche, oder?«

»Keineswegs«, pflichtete da Silva ihm höflich bei.

»Das ist sowieso nicht der Punkt«, brachte Curtis die Unterhaltung weg von diesem unnötigen Geplänkel. »Der Punkt ist, dass es mein Fehler war, also werde ich Sie sicher nicht dafür verantwortlich machen.«

»Ich weiß diese Einstellung zu schätzen, aber ein Fehler war es sicher nicht.« Da Silva zog seine Taschenuhr hervor. »Wir sollten langsam zurück ins Haus gehen, das Mittagessen wird bald serviert. Werden Sie mir einen Moment zuhören?«

»Ich höre Ihnen doch immer zu.« Curtis' Stimme war warm. »Sie könnten einem Esel das Ohr abkauen.«

»Ein Tier, mit dem Sie auffallende Ähnlichkeit haben, und das auf mehr als nur eine Weise.« Das Hochziehen der Augenbraue nahm da Silvas Bemerkung die Schärfe. »Erstens werde ich mir diese Fotografien beschaffen, da ich dafür besser ausgebildet bin als Sie. Ende der Diskussion. Zweitens hoffe ich, dass Sie unsere Begegnung nicht länger bedauern. Haken Sie es ab als ein Missverständnis, eine schlaflose Nacht und eine dramatische Situation. Betrachten Sie es als vergessen.«

Das klang wie etwas, worüber er erleichtert sein sollte, doch da Silva ließ ihm keine Zeit nachzudenken, warum er es nicht war.

»Drittens, und das ist das Wichtigste: tote Männer. Tote Männer unter der Sonne von Jacobsdal und tote Männer, die in der Themse treiben. Tot in den Gewässern vor Beachy Head oder in einsamen Zimmern mit einer Pistole in der Hand. Tot im nächsten Krieg aufgrund der Geheimnisse, die verkauft wurden. Die Armstrongs haben ihren Weg zum Reichtum mit reichlich Blut getränkt, und ich habe die Absicht, sie ihrer gerechten Strafe zuzuführen. Und ich bin mir ziemlich sicher, dass Sie mich dabei unterstützen werden, egal was sonst noch passiert. Denn wenn Sie ein Mann sind, der persönliche Belange vor die Pflicht stellt, habe ich mein Urteilsvermögen verloren.«

Curtis atmete tief ein und erwiderte einfach: »Ich bitte um Entschuldigung, da Silva. Sie werden mich nicht noch einmal daran erinnern müssen.«

Da Silva nickte zustimmend. Er reichte Curtis eine Hand, um ihn hochzuziehen. Curtis, der ihn in Sachen Muskelmasse bei Weitem übertraf, ergriff sie und genoss für einen Moment, wie da Silvas Finger die seinen warm umschlossen, bevor er sich erhob.

»Nun gut«, räusperte sich da Silva. »Ich mache mich zuerst davon, geben Sie mir fünf Minuten, bevor Sie den Turm verlassen. Ich werde mir einen Grund ausdenken, damit Sie nach London zurückkehren können, und einen Weg, wie Sie mir mitteilen können, wenn Hilfe auf dem Weg ist. Behalten Sie einen klaren Kopf, wahren Sie Ihre Contenance. Keine Heldentaten. Die Informationen Vaizey in die Hände zu spielen ist das Wichtigste.«

»Verstanden. Lassen Sie mich einfach wissen, was nötig ist. Andererseits, äh – wie lautete die Sache mit dem Dienen und Warten noch mal?«

»›Es dienen auch jene, die nur rumstehen und warten‹?«

Es war angenehm, wie mühelos da Silva seinen Gedanken folgte. »Ja. Allerdings habe ich damit immer eher zu kämpfen.«

»Tatsächlich? Für mich klingt es wie eine ideale Tätigkeit.« Da Silva warf ihm ein schnelles Lächeln zu, ohne das übliche Spötteln, nahm seinen Mantel und stieg leise die Treppe hinunter.

Curtis sank zurück gegen die Wand und fragte sich, in was zum Teufel er da hineingeraten war.

Da Silva, ein Geheimagent. Es schien kaum zu glauben, wenn man diese entsetzlichen floralen Knopflöcher und das schläfrige Verhalten bedachte. Doch man konnte es sich schon leichter vorstellen, wenn man sich ins Gedächtnis rief, wie konzentriert er in der Bibliothek arbeitete, vertieft in sein Manuskript. Unmöglich, darüber nachzudenken, wie er auf seinen Knien …

Genug davon. Sir Maurice, Curtis' Onkel, hätte da Silva nicht angeworben, wenn er nicht gut wäre. Curtis stellte sich die beiden kurz in einem Raum vor: den grimmigen Sir Maurice, der selbst Curtis dazu brachte, stramm vor ihm zu stehen, und da Silva, lässig in einem Samtjackett. Sein Gehirn rebellierte angesichts dieses Bildes. Aber natürlich würde da Silva bei der Arbeit ein anderer sein, er würde das träge Gebaren ablegen und höchst professionell agieren. Da Silva konnte wie ein Schauspieler in verschiedene Rollen schlüpfen. Vielleicht war es für Homosexuelle leichter, verschiedene Rollen zu spielen, wo sie doch daran gewöhnt waren, die Wahrheit über ihre sexuellen Neigungen im Dunkeln zu halten …

Der Gedanke ließ ihn innehalten.

In der Schule war er ausschließlich in männlicher Gesellschaft gewesen, ebenso im College. Er hätte sich eine weibliche Begleitung in Oxford suchen können, wie es viele taten, aber er war immer anderweitig beschäftigt gewesen, konzentrierte sich auf seine sportliche Karriere und sozusagen als Dreingabe auf den Erwerb seines Abschlusses. Er war direkt nach der Universität zur Armee gegangen, und von da an war er größtenteils in Afrika gewesen, zumindest bis Jacobsdal. Er hatte in der Tat sein Leben ausschließlich im Kreis von Männern verbracht. Und wenn man unter diesen Umständen mit anderen Kerlen herumtändelte, wie er es in der Schule und im College getan hatte, oder – wie in der Armee – einen besonderen Freund hatte, dann war das nur normal. Männer hatten Bedürfnisse.

Das heutige Erlebnis mit da Silva war weit von dem entfernt, was er sonst mit Männern erlebt hatte. Zum ersten Mal war er gezwungen, darüber nachzudenken.

Curtis schloss die Augen. Er konnte noch immer einen Anflug von Feuchtigkeit von da Silvas Mund an seiner Leiste fühlen und verspürte das flüchtige Bedürfnis, sich selbst zu streicheln.

Er hatte seine eigenen Bedürfnisse über den Moment hinaus stets ignoriert. Überhaupt dachte er nicht oft über sich nach, er war nicht der grüblerische Typ. Aber in diesem schockierenden Moment, als er angenommen hatte, er hätte sich einem Mann gegen seinen Willen aufgezwungen, hatte er eine Wahrheit erkannt: Er hatte da Silva gewollt. Und nicht nur die körperliche Erleichterung, nicht nur eine Hand auf seinem Geschlecht. Er hatte den ganzen komplizierten Mann gewollt, der trotz seiner Stacheln und seines Stolzes vor ihm auf die Knie gesunken war. Curtis war an diesem Morgen nur schwer aus dem Bett gekommen, da er die letzte Nacht ständig an da Silva hatte denken müssen, wie er zwischen seinen Oberschenkeln kniete. Er hatte zu kämpfen gehabt, um seine Erregung im Billardzimmer unter Kontrolle zu halten, als er zusah, wie der Mann sich über das grüne Billardtuch beugte. Und nichts auf der Welt hätte ihn jetzt aufhalten können, als da Silva ihm seinen ungehörigen, hinreißenden Mund angeboten hatte.

Du hast ihn gebeten, dich zu nehmen. Du hast ihn angebettelt.

Er rieb sich mit den Händen übers Gesicht, unsicher, wohin ihn seine Gedanken führten.

Nun gut: Er würde sich lieber befriedigen lassen als nicht, und da Silva war ein attraktiver Teufel, der darin richtig gut war. Und Gott wusste, es war so lange her, seit er ein Gefühl der Erregung verspürt hatte, ganz zu schweigen davon, es auch auszuleben. Bedeutete das, dass er schwul war?

All seine bisherigen Bekanntschaften waren Kerle wie er gewesen: Soldaten, Sportler, Kameraden. Er hatte eine vage Vorstellung davon, dass schwul zu sein mit sich brachte, dass man sich irgendwie weibischer gab. So wie die mit Rouge beschmierten Männer in diesen Londoner Clubs. Wie da Silva mit seinen perfekt geformten Augenbrauen, den engen Hosen und seinem Gehabe.

Curtis war anders. Er *fühlte* sich einfach nicht homosexuell, wie auch immer sich das anfühlen mochte. Er fühlte sich wie ein normaler Mann, der bisweilen nichts gegen eine Zusammenkunft mit anderen Männern einzuwenden hatte, nichts weiter. So manchem mochte der feine Unterschied nicht bewusst sein, vermutete er, aber es gab ihn. Er war sich nicht sicher, worin er bestand, aber es gab ihn. Es musste ihn geben, denn er war keinesfalls schwul!

Diese Gedanken brachten ihn nirgendwohin.

Curtis löste sich von der Wand und ging nach unten, um sein Ölzeug wieder anzuziehen. Es war Zeit, zum Haus zurückzukehren, den Armstrongs gegenüberzutreten, seine Pflicht für König und Vaterland zu erfüllen und diese verworrenen Gefühle beiseitezuschieben. Wenn sich da Silva auf diese Aufgabe konzentrieren konnte, müsste er, Archie Curtis, ehemals im Dienste Seiner Majestät, es ihm zumindest gleichtun.

8

Das Mittagessen wurde begleitet von lebhaften Plaudereien. Curtis konzentrierte sich auf die Menschen um sich herum, betrachtete die Landhausgesellschaft unter Berücksichtigung der Tatsachen, die ihm bewusst waren.

Lambdon hatte ein Auge auf Mrs Grayling geworfen. Das stand außer Frage. Er machte ihr schöne Augen, wenn auch auf recht vulgäre Art und Weise. An Graylings Stelle wäre Curtis eingeschritten, aber der alberne Narr war von Lady Armstrong so fasziniert, dass er nichts anderes wahrzunehmen schien. James Armstrong und Holt standen noch immer im freundschaftlichen Wettstreit um Miss Carruths Aufmerksamkeit, die wiederum ihre Gunst gleichmäßig verteilte, indem sie beiden ein gefälliges Lächeln schenkte. Aber es gab kein Anzeichen dafür, dass sie sich irgendeinem der beiden zugeneigt fühlte. Eine gute Schauspielerin, oder sie war einfach nicht von jungen Männern eingenommen, die Curtis mehr und mehr als Menschen mit schlechten Manieren wahrnahm. Da Silva umgarnte die farblose Mrs Lambdon, und Gott allein wusste, warum. Curtis bemühte sich, ihn nicht zu beobachten. Er konnte sich nicht helfen, aber sein Mund sah ein wenig wund aus.

Nach dem Essen, dem Kaffee und einer Runde Zigarren hörte es auf zu regnen, und Lady Armstrong versammelte ihre Ausflugsgesellschaft zu den Höhlen. Curtis, der sich inzwischen nach etwas Bewegung sehnte, war unter ihnen; da Silva nicht, was ihn aber nicht weiter überraschte. Er verfolgte zweifelsohne seine eigenen Pläne.

Vor dem Mittagessen hatte Curtis die Blendlaterne und seinen dunklen Schlafrock, den er in der Bibliothek ausgezogen hatte, in seinem Schrank gefunden. Er hatte keine Ahnung, wann da Silva beides geholt beziehungsweise in sein Zimmer befördert hatte, aber letztendlich zeugte das nur von seiner Kompetenz. Curtis hatte die beiden Dinge schon vollkommen vergessen.

Holt und Armstrong isolierten Miss Carruth mit einer geübten Zangenbewegung von der Hauptgruppe, sodass Curtis den größten Teil der Strecke mit Miss Merton zurücklegte. Das war keine lästige Pflicht. Wie er herausfand, war sie keine einfache Begleiterin, sondern *die* Patricia Merton, die beim Ladies'-All-England-Schießwettbewerb drei Jahre in Folge Gold geholt hatte. Der zwei Meilen lange Spaziergang wurde somit zu einem der angenehmsten Zwischenspiele, an die sich Curtis seit seiner Rückkehr aus Südafrika erinnern konnte.

Als sie gemeinsam durch das offene Gelände schritten, das sich kahl und düster vor ihnen erstreckte, vor den Hügeln, die sich zu den sich abzeichnenden Gipfeln der Pennines erhoben, redeten sie über Ziel- und Jagdschießen, verglichen Gewehrmodelle und Patronenhersteller und diskutierten über die Vorzüge der Jagd auf Tauben und Fasane. Miss Merton erwies sich bei dieser Unterhaltung als äußerst sympathische Frau, nicht wirklich hübsch, aber angenehm, mit feinen Augen und einer entschiedenen, sehr praktischen Ausstrahlung. Außerdem konnte man sich bemerkenswert unkompliziert mit ihr unterhalten. Miss Merton diskutierte über Schusswaffen wie eine vernünftige Frau und hatte ein wachsames Auge auf Miss Carruth gerichtet. Eigentlich war sie genau die Art von Frau, von der er sich vorstellen konnte, sie irgendwann in Zukunft zu heiraten, wenngleich er am Ende dieses äußerst angenehmen Spaziergangs nicht das Verlangen verspürte, derlei voranzutreiben.

Aber schließlich war die Aussicht auf eine neue Freundschaft viel reizvoller als ein reiner Landhausflirt.

Lady Armstrong hielt am Fuß eines felsigen Abhangs an. »Hier geht es zum Höhleneingang. Ich hoffe, alle sind bereit für eine kleine Kletterei, und niemand hat Angst vor der Dunkelheit!«

Alle quittierten diese Ansage mit einem kleinen Lachen, außer Mrs Lambdon, die vor Verzweiflung ein wenig jammerte. Lady Armstrong lächelte. »Vielleicht könnten die Herren den Damen behilflich sein?«

Holt stürzte sich eilig auf Miss Carruth. Lady Armstrong schenkte ihrem Stiefsohn ein mitleidiges Lächeln und sagte: »James, bitte hilf deiner Mama.«

Mr Lambdon nahm Mrs Graylings Arm mit einem intimen Gurren, das ihm ein Kichern einbrachte, und überließ es Mr Grayling, Mrs Lambdon den Arm anzubieten.

Curtis drehte sich zu Miss Merton um.

»Wagen Sie es nicht«, sagte sie zu ihm.

»Nicht im Traum hätte ich daran gedacht. Sie müssen wahrscheinlich eher mir helfen, wenn es zu beschwerlich wird.«

Der Weg erwies sich aber als durchaus begehbar, und sein Bein machte keine größeren Schwierigkeiten. Der Höhleneingang war weit geöffnet worden, und für die Besucher hingen dort Lampen. James und Lady Armstrong gingen voran. Als sie beinahe auf einem glatten Stein ausrutschte, fing er sie mit einem schützenden Handgriff um ihre Taille auf, begleitet von einem »Pass auf, Mutter!«. Im gleichen Moment verlor Curtis beinahe den Halt, als ein Tropfen von der Decke auf seinen Kopf klatschte.

»Alles sehr trügerisch, nicht wahr?«, murmelte Miss Merton. »Haben Sie irgendeine Ahnung, was das hier werden soll?«

»Nun, dies ist eine Kalksteinhöhle, was bedeutet, dass das

Regenwasser durch den Boden sickert und den Stein ausspült. Wir sollten also einige recht beeindruckende Felsformationen zu Gesicht bekommen.«

Sie gingen vorsichtig den ersten Tunnel hinunter, der trotz grober Stufen, die am Boden eingehauen worden waren, steil und unangenehm rutschig war. Es war feucht und kalt. Die Wände wellten sich mit einem nassen Glanz auf ihrer gelbbraunen Oberfläche und kamen ihnen an manchen Stellen unangenehm nah.

»Als wäre man im Schlund eines Drachen«, rief Miss Carruth über ihre Schulter, wobei ihre Stimme merkwürdig hohl von den nassen Wänden widerhallte. Sie war direkt hinter den Armstrongs, gefolgt von Grayling und Mrs Lambdon, danach kamen Curtis und Miss Merton. »Oh!«

»Was? Fen?«, rief Miss Merton. »Fen!«

Mrs Lambdon blieb abrupt vor ihnen stehen, ein erstaunter Schrei kam über ihre Lippen.

»So gehen Sie doch bitte weiter«, rief Miss Merton, um dann atemlos fortzufahren: »Oh, du meine Güte! Sehen Sie sich das an.«

Es war eine der schönsten Höhlen, die Curtis je gesehen hatte. Großartige Steinspitzen hingen wie Zähne von der Decke oder sprossen aus dem Boden in die Höhe wie riesige Tropfwachskerzen. Die Armstrongs, denen dieser Anblick schon vertraut war, hatten ihre Laternen an den besten Punkten aufgestellt, um alles optimal auszuleuchten. Schatten tanzten und flackerten. Mrs Lambdon gab ein klagendes Geräusch von sich und klammerte sich an Mr Graylings Arm.

»Na das ist ja mal etwas.« Miss Merton sah sich um. »Dürfen wir uns umsehen?«

»Nur zu«, erwiderte Lady Armstrong. »Hier unter den Hügeln gibt es ein unterirdisches Netzwerk aus Tunneln und Stollen, wie eine Bienenwabe, aber die meisten sind zu schmal, um weit hineinzugehen. Sie sollten sich durch keine Engstellen zwängen, dann können Sie sich auch nicht verlaufen. Sollte Ihre Laterne ausgehen« – Mrs Lambdon stieß einen weiteren Klagelaut aus –, »rufen Sie einfach, und bleiben Sie ruhig. Unter der Erde oder in der Dunkelheit ist es sehr leicht, die Orientierung zu verlieren.«

Die Gesellschaft verteilte sich. Curtis, fasziniert und nicht mit einer Frau belastet, die seine Unterstützung brauchte, ging einen breiten Tunnel hinab, der in eine kleine Galerie führte. Die Wände waren im Vergleich zu dem Braun und Gelb der Haupthöhle von einem eisigen Weiß. Er tastete sich am Rand entlang und untersuchte die welligen Wände, dabei versuchte er, sich das Alter dieses außerordentlichen Phänomens auszumalen. Am Ende des Stollens gab es eine kleine Felsmauer, von Menschen gemacht, und als er darüberlugte, konnte er dahinter einen tiefschwarzen Schlund ausmachen, beinahe kreisrund und knapp zwei Meter breit. Er hielt seine Laterne so weit nach vorne, wie er konnte, und blickte nach unten, sah aber nur eine leere Kluft. Es war ein beunruhigender Anblick. Versuchsweise ließ er einen Kieselstein hineinfallen und lauschte, konnte aber nicht hören, wie er am Boden aufschlug.

Er hörte Schritte hinter sich.

»Großartig, nicht wahr?« Holt war allein. »Passen Sie auf diese Grube auf. Eine fiese kleine Falle. Dort hineinzufallen macht sicher keine Freude.«

Curtis richtete sich auf. »Ich frage mich, wie tief sie ist.«

»Das weiß niemand. Man hat hier schon Laternen hinabgelassen, aber das Seil war immer zu kurz, und der Grund konnte nie erreicht werden. Es ist eine Art Schlundloch. Eine Grube ohne Boden, die bis in die Eingeweide der Erde vordringt.« Holt sprach lustvoll.

»Gütiger Gott!« Curtis starrte noch einen Moment lang in den Abgrund. »Haben Sie Miss Carruth an Armstrong verloren?«

»An ihre Bulldogge.« Holt spitzte die Lippen und zog eine Grimasse, als wollte er Miss Mertons Strenge heraufbeschwören. Curtis konnte mit einem solchen Verhalten nichts anfangen; so sprach man einfach nicht über eine Frau. Er warf dem Kerl einen missbilligenden Blick zu und wandte sich wieder den seltsamen Wänden zu.

Holt schien den Wink nicht zu verstehen. »Ich meine, ganz im Ernst, was haben Sie sich bei dieser Sache mit Ihrem hebräischen Freund heute Morgen gedacht?«

»Er hat Sie fair geschlagen. Oder worauf wollen Sie hinaus?«

»Ach, kommen Sie schon. Das war ein professionelles Spiel. Meinen Sie nicht? Haben Sie jemals einen Gentleman so spielen sehen?«

Das hatte Curtis nicht. Falls da Silva kein professioneller Betrüger war, dann nicht aus dem Grund, weil ihm die Fähigkeiten fehlten, und sicher auch nicht aus moralischen Gründen. Es war ganz offensichtlich, dass er kein Gentleman war. Holt hatte recht. Aber Curtis konnte sich nicht dazu durchringen, es zu sagen.

»Er ist ein guter Spieler«, sagte er stattdessen abwehrend. »Er spielte nicht um Geld. Ich sehe keinen Grund, ihn schlechtzumachen. Er ist vielleicht nicht wie wir, aber so schlimm ist er auch nicht.«

»Er ist ein verfluchter Jude.«

»Nun, ja, aber was hat das damit zu tun? Es war ein Billardspiel, keine religiöse Diskussion.«

Holt schüttelte den Kopf, verärgert darüber, dass Curtis ihn nicht verstand. »Sie waren Soldat. Sie müssen doch ein gewisses Interesse daran haben, Ihr Land zu schützen.«

»Vor da Silva?«

»Vor Leuten wie ihm.« Holt musste Curtis' Unverständnis in seinem Blick sehen, denn er fuhr fort: »Dieses Land macht eine Flaute durch. Die Dekadenz frisst uns von innen her auf. Wir haben einen König, dem nur das Vergnügen am Herzen liegt, und eine Reihe ehebrecherischer Bürgerlicher und Emporkömmlinge sowie wurzelloser, kosmopolitischer Raffgieriger, die sich um ihn scharen. Anständige Engländer bekommen kaum eine Chance, niemand schert sich um die Leute, die das Rückgrat des Königreichs darstellen. Die Menschen, die eigentlich mit gutem Beispiel vorangehen sollten, leben in Saus und Braus oder reden versponnenes Zeug über Einfühlsamkeit. Und diejenigen, die noch ein bisschen moralisches Rückgrat haben, gelten als altmodisch. Nun, da bin ich lieber altmodisch, wenn da Silva die moderne Welt verkörpert. Ich hatte gehofft, Sie würden ähnlich denken.«

»Ich habe keine Meinung zum Verhalten Seiner Majestät und bin mit seinem Umfeld auch nicht vertraut«, erwiderte Curtis steif. »Was den Rest betrifft, haben Sie wohl irgendwie recht.« Vor ein paar Tagen noch hätte er ihm vermutlich unumwunden recht gegeben und zu allem genickt, aber jetzt klangen seine Argumente irgendwie hohl. »Nichtsdestotrotz …«

»Nichtsdestotrotz was? Sie heißen doch so etwas nicht gut, oder?« Holt machte eine Geste, die die anderen Mitglieder der Gruppe einschloss, die in den Höhlen verteilt waren. »Blinde Vergnügungs- und Genusssucht, ohne auch nur einmal an ihr Land zu denken. Ich wünsche, dass sie das bekommen, was sie verdienen.«

»Was verdienen sie denn?« Curtis gefiel der Ausdruck in Holts Augen nicht, der ihn an einen politischen oder vielleicht auch religiösen Fanatiker erinnerte.

»Oh, nichts davon wird Bestand haben. Dieses Land steuert auf einen Zusammenbruch zu, denken Sie an meine Worte. Da gibt es andere aufstrebende Nationen, solche mit stärkeren, reineren Idealen und Männern, die bereit sind zu arbeiten, nach etwas zu streben. Und wenn wir nicht darauf achten, es ihnen jetzt gleichzutun, werden wir ihnen früher oder später auf dem Schlachtfeld gegenüberstehen. Und wir sind besser dran ohne solche Parasiten, die uns unserer Stärke berauben.«

Curtis hatte diese Art von Reden schon ein paarmal gehört, aber nie von Männern, die auch tatsächlich eine Uniform getragen hatten. Normalerweise war er ein geduldiger Mann, aber seit Jacobsdal waren ihm die Sesselsoldaten zuwider, daher war seine Stimme eisig, als er antwortete: »Ja, das ist großartig. Wenn dieser Konflikt also akut wird, treten Sie dann auch der Armee bei? Oder warum nicht gleich, wo Sie doch so ein glühender Verfechter sind?«

Selbst im Laternenlicht konnte er sehen, wie sich Holts Wangen verdunkelten. »Ein Mann kann seinem Land auf verschiedene Weise dienen.«

Curtis dachte an da Silvas Geheimnis und die undankbare Arbeit, mit der er genau das tat. Er diente seinem Land, während andere darüber redeten, und er fühlte, wie sich seine verkrüppelte Hand zu einer halben Faust ballte. »Das stimmt. Und man kann ebenso auf verschiedene Weise seinen Gott verehren.«

Holts Nüstern blähten sich vor Wut. »Nun. Armstrong sagte schon, Sie würden sich mit dem Kerl anfreunden. Wenn Sie es also bevorzugen, sich mit Itzigen und Kanaken zu umgeben, sei das Ihnen überlassen.«

Curtis machte auf dem Absatz kehrt und eilte davon. Das Licht tanzte an den Höhlenwänden und beleuchtete die Vorstülpungen und Ausbuchtungen des glatten Steins. Die Schatten brachten dabei die seltsamsten Formen hervor. Doch die ganze Schönheit ließ ihn momentan unberührt. Er hörte das leise Murmeln eines Mannes und das Kichern einer Frau aus einem anderen Durchgang, der von der weißen Galerie wegführte, doch er drehte sich nicht um.

Tatsache war, dass er lieber in da Silvas Gesellschaft war als in Holts. Er hätte gern das Erstaunen in seinem Gesicht gesehen und gehört, was ein Poet über diesen besonderen Ort sagen würde. Er hätte gern erklärt, wie diese Kalksteinformen entstanden waren, denn er war sich ziemlich sicher, dass da Silva davon keine Ahnung hatte. Er wollte wissen, wie diese verrückten Skulpturen die Vorstellungskraft beeinflusst hätten, die Dinge geschaffen hatte, Dinge, die in den dunklen Wassern von Fischteichen lauerten. Er dachte, da Silva würde es gefallen, und er dachte auch, seine Bewunderung würde echt und interessiert sein.

Miss Merton und Miss Carruth hockten auf einem Felsen in der Haupthöhle, als er zurückkehrte, und bestaunten die Decke. Lieber suchte er ihre Gesellschaft als die von Mrs Lambdon und Mr Grayling, die sich unterhielten und die Wände auf fast belanglose Weise untersuchten. Miss Merton musterte ihre Begleiterin mit einem Stirnrunzeln, als sich Curtis näherte.

»Nein, Fen«, sagte sie nachdrücklich.

»Oh, Pat, sei nicht so streng«, schmollte Miss Carruth. »Mr Curtis, ich muss es einfach wissen. Der Bericht über die Höhlen in diesem wundervollen Buch – ist das alles wahr? War es so?«

Einer der Reisebegleiter seines Onkels hatte einen farbenfrohen Bericht über eine Reise zu den Diamantminen verfasst, der Sir Henry Curtis vor fünfundzwanzig Jahren reich und berühmt gemacht hatte. Curtis war es gewohnt, gebeten zu werden, ein paar der weniger plausiblen Details zu verifizieren.

»Das stimmte, ja. Die Eingeborenen nutzten eine Höhle, die dieser sehr ähnlich war, um ihre toten Könige rund um einen Tisch unter den Kalksteintropfen zu bestatten. Man verwandelte sie auf diese Weise in menschliche Stalagmiten.«

Miss Carruth erschauderte vergnüglich, doch Miss Merton war skeptischer. »Sind Sie wirklich sicher, dass das stimmt? Es erscheint mir sehr unpraktisch und recht dramatisch.«

»Mr Quatermain hatte einen Sinn fürs Dramatische«, pflichtete Curtis bei. »Deswegen ist das Buch auch so erfolgreich. Aber mein Onkel ist ein sehr vertrauenswürdiger Mann.«

Lambdon kehrte mit Mrs Grayling, die ein wenig errötet aussah, aus einem Seitengang zurück. Miss Merton schnalzte kaum hörbar mit der Zunge. James und Lady Armstrong folgten aus der Richtung des weißen Stollens, Holt war dicht hinter ihnen, und die Gesellschaft machte sich zurück auf den Weg den Hügel hinunter und durch das Moor in Richtung Peakholme, wo schon der Tee auf sie wartete.

Curtis zog sich gerade zum Abendessen um, als es an der Tür klopfte. Wenn das jetzt dieser verfluchte, zudringliche Wesley war, der seine Dienste anbieten wollte … Mit diesen Gedanken klang sein »Ja bitte?« nicht gerade einladend.

»Guten Abend«, murmelte da Silva, als er hereinglitt.

»Oh«, sagte Curtis. »Hallo!«

»Für den unwahrscheinlichen Fall, dass es Beobachter hinter dem Spiegel gibt, würde ich gern einen Manschettenknopf borgen.«

Curtis kramte einen hervor. »Bitte. Irgendwelche Fortschritte?«

»Ich habe einen Plan.« Da Silva steckte den Knopf ein. »Reiben Sie sich heute Abend ein bisschen Ihr Bein, als ob Ihr Knie Ihnen Schwierigkeiten bereitet – geht das? Ich dachte, wir schicken Sie morgen zurück, damit Sie Ihren Facharzt aufsuchen können. Überanstrengung durch diesen anstrengenden Ausflug zu den Höhlen.«

»Das ist eine hervorragende Idee, aber – morgen schon?«

»Je schneller Sie zu Vaizey kommen, desto besser.«

»Natürlich.« Curtis schluckte. Selbstverständlich wollte er dieses gefährliche Haus der Intrigen sowie seine charmanten Herrschaften so bald wie möglich verlassen. Er wusste, dass die wichtigen Informationen schnellstens überbracht werden mussten und er derjenige war, der das tun würde. Es war nur …

Da Silva sagte: »Wenn Sie Ihren Onkel bitten, mir ein Telegramm über die Ankunft der Unterstützung zu schicken, wird er wissen, wie er es formulieren muss.«

»In Ordnung. Das werde ich.«

»Sie sehen aus wie ein Wikinger, der einen Schlag auf den Kopf bekommen hat, ohne dass sein Helm ihn schützen konnte. Geht es Ihnen gut?«

»Bestens.«

Da Silva runzelte leicht die Stirn.

Curtis schaffte es zu lächeln. »Bestens. Ein wenig verärgert, das ist alles. Ich hatte vorhin eine recht unangenehme Unterhaltung mit Holt.«

Da Silvas Augenbrauen schnellten hoch. »Ist er einer anderen überhaupt fähig?«

»Nicht was Sie betrifft, würde ich meinen. Wie können Sie so etwas tolerieren?«

»Ich bin schrecklich unverschämt in Situationen, in denen ich sicher vor körperlichen Konfrontationen bin. Was sagte er denn, das Sie derart verärgerte?«

»Oh, nichts, das man wiederholen sollte. Ich werde jetzt meine Entschuldigung für das verletzte Bein vorbereiten.«

»Gut.« Da Silva zögerte an der Tür. Er war bereits umgezogen für das Abendessen und trug eine gräuliche aufgeputzte Blüte in seinem Knopfloch. Aber der nicht geschlossene Kragen gab die Mulde am Ansatz seines Halses frei, und Curtis konnte die Augen nicht abwenden. Er wollte da Silva entkleidet sehen, zerzaust, ausgeliefert. Er konnte beinahe spüren, wie er da Silvas weißes Hemd auszog, Knopf um Knopf aufspringen ließ, um diese durchstochene Brustwarze bloßzulegen und sein Gesicht an die glatte Haut zu drücken. Das Bedürfnis durchfuhr ihn wie aus dem Nichts, so stark, dass er kaum noch atmen konnte.

»Brauchen Sie Hilfe?«, fragte da Silva, und für den Bruchteil einer Sekunde war sich Curtis sicher, er hätte seine Gedanken gelesen. Dann riss er sich zusammen.

»Mit meinen Kragenknöpfen? Nein, danke. Damit komme ich zurecht.« Im gleichen Moment, in dem er die Worte aussprach, verfluchte Curtis sich. Natürlich konnte er sich alleine ankleiden, natürlich brauchte er diese agilen Finger nicht, die entlang seines Halses und über seine Brust hinabwanderten, aber …

»Sind Sie sicher?« Da Silvas Blick ruhte auf ihm, und seine Stimme war ein klein wenig belegt.

Curtis' Mund wurde trocken. »Es, äh …« Er wusste nicht, was er sagen sollte, und streckte da Silva einfach seine Hand mit den Kragenknöpfen hin. Die dunklen Augen flackerten begehrlich.

Da Silva nahm die Knöpfe aus seiner Hand und näherte sich ihm vorsichtig, bis Curtis das Gefühl hatte, die Wärme seines schlanken Körpers zu spüren. Er umfasste ganz zart Curtis' Hals, schob mit einem Knöchel sanft das Kinn nach oben und ließ dann die Rückseite seines Fingers ganz langsam über den Adamsapfel hinabgleiten und tauchte bis knapp unter den Kragen seines Hemds ein.

Da Silva langte hoch, um den Knopf zu befestigen. Er hakte einen Finger an der Vorderseite des Kragens ein und zog sanft daran. Curtis war wie magisch von ihm angezogen.

»Mmm.« Da Silvas Atem war warm und kitzelte auf seiner Haut. »Ich sollte mich wohl entschuldigen.«

»Wofür?«, fragte Curtis.

»Ich brachte Sie in Bedrängnis.« Da Silvas Fingerspitze streichelte seine aufrechtstehenden Bartstoppeln. »Die Sache im Turm war etwas zu hektisch. Es war nicht meine Absicht, Sie aufzuregen.«

»Das haben Sie nicht.« Curtis spürte, wie die Haut an seinem Hals an da Silvas Finger entlangrieb, während er sprach.

»Ich denke doch, ein wenig.« Da Silvas Lippen verzogen sich zu diesem geheimnisvollen Lächeln. »Ich hoffe, es war eine Aufregung der angenehmeren Art.«

Curtis schluckte krampfhaft.

Da Silva verzog das Gesicht und sah leicht irritiert aus. »Ich bitte um Entschuldigung. Ich bin nicht gekommen, um Sie in Verlegenheit zu bringen.« Er ließ den Knopf flink und unpersönlich ins Loch gleiten und schloss dann geschickt den Kragen. »Ganz im Ernst, ich möchte nicht, dass Sie sich meinetwegen Sorgen machen. Seien Sie versichert, dass dies nicht nötig ist.«

»Das werde ich nicht. Warten Sie.« Curtis legte seine Hand auf da Silvas Schulter, bevor er so recht wusste, was er eigentlich vorhatte.

Da Silva hielt inne, enervierend regungslos, aber mit wachsamen Augen.

»Darf ich Ihnen helfen? Als Gegenleistung?«

Da Silva zögerte.

Curtis sagte, so leicht er nur konnte: »Erlauben Sie es mir. Bitte.« Es war nicht annähernd leicht genug.

Da Silvas Lippen öffneten sich, dann kräuselten sie sich. »Ich wäre höchst dankbar.«

Mit geübten Fingern holte er den Knopf aus seiner Westentasche und ließ ihn in Curtis' offene Handfläche fallen. Dann hob er das Gesicht, die Augen auf Curtis geheftet, den Mund so nah. Curtis holte Luft. Wenn er sich jetzt nur ein wenig nach vorn lehnte …

Er hatte noch nie in seinem Leben einen Mann geküsst, abgesehen von dieser kleinen Schauspielerei in der Bibliothek, und da war er überrumpelt worden. Und es war ja schon wieder vorbei gewesen, bevor es überhaupt begonnen hatte. Es selbst zu tun, sich nach vorn zu beugen und seinen Mund auf den eines anderen Mannes … das war undenkbar. Zumindest hatte er diese Gedanken noch nie verfolgt. Einen Kerl zu befriedigen war eine Sache, es war praktisch und manchmal eben notwendig. Aber einen Mann zu küssen, als Liebhaber – das schien ein unwiderruflicher Schritt zu sein, einer, vor dem er Angst hatte.

Er wollte es tun. Er wollte da Silva küssen, wollte wissen, wie er schmeckte, wie sich seine Lippen anfühlten. Er hatte keine Ahnung, ob da Silva andere Männer küsste.

Da Silva sah ihn noch immer an, wartete. Curtis schluckte, sein Hals war durch das steife Material wie eingeschnürt. Dann griff er nach den Flügeln des Kragens und ließ seine Finger die warme Haut berühren. Er konnte den Puls an da Silvas Genick fühlen.

»Sie sind sehr vorsichtig«, murmelte da Silva. »Interessant.«

»Weshalb ist das interessant?« Curtis fädelte den Doppelknopf durch das Loch, sich der abstoßenden Form seiner mit Leder bekleideten, verstümmelten Hand schmerzhaft bewusst.

»Nun. Sie sind gebaut wie ein Wikinger.« Da Silvas Blick glitt an seinem Körper hinunter und wieder hinauf. »Diese wunderbare soldatische Art, die Sie haben. Ich erwartete mehr einen, wie soll ich sagen, Rammbock, der vor dem Tor steht. Eroberung durch rohe Gewalt. Doch stattdessen dringen Sie Stückchen für Stückchen vor, so vorsichtig und sanft, dass ich es kaum spüren kann …«

Curtis fummelte an dem Knopf herum. Die hintere Hälfte hüpfte von seinen Fingern und fiel zu Boden. Er starrte da Silva mit offenem Mund an und sah den Übermut in den von dunklen Wimpern umrandeten Augen.

»Sie unsäglicher Scheißkerl«, flüsterte Curtis.

»Tut mir leid.« Da Silva hob eine Hand, um ihn vom Reden abzuhalten. »Es tut mir wirklich leid, das war nicht fair. Sie – nun, Sie haben so etwas an sich, wissen Sie.«

»Ich will Sie wiedersehen«, platzte Curtis heraus.

»Sehen?« Da Silvas wohlgeformte Brauen zogen sich zu einem hohen Bogen empor.

Curtis war sich sicher, dass er sie zupfte, und es war ihm egal. Sie waren wunderschön. Da Silva war wunderschön, und jetzt, da er in solch qualvoller Nähe stand und Curtis einfach nur seine Hand ausstrecken musste, um ihn in seine Arme zu ziehen …

»Sie wissen, was ich meine.« Er atmete tief ein. »Ich habe mich schließlich zu revanchieren.«

Da Silvas Augen wurden groß, seine Lippen öffneten sich vor Erstaunen, und jetzt war Curtis sich ziemlich sicher, dass er seine eigenen Lippen auf diesen verlockenden Mund drücken könnte und da Silva ihm entgegenkommen würde, wenn er sich nur endlich zu diesem Schritt durchringen würde. Er schluckte. »Glauben Sie – denken Sie, sie sehen jetzt zu?«

»Himmel, das hoffe ich nicht.«

»Dann …«

»Nein.« Da Silvas Lächeln war etwas schief. »Das ist – ein reizendes Angebot, mein Lieber, und ich kann Ihnen nicht sagen, wie gern ich es annehmen würde, aber, und ich zögere auch, Sie darauf hinzuweisen, *nicht schwul*, hmm?«

Curtis war es in diesem Moment wirklich egal. Er hatte andere Sorgen. »Warum überlassen Sie das nicht mir?«

»Oh Gott, ich würde wirklich schrecklich gern.« Da Silvas Augen waren so dunkel, unergründlich dunkel. Augen, in denen man ertrinken konnte, und Curtis mochte vielleicht nicht viel Erfahrung in solchen Dingen haben, aber er konnte deutlich das Verlangen darin erkennen.

»Also …« Er machte eine kleine Bewegung nach vorn, und da Silva wich vor ihm zurück.

»Ich würde wirklich gern, aber, ob Sie es glauben oder nicht, selbst ich verfüge über etwas Anstand.« Sein Mund verzog sich. »Sie müssen morgen nach London fahren, um mit Ihrem Onkel alles zu planen und das zu tun, was Gentlemen eben so tun. Ich habe heute Nacht hier noch etwas zu erledigen. Und der Gong zum Abendessen wurde bereits geläutet. Die Pflicht ruft.« Er drehte sich um und war aus dem Raum geflüchtet, noch bevor Curtis etwas erwidern konnte.

Einen Moment starrte er nur vor sich hin, dann atmete er tief ein, bückte sich etwas beschwerlich, um den Knopf aufzuheben, setzte sich aufs Bett und vergrub den Kopf in den Händen.

Er würde morgen zurück nach London fahren. Er würde Sir Maurice alles beichten, na ja, nicht alles. Er würde dafür sorgen, dass Hilfe geschickt wurde – fähige Hilfe, Leute, die etwas von solchen Dingen verstanden. Und das war es dann.

Er würde da Silva nie wiedersehen. Er könnte ihn natürlich suchen. Er könnte sich unter die Boheme mischen, unter die Dichter und Maler, Bildhauer und sonstigen Künstler. Er könnte in den Clubs, in denen Männer mit Männern tanzten, nach ihm Ausschau halten. Er könnte ins East End gehen, durch diese engen, schlecht beleuchteten Gassen streichen, wo dunkle Gesichter dicht gedrängt in überfüllten Läden standen, um nach dem Sohn des Schmieds zu suchen.

Doch was würde er tun, sobald er ihn gefunden hatte? Sie hatten überhaupt nichts gemeinsam, weder in Sachen Herkunft noch in Hinsicht auf die Gesellschaft, in der sie sich bewegten, den Geschmack oder Intellekt. Samtjacketts und lyrische Lesungen waren Curtis ebenso fremd wie da Silva Schießgesellschaften und Militärgespräche.

Nein, dies war keine Bekanntschaft, die er fortführen konnte, es hatte auch gar keinen Sinn. Und doch … er mochte diesen Mann, das musste er sich eingestehen. Und das war noch nicht alles – was auch immer da noch war –, was er weiterverfolgen wollte. Ihm gefielen sein Sinn für Humor, seine schnelle Auffassungsgabe und seine Hingabe. Er mochte seinen Mund, diese cleveren Finger und das Verlangen nach *ihm*, das in diesen dunklen Augen loderte …

Aufhören. Du hast Dinge zu erledigen, sagte er sich. *Konzentriere dich auf deine Aufgabe. Da Silva sitzt sicher auch nicht nebenan und denkt über dich nach.*

Das war das falsche Bild. Für einen kurzen Moment stellte sich Curtis da Silva vor, nackt und zerzaust, wie er mit gesenktem Blick auf dem Bett lag und sich selbst streichelte. Dann unterband er diesen Gedanken rigoros.

Er brauchte ein paar Minuten, um seine Manschettenknöpfe zu schließen. Seine Hand zitterte noch immer.

9

Beim Abendessen ging es lebhaft zu. Lady Armstrong und Mrs Grayling schäumten über vor Ausgelassenheit, und James Armstrong verströmte lautstark gute Laune. Fenella Carruth ließ sich ausführlich über die Wunder der Höhle aus und versicherte da Silva, er hätte mitkommen sollen.

»Um Himmels willen, nein. Nicht mit vorgehaltener Pistole. Ich nutze schon nicht die Untergrundbahnen, und schon gar nicht steige ich hinab in die Tiefe der unzivilisierten Erde.« Er klang zutiefst entsetzt, und Curtis glaubte ihm.

»Wirklich nicht?«

»Liebe Güte, ich kann *Keller* nicht ertragen.«

»Wohl Angst vor der Dunkelheit?«, fragte James.

Da Silva hob seine Augen mit schwermütigem Blick. »Der Mensch wurde geboren, um auf der Erdoberfläche zu gehen, nicht darunter. Es liegt in unserer Natur, nach der Sonne zu streben und die Sterne zu betrachten.«

Mrs Lambdon gab ihm unumwunden recht. Holt und James Armstrong blickten übertrieben angewidert. Curtis fragte sich, wie da Silva mit solchen Floskeln durchkam, denn jeder, der seine Gedichte gelesen hätte, würde wissen, dass er Geschwätz solcher Art verabscheute. Aber natürlich blickte keiner der Anwesenden hinter die Fassade, und da Silva schmunzelte wieder einmal in sich hinein.

Miss Carruth bat Curtis, die Geschichte seines Onkels über die Todeshöhle der Kukuana aus diesem verdammten Buch erneut zu erzählen, und als noch mehr Stimmen darauf drängten, hatte er das Gefühl, er müsste dem nachgeben, um nicht als Spielverderber dazustehen. Er beschrieb als Erstes die Kammer, von der er so viel gehört hatte, mit dem großen Steintisch, an dessen Kopfseite eine Statue in Form eines kolossalen Skeletts mit viereinhalb Metern Höhe saß. Es erhob sich von seinem Sitz, Speer über den Kopf gehalten, bereit zuzuschlagen. Und um den Tisch dieser bedrohlichen Kreatur saßen als Gäste des Todesmahls die Könige der Kukuana.

»Alle siebenundzwanzig«, sagte er. »Jeder saß unter einem Wasserrinnsal, das über ihre Köpfe lief und sie Tropfen für Tropfen zu Stein werden ließ. Eingehüllt in weißen Spat. Selbst durch den steinernen Schleier konnte man noch ihre Gesichtszüge erkennen. König Twala, den mein Onkel umbrachte, saß auf seinem Stuhl mit dem Kopf auf seinem Schoß …«

Hier ertönte allgemeines Kreischen der Damen, gefolgt von Rufen vergnüglichen Protests. »So schrecklich«, sagte Miss Carruth und wand sich.

»So exotisch und … und heroisch«, rief Mrs Grayling.

»So abscheulich«, ließ sich da Silva vernehmen, und Curtis sah überrascht, dass er recht angewidert aussah. »Sein restliches Dasein unter der Erde hockend zu verbringen …«

»Früher oder später enden wir alle unter der Erde«, warf Lambdon plump ein.

»Aber unter der Erde zu *sitzen*, am Esstisch des Teufels, wo einem Wasser auf den Kopf tröpfelt. Wie grausam!« Er schauderte.

Curtis nahm sich vor, ihm von der tibetischen Tradition der Himmelsbestattung zu erzählen, was ihm als Thema am Esstisch aber noch weniger geeignet schien als die Rituale der Kukuana. Betroffen wurde ihm klar, dass er dazu wohl nie mehr die Gelegenheit haben würde.

Er versuchte, an diesem Abend gesellig zu sein, und schlug

den jüngeren Männern eine Partie Whist vor. Grayling stimmte enthusiastisch zu, doch Holt und Armstrong wechselten einen raschen Blick und entschuldigten sich.

Das brachte Curtis zum Nachdenken. James Armstrong würde ins Zuchthaus gehen, so viel war klar. Aber Holt war nicht in die kriminellen Machenschaften der Armstrongs verwickelt. Er war ein Sportsmann, ein geselliger Mann, und er schien Zugang zu weitreichenden gesellschaftlichen Kreisen zu haben. Angenommen, er hatte sich bei seinem Freund über ihre Unstimmigkeit in der Höhle beklagt, und Armstrong, dieser aufgeblasene Trottel, hätte eine Bemerkung fallen lassen. *Ich meine, Curtis und dieser Ausländer sind sich ganz schön nah gekommen, nicht wahr? – Nah? Sie haben ja keine Vorstellung davon, wie nah …*

Wenn Armstrong redete und Holt sich entschied, die Sache weiterzutragen, konnte sich Curtis auf einige Unannehmlichkeiten gefasst machen.

Bei diesem Gedanken brach ihm der Schweiß aus. Er hatte keine Ahnung, wie da Silva eine solche Gelassenheit an den Tag legen konnte, wo doch jederzeit die Gefahr der Enthüllung bestand. Er hatte das Gefühl, er würde innerhalb von einer Woche ergrauen.

Eine Nacht durchzuschlafen, ohne zu versuchen, irgendwo einzubrechen, hatte Curtis zwar sehr gutgetan, aber als er am nächsten Morgen sein gesundes Aussehen im Spiegel sah, bedauerte er es beinah. Schließlich hatte er ja angeblich wegen seines schmerzenden Knies kein Auge zugemacht. Er humpelte ins Frühstückszimmer, wo da Silva erneut durch Abwesenheit glänzte, und beantwortete den Ansturm von Fragen nach seinem Wohlbefinden.

»Ich bin ja selbst schuld«, entgegnete er, als sich Lady Armstrong entschuldigte. »Ich habe es übertrieben. Aber ich bin etwas beunruhigt, um ehrlich zu sein. Ich könnte mir auf dem rauen Untergrund die Kniescheibe herausgeschoben haben.«

»Soll ich nach dem Arzt rufen?«

»Ich fürchte, ich muss meinen Spezialisten in London konsultieren.« Curtis setzte eine Miene des Bedauerns auf. »Die Sache mit meinem Knie ist etwas kompliziert.«

Lady Armstrong brachte ihr Bedauern wortgewaltig zum Ausdruck und schickte einen widerwilligen James Armstrong los, um einen Bradshaw-Zugfahrplan zu holen. Erst da fiel Curtis auf, dass Sonntag war.

»Heute fährt nur ein Passagierzug nach London. Sie könnten es gerade so schaffen, aber es ist eine verflucht schlechte Verbindung«, sagte Sir Hubert stirnrunzelnd. »Der Zug hält an jeder Milchkanne.«

»Das wird Ihrem Knie nicht guttun«, warf Lady Armstrong eifrig ein. »Ich fürchte, Sie müssen bis morgen warten, Mr Curtis. Sie können ja schon einmal telefonisch einen Termin vereinbaren.«

Curtis ließ sich schnell überzeugen, verspürte er doch kein wirkliches Verlangen, neun Stunden in einem Bummelzug nach London zu sitzen. Und eine Stimme ganz hinten in seinem Kopf sagte ihm, dass er so auch noch die Möglichkeit hätte, mit da Silva zu reden.

Mit dieser Aussicht, und weil es ihm ja so schlecht ging, lehnte es Curtis ab, zur Kirche zu gehen. Alle anderen stiegen in eine Reihe von Motorfahrzeugen, außer Holt und Armstrong, die bekannt gaben, dass sie eine Wanderung unternehmen würden. Beide sahen müde aus, wirkten aber auch selbstzufrieden. Wahrscheinlich hatten sie sich letzte Nacht in einem Pub vergnügt.

Als er das Haus für sich allein hatte, machte sich Curtis auf den Weg zur Bibliothek.

Da Silva war nicht dort. Er war auch nicht im Frühstücksraum und schien auch nicht in einem der Salons zu sein. Es war schon nach zehn, er konnte doch jetzt nicht mehr schlafen, dachte Curtis missbilligend. Als er an seine Schlafzimmertür klopfte, stieg eine gewisse Nervosität in ihm auf.

Keine Antwort.

Curtis zögerte. Aber er musste mit dem Mann reden. Also versuchte er sein Glück und drehte den Knauf – die Tür ging auf.

Da Silvas Zimmer war leer. Verunsichert sah sich Curtis um. Keine Haarprodukte oder Knöpfe auf der Ankleidekommode, kein Anzeichen, dass das Zimmer bewohnt war. Er öffnete den Schrank, dann die Schubfächer. Sie waren alle leer.

Es schien, als wäre da Silva abgereist. *Was zum Teufel?*

Curtis ging zurück in sein eigenes Zimmer, um nachzudenken. Da Silva hatte gestern Nacht etwas vorgehabt. Hatte er sich entschlossen, ihren Plan zu ändern? Ausreichend Beweise für Erpressung und Hochverrat zu entwenden, um die Armstrongs hängen zu sehen, zusammen mit den belastenden Fotografien und ohne ein Wort über Nacht zu verschwinden?

Das konnte Curtis nicht glauben. Was er sich allerdings vorstellen konnte, war, dass da Silva nachts das Haus verlassen und die dreißig Meilen bis Newcastle zurückgelegt hatte – wo heute allerdings außer dem Milchzug und der Bummelbahn kein Zug fuhr. Curtis war sich ziemlich sicher, dass da Silva den Fahrplan überprüft hätte, bevor er verschwand, und dass er eine anständigere Verbindung ausgewählt hätte als einen Zug, der langsamer fuhr als ein Austin-Automobil. Und wie wäre er mit seinem ganzen Gepäck zum Bahnhof gekommen? Er konnte nicht fahren, das hatte er selbst gesagt, und Curtis bezweifelte, dass er dreißig Meilen zu Fuß in der Nacht meisterte. Auch konnte er sich nicht vorstellen, wie sich da Silva draußen im Moor versteckte, um potenzielle Verfolger abzuschütteln.

Er ging zurück in da Silvas verlassenes Zimmer. Dieses Mal verschloss er die Tür hinter sich und begann den Raum eingehender zu durchsuchen. Er kniete sich auf den Boden und schaute unter die Möbel. Er war nicht sicher, wonach er eigentlich Ausschau hielt, aber er hatte dieses immer stärker werdende Gefühl, dass hier etwas nicht stimmte.

Hinter der Kommode wurde er fündig: da Silvas Handlampe. Sie hätte natürlich unbemerkt von der glatten Oberfläche rollen können, aber die Glühbirne funktionierte noch, und da Silva war viel zu vorsichtig, um einen solch verdächtigen Gegenstand einfach herumliegen zu lassen. Es sei denn …

Das Ganze gefiel ihm nicht, überhaupt nicht.

Er redete sich selbst ein, dass es Unsinn war, und ging erneut hinunter in die Bibliothek, wo er in *The Fish pond* las, als ob sich ihm dort irgendeine Lösung erschließen würde. Er wünschte, er könnte hoch zum Zierbau gehen – nicht dass er wirklich annahm, da Silva würde dort auf ihn warten; doch er verspürte den immer stärker werdenden Drang, etwas zu tun. Leider würde eine Suchaktion die Geschichte um sein kaputtes Knie komplett ruinieren.

Als da Silva bis zum Mittagessen noch immer nicht aufgetaucht war, fragte er so unbefangen wie möglich in die Runde: »Und wo ist denn unser Poet? Hält er wieder mit seiner Muse Zwiesprache?«

»Mr da Silva? Er, äh, ist heute Morgen frühzeitig abgereist.« Lady Armstrong warf ihm einen bedeutungsschweren Blick zu.

James Armstrong hustete auffällig, und es klang wie ein »aufgefordert«. Die Anwesenden tauschten kurze Blicke faszinierter Betroffenheit.

»James.« Sir Huberts Ton war warnend.

»Aber mal ehrlich«, begann James, verstummte aber angesichts des Stirnrunzelns seines Vaters sofort wieder. Murmelnd fügte er hinzu: »Ich hatte dich gewarnt, Mutter.«

»Genug davon.« Sir Hubert wollte jetzt lieber über Golf reden.

Curtis gab vor zuzuhören, dachte aber verzweifelt nach.

Die Schlussfolgerung war klar: Da Silva war hinausgeworfen worden, weil er irgendwie gegen die Gastfreundschaft verstoßen hatte. Diebstahl von Silber, Verführung des Dieners, Einbruch in die privaten Räume seines Gastgebers. Es war natürlich möglich, dass er beim Herumspionieren erwischt und weggeschickt worden war – das würde auch erklären, warum seine Sachen verschwunden waren. Und doch …

Bis zum Bahnhof in Newcastle brauchte man eine Stunde. Der Milchzug fuhr um halb drei Uhr morgens ab; sicher hätte man da Silva nicht zu dieser Stunde vor die Tür gesetzt. Aber wenn man ihn dazu gezwungen hatte, sich auf dem Bahnsteig die Füße in den Bauch zu stehen und auf den morgendlichen Bummelzug zu warten, hätten die Armstrongs das nicht erwähnt, als Curtis in Erwägung gezogen hatte, ebendiesen Zug zu nehmen? Und hätte er nicht den Wagen benutzen müssen, der irgendwann heute Morgen zurückgekommen wäre?

An der Geschichte war nichts schlüssig, und auch wenn er keine Beweise hatte, würde er der Sache auf den Grund gehen. Sein Instinkt schlug Alarm.

Er versuchte während der restlichen Mahlzeit so munter wie möglich zu erscheinen und bemerkte gegenüber Lady Armstrong, dass er das Gefühl habe, seinem Bein gehe es bereits wieder besser. »Sie halten mich jetzt sicherlich für einen schrecklichen Jammerlappen, weil ich so viel Aufhebens machte …«

»Um Himmels willen, nein! Ich weiß, wie es ist, wenn man ein quälendes Leiden hat«, versicherte ihm Lady Armstrong.

Dadurch fühlte sich Mrs Lambdon animiert, über ihre eigenen chronischen Gesundheitsprobleme zu referieren, was Curtis eine Atempause verschaffte, denn ab da musste er nur noch höflich an den passenden Stellen nicken.

Der restliche Tag zog sich ewig hin. Curtis durchstreifte das Gelände und entschuldigte das mit dem Hinweis, er wolle sein Knie belasten, um herauszufinden, wie schlimm es tatsächlich war.

Soweit er sehen konnte, war der Boden unter den Kiefern nicht aufgewühlt, es gab keinen Hinweis auf ein Grab, und er verfluchte da Silva und seine anschaulichen Beschreibungen auf dem ganzen Weg von den Bäumen zum Zierbau. Auch hier war niemand. Es roch nach kaltem Stein und muffigem Holz. Er wünschte, es würde nach männlichem Schweiß, Ejakulat und all dem Zeug riechen, das da Silva sich ins Haar schmierte.

Wenn da Silva irgendetwas passiert war, wenn ein Verbrechen geschehen war, würde Curtis niemals wieder sein Haar berühren können. Ein absurder Gedanke, den er schnell abschüttelte. Sein Hals war eng, und er musste mehrmals schlucken, während er allein in dem verlassenen Zierbau stand, die Abwesenheit eines Mannes, den er kaum kannte, nahm ihm die Luft.

Der endlose, schreckliche Tag schritt voran. Curtis wanderte über das Gelände, bis es dämmerte und er nichts mehr sehen konnte. Dann zog er sich vor dem Abendessen in die Bibliothek zurück, um den anderen Gästen aus dem Weg zu gehen, deren Anwesenheit an seinen Nerven kratzte. Er starrte mit leerem Blick auf eine Seite eines Oppenheim-Romans, die er seiner Meinung nach bereits gelesen hatte, als Armstrong und Holt eintraten.

»Wir sind auf der Suche nach Grayling«, teilte Armstrong ihm mit. Er schien ein wenig freundlicher gestimmt zu sein als am Abend zuvor. »Wollen Sie bei einer Viererrunde Billard mitmachen?«

»Ich passe, danke.«

»Vermissen Sie etwa Ihren Partner?«, fragte Holt garstig.

»Wen, da Silva? Wohl kaum. Ich gewinne nur gern dann und wann.« Er war nicht in Stimmung für dieses witzlose Geplänkel, dieses bedeutungslose Flachsen von Menschen, die ohne echte Aufgabe durchs Leben gingen. Holt hatte insofern recht: So konnten die Menschen nicht leben. Obwohl Holt selbst ausreichend Gefallen daran zu finden schien.

Noch ein weiterer Tag, und er würde diesen verdammten Ort hinter sich lassen, sagte sich Curtis. Noch ein Tag, um nach da Silva zu suchen.

Scheinbar unbekümmert fragte er Armstrong: »Was ist denn eigentlich passiert? Ließ er etwa Löffel mitgehen?«

Holt schaute Armstrong an und öffnete den Mund, aber Armstrong antwortete bereits: »Ich erwischte ihn beim Kartenzinken. Holt hatte schon recht, als er ihn als Betrüger bezeichnete.«

»Bei Gott«, entgegnete Curtis. »Dann schulde ich Ihnen eine Entschuldigung, Holt, Sie haben ihn schneller durchschaut als ich. Ich tappte da wohl ziemlich im Dunkeln.«

Armstrong lachte wiehernd. »Na Sie sind nicht der Einzige im Dunkeln. Wie, Holt?«

»Reden Sie keinen Unsinn«, blaffte Holt. »Wie sieht es jetzt mit dem Spiel aus, Curtis?«

Curtis deutete als Antwort nur auf sein Knie, und die jüngeren Männer zogen sich zurück. Als sie gingen, dachte er, ein leises Murmeln von der anderen Seite der Tür zu hören.

Was bislang nur eine vage Ahnung gewesen war, schien sich

zu bestätigen. Er glaubte nicht, dass da Silva letzte Nacht mit Holt und Armstrong Karten gespielt hatte. Wenn es so gewesen wäre, lag es durchaus im Bereich des Möglichen, dass man ihn beim Falschspiel erwischt hatte – es war nicht das Falschspiel, das Curtis bezweifelte, sondern, dass da Silva erwischt worden war. Denn darum hätten die beiden jungen Männer sicher mächtig Aufhebens gemacht, und das wäre Curtis auf keinen Fall entgangen. Es stand außer Frage, dass Holt eine solche Sache nicht einfach so unter den Teppich gekehrt hätte. Sie logen beide.

Was bedeutete, dass Holt mit von der Partie war.

Curtis wusste nicht, wieso er das bislang außer Acht gelassen hatte. James Armstrong war ein aufgeblasener Narr, der seine Tage mit Glücksspielen verbummelte. Holt hatte ein Hirn und eine fiese Rechte. Ein aufstrebender Mann, ein kluger Kopf, der James Armstrongs Möglichkeiten sah und ihm dabei half, sie auszunutzen. Kredenzte den Dekadenten, die er so verachtete, ihr verdientes Dessert.

Ja, Holt war involviert, dessen war sich Curtis sicher. Der Mann wusste, was geschehen war, und ihm hatte diese eine Bemerkung von Armstrong nicht gefallen. Sein Lächeln war teuflisch falsch gewesen, und er hatte umgehend das Thema gewechselt. Eigentlich hätte er über die Geschichte, wie da Silva beim Betrügen erwischt worden war, hämisch frohlocken müssen. Stattdessen hatte er die Konversation von Armstrongs Worten abgelenkt …

Sie sind nicht der Einzige im Dunkeln.

Curtis grübelte darüber nach. Er dachte an das Gespräch vergangene Nacht und daran, wie da Silva schaudernd zugegeben hatte, dass er nichts für Höhlen und Räume im Untergrund übrig hatte. Dann schloss er die Augen und atmete tief ein, denn was er vermutete, widerte ihn an, machte ihn wütend und ängstlich. Er dachte an dieses schreckliche schwarze Loch, in dem ein Mensch einfach verschwinden konnte …

Doch es stimmte ihn auch hoffnungsvoll. Denn es gab diejenigen, die ihre Feinde tot sehen wollten, und diejenigen, die es genossen, sie zuerst leiden zu sehen. Wenn jemand einen Mann hasste und wusste, dass er sich vor der Dunkelheit und den Felsen über sich fürchtete, würde derjenige ihn dann nicht zumindest eine Weile in der Höhle am Leben lassen?

Im Nachhinein wusste Curtis nicht mehr, wie er es durch den restlichen Abend geschafft hatte. Er machte hier und da angemessene Bemerkungen, die von ihm erwartet wurden. Er aß und trank. Er sprang weder Holt noch Armstrong an, um diesen Bastarden das Leben aus dem Leib zu prügeln. Er ging früh zu Bett und zwang sich, zwei Stunden zu schlafen. Um ein Uhr morgens nahm er die Handlampe und schlich so leise wie möglich nach unten.

Er verließ das Haus durch die Küchentür und machte sich auf den Weg zu den Höhlen. Eine gute Viertelmeile lang umging er den Kiesweg und die steinernen Pfade, um das Knirschen unter seinen Schuhen zu vermeiden.

Die Luft war frostig, und ein Halbmond erleuchtete die Landschaft. Ausreichend, um halbwegs etwas zu sehen. Andere hätten diesen Spaziergang im Dunkeln und die verzerrten Schatten vielleicht als Furcht einflößend empfunden, doch Curtis hatte eher Angst vor dem, was er in der Höhle vorfinden mochte. Die blanken Hügel, die im Dunkeln farblos wirkten, erinnerten ihn an das Buschland in Südafrika, und allein das Wissen, dass es keinen Buren-Scharfschützen hinter den Büschen gab, reichte ihm schon, um seinen Marsch relativ angenehm zu machen.

Die Landschaft sah nachts natürlich anders aus, aber er hatte den Orientierungssinn eines Soldaten und verlief sich nur einmal, wodurch er ein paar wenige Minuten verlor. Er schaffte die Strecke in einer knappen Dreiviertelstunde und stand nach einer kurzen Kletterpartie vor dem schwarzen Schlund der Höhle.

»Da Silva?«, rief er.

Keine Antwort.

Er nahm eine der Laternen, die am Eingang aufbewahrt wurden, und zündete sie an. Dann machte er sich auf den Weg in die Höhle. Das Licht flackerte mit jedem Schwingen der Lampe und warf groteske Schatten an die Wand, die um ihn herumtanzten und -sprangen.

»Da Silva?« Seine Stimme wurde in die Haupthöhle getragen und kam als Echo zurück.

Er wusste, er würde jeden Stollen durchsuchen müssen und sollte dabei besser systematisch vorgehen, aber der Gedanke an dieses schreckliche schwarze Senkloch ließ ihn nicht los. Daher ging er ein paar Schritte auf dem kalten, rutschigen Stein weiter in Richtung Tunnel, der ihn zu der weißen Galerie führte. Erneut rief er: »Da Silva!«

Seine Stimme hallte von der Wand zurück und erstarb, auf einmal hörte er ein leises Geräusch wie ein Schluchzen.

»Da Silva!« Er hob die Laterne und spurtete, so schnell er es wagen konnte, über den tückisch glatten Höhlenboden. Schließlich erreichte er die weiße Galerie und sah ausgestreckt am Boden neben dem Senkloch, mit dem Rücken an einen Stalagmiten gelehnt, die derangierte Gestalt eines dunkelhaarigen Mannes.

Schon war Curtis bei ihm, auf den Knien, trotz des eiskalten Steins. Da Silva war vollkommen durchnässt, das Haar hing ihm in nassen Strähnen ins Gesicht. Seine Arme waren hinter seinen Körper gezogen, um den schrecklich nassen, glatten Stein, und als Curtis die Seile um seine Handgelenke entdeckte, sah er, wie ein Tröpfchen Wasser von der Decke auf da Silvas Kopf platschte und ein Ruck durch seinen Körper ging.

»Jesus Maria!« Curtis schloss ihn in die Arme, so gut er konnte, was sich angesichts des Felsens und der Fesseln als schwierig herausstellte. Die Haut des Mannes war eiskalt. »Da Silva, können Sie mich hören? Ich bin es, Curtis. Ich bin hier. Ich hole Sie hier raus. Daniel?«

Da Silvas Kopf sank nach vorn und prallte gegen Curtis' Brustkorb. Er gab ein wimmerndes Geräusch von sich. Curtis nahm sein Kinn und hob da Silvas Kopf sanft an. Wasser lief über dessen blasses Gesicht. Seine Augen waren geschlossen.

»Daniel«, wiederholte Curtis hoffnungslos.

Daniels Augenlider flatterten, dann öffneten sie sich. Die dunklen Augen blieben an Curtis' Blick hängen. Würgend sagte er: »Bitte sei kein Traum. Bitte nicht. Sei kein …«

»Ich bin hier. Ich habe dich. Ich bin kein Traum.«

Daniel blinzelte. Wasser tropfte von seinen dunklen Wimpern. Er sah Curtis einen langen Moment an und flüsterte: »Du bist gekommen. Oh Gott, du bist gekommen!«

»Du hast mich dazu gebracht«, sagte Curtis und schlang seine Arme fester um ihn, als Daniel in schwaches, hilfloses Schluchzen ausbrach.

Er war sich nicht sicher, wie lange er ihn so hielt, zusammen ausgestreckt auf dem kalten, nassen Stein, ihn vor dem schrecklichen, unaufhörlich tropfenden Wasser beschützend. Bis sich Daniels Tränen in tiefes, abgehacktes Atmen verwandelt hatten, war er ganz steif geworden.

»Wer war das?«, fragte er.

»J-James und H-Holt.« Daniels Zähne klapperten, aber es war ein Zeichen der Besserung, wusste Curtis. »Wollten mich hierlassen, hierl-lassen. Mich zu Stein werden lassen.«

»Blödsinn.« Curtis strich ihm durch das dunkle, durchnässte

Haar. »Das dauert Jahrhunderte. Ich muss dich jetzt loslassen, verstanden? Ich muss dich irgendwie befreien.«

Daniel schnappte kurz nach Luft, schloss die Augen und nickte. Zögernd löste Curtis die Umarmung und stand auf, die Glieder steif und nass. Er nahm seinen Übermantel ab, drapierte ihn über Daniels zitternden Körper, der noch immer Abendgarderobe trug, und machte sich daran, ihn zu befreien.

Das Seil, das ihn fesselte, war auf der anderen Seite des Felsens verknotet. Die Knoten waren nicht besonders kompliziert, aber der Strang war dick und von dem Wasser, das unaufhörlich an der Seite des Stalagmiten entlanglief, ganz aufgequollen. Curtis bewegte die Laterne, doch als er Daniels leises Wimmern vernahm, stellte er sie zurück, damit das Licht auf ihn schien. Schnell eilte er zum Höhleneingang, um eine weitere Lampe zu holen. Als es auf der Rückseite des Felsens hell genug war, begann er den Knoten zu lösen.

»Curtis?«, krächzte Daniel. »Curtis?«

Er sprang auf und ging um den Felsen herum. »Was?«

»Nur … Kein Traum.«

»Nein.« Curtis legte eine Hand auf die kalte Wange und fühlte, wie sich Daniels Kopf drehte, seine Lippen über Curtis' Haut strichen. »Ich muss dich jetzt von deinen Fesseln befreien. Ich bin hier und werde dich nicht verlassen, aber du musst mich jetzt arbeiten lassen.«

Der schlimmste Teil von Fieberträumen war immer die Hilfe, erinnerte er sich: ein Onkel, eine Krankenschwester oder ein Freund, die kamen, um sich mit beruhigenden Worten über das Bett zu beugen, die ein kühles Getränk brachten. Man fühlte sich endlich geborgen und umhegt. Doch dann wachte man wieder allein und mit brennendem Durst mitten in einer Nacht auf, die endlos erschien. Curtis wollte sich gar nicht vorstellen, wie es gewesen sein mochte, hier einen ganzen Tag lang in der Dunkelheit auszuharren, mit dieser schrecklichen Tortur der fallenden Wassertropfen und der in die Glieder kriechenden Kälte und Nässe. Und zu träumen, Hilfe wäre hier, um dann immer und immer wieder in der Hoffnungslosigkeit zu erwachen.

Der Knoten war zu fest. Er nahm sein Taschenmesser heraus und begann mit brutaler Gewalt am Seil zu sägen.

»Curtis.« Es war ein Krächzen.

»Lass mich das jetzt erledigen«, zischte er durch die Zähne.

»Curtis!«

»Curtis«, sagte eine höhnische Stimme vom anderen Ende der Höhle.

Er blieb etwa eine Sekunde vollkommen ruhig knien. Dann klappte er das Taschenmesser zusammen, legte es neben dem Stalagmiten ab und stand auf, um Holt gegenüberzutreten.

10

Holt hängte seine Laterne an einem hervorstehenden Felsstück auf. Das Licht von drei Lampen erhellte die weiße Galerie verstörend grell. Curtis blickte auf Daniel hinab, der noch immer gefesselt war und mit seinen Augen, die wie schwarze Höhlen in seinem verzerrten, ängstlichen Gesicht lagen, zu seinem Peiniger hochblickte.

»Ich hoffe, Sie sind stolz auf sich«, sagte er.

Holt sah ihn hasserfüllt an. »Zumindest bin ich kein verfluchter Schwuler.«

»Sie sind ein Erpresser. Ein Folterknecht.«

»Mörder«, krächzte Daniel.

»Wen haben Sie umgebracht?« Curtis ließ die Schultern kreisen, um sicherzugehen, dass seine Jacke locker genug saß. Dann trat er einen Schritt zur Seite. Holt registrierte die Bewegung, und ein bestimmter Ausdruck huschte über sein Gesicht. Begierde, dachte Curtis. Er wollte kämpfen. Das konnte er haben.

Holt legte seinen Übermantel ab und behielt Curtis im Auge. »Ein paar Verräter. Sie sollten eigentlich dankbar dafür sein.«

»Lafayettes Männer.« Curtis begann eine kreisende Bewegung, sah, wie Holt es ihm gleichtat, beobachtete seinen Gang. »Die Männer, die die Gewehre manipulierten, die nach Jacobsdal gingen. Sie haben sie dazu erpresst, nicht wahr?«

»Nein!« Holt klang aufgebracht angesichts dieser Anschuldigung. »Das war Armstrong. Damit habe ich nichts zu tun. Eine schmachvolle Angelegenheit.«

»Aber Sie brachten die Männer um, die es taten. Warum?«

»Sie waren *Verräter.*« Holt klang, als ob er um Verständnis bat. »Und sie waren verdorben. Dreckige Bestien. Sie standen auf Mädchen, junge Mädchen. Abscheulich. Sie verdienten es zu sterben.«

»Darin sind wir uns einig. Was haben Sie mit ihnen gemacht?«, fragte Curtis, als würde es ihn interessieren. »Das Senkloch?«

»Hinab in die Eingeweide der Erde. Ein recht nützlicher Entsorgungsort. Niemand hat je den Grund ausfindig gemacht, waren das nicht meine Worte?« Holts Augen glitzerten im Lampenlicht und den Reflexionen des weißen Steins. »Ich dachte, ich könnte den Juden heute Nacht lebend dort hinunterwerfen. Er schreit wie ein Mädchen. Ich will wissen, wie lange ich ihn fallen hören kann.«

Daniel gab einen tierischen Laut blanken Entsetzens von sich. Curtis wippte auf seinen Fußballen auf und ab und bog seine Finger.

Holt schüttelte den Kopf. »Wollen Sie sich wirklich wegen dieses Kerls prügeln? Gütiger Gott! Das hätte ich nie von Ihnen gedacht, Curtis. Ein Soldat, ein Mann mit Herkunft, ein Sportchampion, einer solchen Abscheulichkeit zugetan. Schämen Sie sich nicht?«

Curtis brachte ein »Nein« hervor. Er ging ein paar Schritte auf Holt zu, der seine Fäuste hob und dann kurz auflachte.

»Es ist schon eine Schande. Ich hätte mich gern fair mit Ihnen gemessen. Es zählt wohl nicht, einen Krüppel zu verprügeln.«

»Machen Sie sich nur um mich keine Gedanken.« Zumindest war es das, was Curtis sagen wollte, aber sein Mund funktionierte irgendwie nicht ganz richtig, und die Worte klangen merkwürdig. Er betrachtete seine Hände im Lampenlicht und sah, dass sie zitterten.

Holts Lächeln verschwand. »Ich hoffe, Sie sind nicht feige.« Er klang gekränkt. »Sie haben doch keine Angst vor einer Schlägerei, oder? Haben Sie Ihre Nerven im Krieg verloren? Verflucht, ich habe mich auf ein echtes Aufeinandertreffen mit Ihnen gefreut, aber Sie sind auch nur eines von diesen feigen Arschlöchern. Zumindest kann ich mich darauf freuen, einen Juden zu verprügeln.«

Das war der Moment, in dem Curtis auf ihn losging.

Der Schriftstellerfreund seines Onkels, Quatermain, hatte viel Aufhebens um Sir Henry Curtis' Wikingerblut gemacht und um den Geist eines Berserkers, der in der Schlacht über ihn kam. Curtis hielt das für eine lächerlich romantische Art, blanke Wut zu beschreiben.

Es gab keinen roten Dunst, es gab keine Zeit, zu der er nicht wusste, was er tat, er verspürte noch nicht einmal Zorn wie normalerweise. Stattdessen war da eine seltsame Distanziertheit und ein exquisites, wildes Vergnügen an Gewalt. Er schritt vorwärts und sah, wie Holts Faust nach gängigem Muster hochschnellte, als ob er dachte, sie würden wie Gentlemen miteinander kämpfen. Curtis konterte mit einem niedrigen Fausthieb und verpasste nur dank Holts schneller Reaktion die Hoden des Mannes knapp. Holt sprang zurück, öffnete den Mund und sah etwas in Curtis' Gesicht, das ihn warnte, weiteren Atem für Reden zu verbrauchen.

Dann kämpften sie ernsthaft und wild, nicht gerade nach den Queensberry-Regeln. Beide rutschten auf dem glatten, nassen Felsen unter ihren Füßen aus, beide waren sich bewusst, dass ein Sturz die Niederlage bedeuten konnte. Sie waren in etwa gleich groß und schwer, und Holt hatte seinen Unimeister verdient und war in Form. Er hatte den riesigen Vorteil zweier unversehrter Hände und setzte sie auch gekonnt ein. Unerbittliche Angriffe auf Curtis' rechte Seite zwangen diesen, die verstümmelte, weniger kraftvolle Faust einzusetzen, die bei jedem Schlag schmerzte.

Aber Curtis hatte acht Jahre in der Armee verbracht, hatte gegen Menschen gekämpft, die sich wehrten, und er wusste, was mit Daniel passieren würde, wenn er verlor. Zudem war er außer sich vor Wut und bereit zu töten. Immer wieder schlug er zu, ignorierte die Schläge, die er einsteckte, und die Schmerzen in seiner verletzten Hand, und sah zu, wie das Blut aus Holts hasserfülltem Mund spritzte, als ein Aufwärtshaken dessen Kopf nach hinten schleuderte.

Holt rutschte aus und landete auf seinem Steißbein. Curtis machte einen Schritt nach vorne, zog das Bein an, um gegen den Kopf seines Gegners wie gegen einen Rugbyball zu treten, und verdrehte sich beinahe den Knöchel an einer versteckten Absenkung im Boden. Er taumelte, hielt aber das Gleichgewicht.

Holt kroch verzweifelt zurück zu seinem Mantel, der auf dem Felsen lag, wühlte darin herum und zog schließlich ein Messer hervor.

Curtis legte den Kopf in den Nacken und lachte, der Klang seines Lachens brach sich an den Wänden der Höhle. Holts Reaktion erschien ihm umwerfend komisch. Er hoffte, dass Daniel es bemerkte, denn der würde es zum Schreien finden. Holt richtete sich wieder auf, wedelte mit der Klinge, und Curtis wollte ihn am liebsten fragen, ob auch er die Ironie sah. Nach all seinen hochtrabenden Reden über die englische Überlegenheit zog er etwas ab, das gerade er und seine feinen Freunde als »Kanakentrick« bezeichnen würden.

Holt stürzte sich mit dem Messer auf ihn. Curtis hob seinen rechten Arm hoch, und die Klinge schnitt durch den Stoff und brannte auf seiner Haut. Das hieß, dass sie weit von Curtis' Linker entfernt war, die sogleich mit einem befriedigenden

Geräusch auf Holts Kiefer traf – genau dort, wo er den Aufwärtshaken platziert hatte. Er sah, wie die Wucht des Schlags Holts Augen trübte, und Curtis nutzte die Gelegenheit, um Holts Messerhand mit seiner starken Linken zu packen. Er drehte sich um, schlang seinen bulligen rechten Arm um Holts Genick und verstärkte seinen Griff.

Holt keuchte und wehrte sich nach Leibeskräften. Curtis lehnte sich zurück, nutzte sein Gewicht und grub die Finger in Holts Handgelenk, bis dieser das Messer fallen ließ. Er umfasste Holts Kiefer mit der freien Hand und drehte den Kopf ruckartig, bis er das Knacken des brechenden Genicks hörte.

Keuchend ließ Curtis den schlaffen Körper fallen.

Daniel saß ausgestreckt bei dem Felsen, starrte ihn an, seine Augen unnatürlich groß und dunkel. Er sah panisch aus.

»Holt ist tot«, erklärte Curtis, sollten daran noch Zweifel bestehen. Seine Aussprache war noch immer nicht so klar, wie sie sein sollte. Er nahm Holts Messer, ein rasiermesserscharfes Teil, das besser war als sein eigenes Taschenmesser, und ließ es mit ein paar Schnitten durch das Seil gleiten.

Kaum ließ der Zug nach, versuchte Daniel sich freizukämpfen. Curtis kniete sich neben ihn und half ihm, die Seile zu entwirren. Sie zitterten beide.

Daniel war kalt. Das war es.

Um Abhilfe zu schaffen, entkleidete Curtis Holts Körper mit ungeschickten Fingern bis auf die Unterwäsche und stapelte die größtenteils trockenen Kleider oben auf den Körper, weil es sonst keine trockene Stelle gab. Dann half er Daniel, sich auszuziehen, der keine große Hilfe war. Seine Hände würden schmerzen, dachte Curtis, als er die roten Flecke rund um dessen Handgelenk und die grauen, aufgedunsenen Finger sah. Er zog also vorsichtig das tropfnasse Abendjackett und die Weste von Daniels Körper und riss dann das nasses Hemd auf, ohne sich mit den Knöpfen aufzuhalten – was ihn an etwas erinnerte, aber er war sich nicht sicher, an was. Stück für Stück entkleidete er den tropfnassen, zitternden Mann, bis dieser nackt war, und verwendete Holts Unterhemd, um ihn, so gut es ging, abzutrocknen. Jetzt, als seine Hände auf Daniels kalter, feuchter Haut lagen, kam Curtis langsam wieder zu sich. Er atmete tief und hörbar ein. »Jesus!« Seine Stimme war heiser.

»Curtis?« Es war ein Flüstern. Daniels Augen waren riesig und furchtsam.

»Gott!« Er blinzelte die Überbleibsel seiner Wut weg. »Zum Teufel! Ich, äh …«

Daniel wollte etwas sagen, schwankte und fiel beinahe, doch Curtis fing ihn auf und hielt ihn fest, ungeachtet seiner Nacktheit, bis der andere Mann sein Gleichgewicht wiedergefunden hatte. Er schnappte sich Holts Kleider, und es fiel ihm schwer, sie Daniel anzuziehen, denn seine Finger schmerzten von dem Kampf. Doch sie funktionierten immerhin besser als die des anderen Mannes. Der Anblick von Daniels Händen, ihrer gewandten Flinkheit beraubt, ließ seine Wut wieder aufflammen.

Holts Kleider waren da Silva natürlich viel zu groß, aber es war besser als nichts. Er zog den Gürtel fest um die schlanke Taille, knöpfte die Jacke und den schweren Übermantel zu. Holts Schuhe waren unbrauchbar; Daniels eigene nasse Ausgehschuhe würden ausreichen müssen, aber er steckte Holts Socken für später in seine Tasche, wenn sie einen Ort fanden, an dem sie seine Füße trocknen konnten.

Er hob Daniels abgelegte Kleider auf und warf sie in das Senkloch, gefolgt von dem Seil und Holts Schuhen. Das Messer behielt er. Als Letztes zog er den leblosen Körper hinüber zu dem schwarzen Loch.

Daniel gab einen gurgelnden Laut von sich.

Curtis riet: »Schließ die Augen«, denn er war sich ziemlich

sicher, dass Daniel nicht wirklich sehen sollte, wie ein Körper in diesem schrecklichen Brunnen verschwand, und ließ Holt in die Dunkelheit fallen.

Dann brachte er Daniel aus der Höhle.

Am Eingang mussten sie eine Pause einlegen, damit Curtis die Laternen ersetzen konnte, und um einen trockenen Stein zu finden, auf dem Daniel sitzen konnte, während Curtis sorgfältig seine Füße mit seinem Taschentuch trocknete und ihm Holts dicke Socken überzog.

Holt war mit einem Fahrrad gekommen. Es war ein anständiges Tourenrad, aber mit seiner verstümmelten Hand und mit Daniel, der bestenfalls halb bei Bewusstsein war, war es für ihn nutzlos.

Curtis dachte kurz nach und sagte zu Daniel: »Warte auf mich. Ich bin gleich wieder da.« Dann hievte er das Rad in die Höhle. Der Gedanke, es auf den leblosen Körper fallen zu lassen, erschien ihm nicht richtig, aber er hatte keine andere Wahl, also zögerte er nicht lange. Nach allem, was er gehört hatte, befand sich Holt ohnehin noch immer im freien Fall.

Als er wieder zurückkam, hatte sich Daniel eingerollt und die Arme um sich geschlungen. Curtis betrachtete Daniels durchweichte Schuhe, und als sein Blick auf dessen Gesicht fiel, sagte er nur: »Halt dich jetzt fest.« Dann band er die Schuhe mit den Schnürsenkeln zusammen und legte sie um seinen Nacken und nahm Daniel auf den Arm.

Es würde kein einfacher Marsch. Daniel war zwar nicht massig, aber er war doch knapp einen Meter achtzig groß und hatte binnen weniger Momente wieder das Bewusstsein verloren, wodurch er unglaublich schwer wurde. Curtis war sich unangenehm bewusst, dass er auf dem Geröll auf keinen Fall ausrutschen durfte, sollte sein Knie nachgeben. Er war ohnehin verdammt überrascht, wie wenig es nach allem schmerzte.

Vielleicht hatten die Ärzte ja recht, wenn sie sagten, er solle es mehr einsetzen, auch wenn sie dabei sicher an andere Aktivitäten gedacht hatten.

Er ging entlang des vom Mondlicht schwach erleuchteten Pfads, Schritt für Schritt, mit Daniel, der schlaff und schwer in seinen Armen lag. Seine rechte Faust schmerzte höllisch, und er konnte fühlen, wie das Blut entlang seines Unterarms tröpfelte, wo Holt ihn mit dem Messer erwischt hatte. Er hatte keine Ahnung, was er jetzt tun sollte.

Es war fast drei Uhr morgens. Mit Daniel würde er in der verbleibenden Nacht nicht weit genug kommen. Die Armstrongs würden Holt zurückerwarten. Würde James kommen, um nach ihnen zu sehen?

Wohin sollte er gehen?

Das einzige Telefon meilenweit befand sich in Peakholme. Newcastle war dreißig Meilen entfernt, und er musste Daniel irgendwie aufwärmen. Er könnte um Hilfe bitten, wenn er ein Schäferhäuschen oder ein Bauernhaus sah, aber in dieser gottverlassenen Landschaft hatte er meilenweit nichts gesehen. Außerdem kannte er die Gefahren nur allzu gut, wenn man Unterschlupf auf feindlichem Territorium suchte.

Dieser Gedanke ließ seinen müden Kopf in Erinnerungen an Südafrika abdriften, als er durch das Unterholz des Burenterritoriums geklettert war und nach etwas gesucht hatte, um sich zu verkriechen. Schließlich hatte er den kleinen felsigen *kraal*, die Ruinen eines Bauernhauses auf einem kleinen isolierten Hügel gefunden, wohin sich seine Handvoll Männer zurückgezogen hatte …

Steinerne, leicht zu verteidigende Ruine auf einem Hügel.

War es eine brillante Idee oder ihr Verderben? Er war sich nicht sicher und wünschte, Daniel wäre wach, damit er ihn fragen konnte. Er wünschte, Daniel wäre wach, damit er hätte laufen können. Aber da dem nicht so war, schob Curtis das Kinn vor und stapfte unbeirrt weiter, einen Fuß vor den anderen setzend, und hatte die zwei Meilen zurück bis nach Peakholme irgendwann geschafft.

Es war halb fünf, als er ankam, und ihm tat alles weh. Vom letzten Aussichtspunkt aus hatte er noch keine Lichter im Haus sehen können. Er musste um den Wald herumgehen, um zum Zierbau zu gelangen, ohne dabei in Sichtweite der Fenster zu kommen, aber er war sich ziemlich sicher, dass er zu dieser Stunde auf keine Gärtner treffen würde. Der letzte Anstieg hoch zum Zierbau, bei dem Daniels Gewicht gegen ihn arbeitete, war eines der härtesten Dinge, die er je getan hatte. Jeder wackelige Schritt ein Kampf gegen Schwerkraft und Erschöpfung, aber schließlich hatte er die Tür erreicht, fummelte sie irgendwie auf und brachte Daniel ins Innere.

Er zog den schlaffen Körper halb die Wendeltreppe hoch, und als er oben ankam, ließ er sich erschöpft auf den Boden sinken und schloss die Augen.

Ein paar Minuten später, als das Blut nicht mehr so laut in seinen Ohren dröhnte, sah er nach Daniel. Er fühlte sich schon viel wärmer an. Der enge Körperkontakt war von Vorteil gewesen, und Holts verflucht schwerer Übermantel war von bester Qualität. Er sah sich Daniels Handgelenke an und stellte mit Erleichterung fest, dass seine Finger wieder normal aussahen.

»Daniel?«, flüsterte er.

Da Silvas Atem ging tief und gleichmäßig. Er lag schwer in Curtis' Armen, die Augen geschlossen. Curtis zögerte, fragte sich, ob es ihm erlaubt sei, und gab dann dem Drang nach: Er ließ seine Finger sanft über Daniels Gesicht gleiten, berührte ihn kaum, strich entlang seines Kiefers und seiner Augenbraue, über die Haut seiner Wangen und schließlich, ganz gewagt, über seine Lippen.

Curtis dachte nicht, dass Daniel aufwachen würde, aber seine Augenlider flackerten, und er stöhnte leicht. Curtis verfluchte seine Selbstsucht. »Alles in Ordnung«, murmelte er. »Du bist in Sicherheit. Schlaf jetzt weiter.«

Daniels Mund bewegte sich, dann flogen seine Augen auf, und er zuckte krampfhaft. Curtis hielt ihn fest, um ihn davon abzuhalten, um sich zu schlagen, merkte aber, dass dies eine schlechte Idee war. Als da Silva anfing zu schreien, schlug er eine Hand über seinen Mund, wobei er sich wie ein Schwein vorkam, als dieser sich vor Furcht versteifte.

»Ich bin es, Curtis, du bist in Sicherheit. Hör auf, verdammt noch mal! Du bist sicher, ich habe dich. Stopp!«, zischte er und fühlte, wie Daniel schließlich zurück in seine Arme sank. Er nahm seine Hand weg.

»Curtis?«

»Hier.«

»Curtis«, wiederholte Daniel mit einem Anflug von Zufriedenheit. Seine Augen fielen zu, und Curtis dachte, er würde weiterschlafen. Aber nach ein paar Momenten sagte er: »Ich war in der Höhle.«

»Denk nicht darüber nach.«

»In der Höhle, im Dunkeln. Es … tropfte. Unaufhörlich. Und dieses Loch …« Seine Stimme zitterte.

»Hör auf. Es ist vorbei.«

»Du bist gekommen.«

»Natürlich bin ich das.«

Daniel schwieg einen Augenblick, dann fragte er: »Hast du Holt umgebracht?«

»Ja.«

»Ich mag keine Gewalt. Sie löst überhaupt nichts.«

Curtis zuckte mit den Schultern. Er hatte das Gefühl, dass Gewalt dieses spezielle Problem ganz ordentlich gelöst hatte.

Daniel kuschelte sich an ihn, murmelte etwas, das Curtis nicht verstand, und war binnen weniger Sekunden wieder eingeschlafen.

Curtis lag mit dem Kopf an den kalten Stein gelehnt und mit dem Körper auf hartem Holzboden, dabei spürte er Daniels schweres Gewicht auf sich, warm und sicher. Er schwelgte einige Momente in dem Gefühl, bevor er sich gedanklich den nächsten Schritten zuwandte.

Er hatte Daniel dort rausholen müssen. Auf Holt würde man heute umsonst warten. Er würde, so dachte er grimmig, mit allen Mitteln verhindern, dass James Armstrong erneut Hand an Daniel legte. Er würde bis auf den Tod kämpfen, und dazu könnte es durchaus kommen, sollte er zwei Männern mit Gewehren gegenüberstehen.

Hätte er zwei unversehrte Hände, würde er eines von Armstrongs Automobilen stehlen. Vielleicht müsste er darauf zurückkommen, aber es würde ganz schön viel Krach verursachen, einzubrechen und die Maschine zu starten. Außerdem würde er auch Zeit brauchen, um Daniel auf den Sitz zu hieven. Und er war sich überhaupt nicht sicher, ob er einen Wagen schnell genug über diese kurvigen Straßen steuern konnte, wenn er das Lenkrad an einer Seite nur mit seinem Zeigefinger und Daumen packen konnte. Sicher nicht schnell genug, um einem Verfolger zu entkommen – und er war sich sicher, dass man sie verfolgen würde.

Es war eine Möglichkeit, aber es wäre der letzte Ausweg. Was waren die Alternativen? Er könnte versuchen, ein Telefonat zu führen – er könnte darum bitten, nach Newcastle gebracht zu werden, um von dort anzurufen, falls die Armstrongs den Schein der Gastfreundschaft weiterhin aufrechterhielten –, aber das würde bedeuten, dass er Daniel im Zierbau allein lassen müsste.

Dieser rührte sich. Curtis strich mit einer Hand beruhigend über seine Wangen und fand sie unangenehm warm.

Himmel – was, wenn er krank wurde? Es wäre nicht wirklich überraschend nach einem Tag, den er von Wasser durchtränkt und in der Kälte liegend verbracht hatte.

Er benötigte Essen, Wasser und Decken, und das möglichst bald, bevor das Haus erwachte. Außerdem brauchte er eine Schusswaffe. Er musste auf der Stelle bei seinem Onkel anrufen, gleich welches Risiko bestand, dass das Telefonat mitgehört wurde, und Hilfe anfordern. Und danach … Nun, wenn nötig, würde er sich in den Zierbau zurückziehen und ihn verteidigen, so lange es eben dauerte, bis Unterstützung eintraf.

Curtis überdachte diese Aussicht, als er Daniel sanft von sich rollte. Er nahm die Etage genauer in Augenschein und entdeckte zu seiner Freude, dass in einer alten Holztruhe einige Picknickdecken aufbewahrt wurden. Damit machte er es dem schlafenden Mann so bequem wie möglich, murmelte Beschwichtigungen und verließ schließlich leise das Gebäude. Ohne Verbündete, Versorgung oder Kommunikationslinien musste sich Curtis jetzt einfach auf sein Glück verlassen.

Es war nicht das erste Mal, aber es mochte wohl das letzte Mal sein. Doch ihm blieb keine Wahl.

Mit diesem Gedanken legte er ein halbes Dutzend Schritte zurück, bevor er erstarrte. Jemand kam den Hügel herauf!

Um das Gebäude herum gab es keine Deckung, und zu versuchen, sich hinter dem Zierbau zu verstecken, wäre weitaus verdächtiger gewesen, als einfach weiterzumarschieren. Falls es dazu kam, müsste er mit dem Eindringling ebenso verfahren wie mit Holt.

Er ging weiter, als der Frühaufsteher näher kam, und ballte die Finger zur Faust, als er schließlich erkannte, dass es sich um Miss Merton handelte.

»Hallo, Mr Curtis.« Grüßend hob sie eine Hand, als sie auf ihn zukam. »Und ich dachte schon, ich sei der einzige Spaziergänger hier. Ist es nicht ein wundervoller Tag?« Ihre Augenbrauen zogen sich zusammen, als sie sich seiner Verfassung bewusst wurde. »Geht es Ihnen gut?«

Curtis zögerte nicht. »Sind Sie allein?«

»Ja …?«

»Miss Merton, im Namen Gottes, von Schütze zu Schütze, ich brauche Ihre Hilfe.«

Miss Merton erhob sich von Daniels Seite und blickte auf seinen bewusstlosen Körper hinab, dann hoch zu Curtis.

»Nun, ich glaube nicht, dass er wirklich Fieber hat«, meinte sie. »Wenn man derart auskühlt, kann einem der Körper Streiche spielen. Sie müssen ihn warm halten. Ich vermute, Sie sind sich in dieser ganzen Sache sicher?«

»So sicher wie nur irgendwas. Ich sah die Fotografien. Er war an einen Fels gefesselt …«

Sie hob eine Hand. »Ich habe keinen Zweifel an dem, was Sie sagen. Ich versuche nur zu überlegen, wie wir weiter vorgehen sollten.«

»Wenn Sie etwas zu essen besorgen könnten …«

»Das ist nicht genug.« Miss Merton schüttelte bestimmt den Kopf. »Es scheint, als hätten wir drei Probleme: Wir müssen Mr da Silva in Sicherheit bringen, wir müssen nach Hilfe rufen und den Verdacht von uns abwenden, bis diese Hilfe eintrifft. Nun gut. Ich denke, zuerst sollten wir Fen alles erzählen.«

»Miss Carruth?«, fragte Curtis ungläubig. Himmel, hatte diese Frau nicht verstanden, wie ernst die Lage war?

Sie schenkte ihm ein mitleidiges Lächeln. »Ich schätze, man könnte sagen, dass sich hinter Mr da Silva mehr verbirgt als der grässlich affektierte Geck, der er so gerne vorgibt zu sein?«

»Viel mehr.«

»Nun, Sie sollten auch bei Fen hinter die Fassade blicken und nicht auf das alberne Mädchen hereinfallen, das sie spielt.« Nachdenklich runzelte sie die Stirn. »Was, wenn ich ankündige, dass ich eine Tageswanderung durch das Moor machen möchte, allein, und um Verpflegung aus der Küche bitte? Ich werde auch ein paar Schusswaffen mitbringen. Auf diese Weise kann ich ein Auge auf unseren Kranken haben. Sie und Fen werden es irgendwie schaffen müssen, Hilfe zu holen. Am Abend können Sie mich dann ablösen. Wenn Sie beide sich tagsüber vom Zierbau fernhalten, sollte niemand Verdacht schöpfen. In Ordnung?«

Nein! Curtis wollte nicht von Daniels Seite weichen, kein bisschen. Er wollte derjenige sein, der hier Wache hielt. Aber wenn er nicht zurückkehrte, Holt verschwunden und Daniel nicht mehr in der Höhle war, würde man sicher Alarm schlagen. Miss Merton war kompetent, und er vertraute ihr – so weit das nach einer solch kurzen Bekanntschaft überhaupt möglich war.

»Die Armstrongs sind gefährlich«, warnte Curtis sie, »besonders James, und sie werden alle völlig verzweifelt sein, wenn sie herausfinden, was wir wissen. Das ist für sie das Todesurteil. Ich kann mir nicht vorstellen, dass sie vor Mord zurückschrecken werden.«

»Ebenso wenig wie ich.« Miss Merton klang recht sachlich. »Ich verlor zwei Brüder im Krieg. Ich habe eine eindeutige Meinung zu Verrat und zum Verkauf von Geheimnissen an unsere Feinde. Und ich habe überhaupt kein Verständnis für diese Erpressungen, und das wird auch für Fen gelten. Sie warten jetzt hier auf mich. Ich werde sagen, dass ich Sie auf meinem Morgenspaziergang getroffen habe und Sie zweifelsohne zum Frühstück zurück sein werden.« Sie ging forschen Schrittes davon.

Curtis verbarrikadierte die Tür hinter ihr und setzte sich wieder an Daniels Seite.

Dessen Gesicht war gerötet, er sah zerzaust und auch verletzlich aus, mit offenem Mund und ohne seine Rüstung aus Hohn und Affektiertheit. Ausgeliefert, so wirkte er, und Curtis fühlte, wie sich seine Hände bei dem Gedanken zu Fäusten ballten. Sollte James Armstrong vorbeikommen, freute er sich schon darauf, es mit ihm aufzunehmen.

Als es etwa eine Stunde später an der Tür klopfte, war es Miss Merton in Wanderkleidung, mit einem sehr ansehnlichen Holland-and-Holland-Gewehr unter dem Arm und einem Rucksack, den sie hochhievte. »Essen und Getränke und ein Revolver, den ich ihm überlasse. Ich werde gut auf ihn achten. Jetzt gehen Sie schon. Ich habe mit Fen gesprochen.«

»Passen Sie auf, ja? Und kümmern Sie sich um ihn. Vielen Dank, Miss Merton!«

»Ich werde gut auf ihn achten, wenn Sie das Gleiche für Fen tun«, entgegnete sie trocken. »Und ich denke, unter diesen Umständen können Sie mich Pat nennen.«

11

Auch mit Miss Carruth redete er sich schon bald mit dem Vornamen an. Es hatte etwas Beruhigendes, einen Verbündeten beim Frühstück zu haben. Während er erklärte, wie viel besser sein Knie war, plauderte sie harmlos über Pats Entscheidung, den ganzen Tag wandern zu gehen. Irgendwie schaffte sie es, ohne einen Anflug von Ungebühr zu vermitteln, dass sie jetzt, da sie dem wachsamen Blick ihrer Begleitung entkommen war, die Absicht hatte, sich ein wenig zu vergnügen, und sie hängte sich entsprechend an Curtis' Fersen.

James Armstrong schien das egal zu sein. Er hatte Ringe unter den Augen und runzelte permanent die Stirn, merklich erschöpft durch das Verschwinden von Daniel, Holt und Pat Merton. Bereits kurz nach der Mahlzeit, als Fen einen kleinen Spaziergang durch die Gärten vorschlug, sprach er Curtis an.

»Hören Sie, haben Sie Holt gesehen?«

»Nein, habe ich nicht. Er ist ein ganz schöner Langschläfer.« Curtis versuchte, einen Anflug von Missbilligung in seine Stimme zu legen.

»Er ist nicht in seinem Zimmer.«

»Oh! Dann muss er wohl schon früh ausgegangen sein.«

»Das scheint heute irgendwie jeder gemacht zu haben«, warf Fen ein. »Pat ging auf eine ihrer Wanderungen, und waren Sie nicht auch schon recht früh auf den Beinen, Archie?«

»Gegen sechs, schätze ich. Holt sah ich jedoch nicht.«

»Um sechs!« Fen stieß einen spitzen Schrei aus. »Ich brauche meinen Schönheitsschlaf.«

»Dann schlafen Sie aber ganz schön viel«, flirtete Curtis in dem Bewusstsein, dass seine Rolle das verlangte. Auch wenn das ganz und gar nicht seine Stärke war.

Armstrong machte keine Anstalten, dieses unbeholfene Kompliment zu korrigieren. Er schien überhaupt nicht zu bemerken, dass Curtis die Aufmerksamkeit der Frau auf sich zog, hinter der er die ganze Zeit wie ein Hündchen hergelaufen war. »Ich hoffe, er taucht bald auf«, brummelte er missmutig. »Sie haben letzte Nacht wohl nichts gehört?«

»Letzte Nacht? Wann denn?«

»Irgendwann.«

Curtis schüttelte den Kopf. »Ich ging früh zu Bett, so gegen zehn. Schlief wie ein Stein, fürchte ich. Sie denken doch nicht, Holt sei nachts aus dem Haus gegangen? Warum sollte er das tun?«

Als Curtis Armstrongs unbehaglichen Gesichtsausdruck sah, war er sich sicher, dass dieser genau gewusst hatte, was Holt vorgehabt hatte. Er hatte geholfen, Daniel in der Höhle festzuhalten, er hatte gewusst, dass Holt nachts dorthin zurückkehren würde, um sein Teufelswerk zu vollenden.

»Ich weiß es nicht«, erwiderte Armstrong. »Vielleicht hörte er ein Geräusch, oder, oder …«

»Ein Einbrecher?« Fen schnappte vor Schreck nach Luft. »Sie glauben doch nicht, er hat einen *Einbrecher* ertappt?«

»Natürlich tue ich das nicht, Sie d… – Sie, sehen Sie.« Armstrongs hastige Korrektur war bestenfalls ein Stammeln.

Fen blickte ihn an, und ihre hübschen Gesichtszüge verwandelten sich in einen Ausdruck kalter Höflichkeit, der keinen Zweifel daran ließ, dass sie genau wusste, was er beinahe gesagt hätte.

»Ich bin froh, das zu hören, Mr Armstrong. Kommen Sie, Archie, begleiten Sie mich bitte.«

Curtis bot ihr seinen Arm an, und sie fegten hinaus auf den Korridor, umgeben von einer Aura verletzter Würde, die einer Herzoginwitwe gut zu Gesicht gestanden hätte. Armstrong machte keine Anstalten, ihnen zu folgen.

Sobald sie im Garten und sich sicher waren, dass sie allein waren, blickte Fen mit einem Lachen in ihren samtbraunen Augen zu ihm auf. »Nun! Er war nicht sonderlich freundlich, nicht wahr?«

»Er ist besorgt. Ich kann das nicht auf die leichte Schulter nehmen, Miss – ich meine Fen. Ich weiß nicht, wie viel Ihnen Pat erzählt hat?«

»Alles, was ich wissen muss, was wahrscheinlich bedeutet, dass ich über alles im Bilde bin.« Fen sprach mit vollkommener Zuversicht. »Mr Holt wird also nicht zurückkommen?«

»Äh – nein. Nein, das wird er nicht.«

»Gut.«

Entsetzt schaute er sie an.

Sie verzog das Gesicht. »Ich hielt ihn für recht garstig. Er hat sich insgeheim über jeden lustig gemacht. Zwar war er Sir Hubert gegenüber höflich, aber man konnte sehen, dass er eigentlich spöttelte.«

»Meinen Sie? Das habe ich gar nicht bemerkt.«

»Aber ich. Ich mag Menschen nicht sonderlich, die sich auf diese Weise überlegen fühlen wollen.«

»Da Silva ist aber auch ein bisschen so«, bemerkte Curtis reumütig.

»Finden Sie?« Fen runzelte nachdenklich die Stirn. »Da bin ich etwas anderer Meinung. Mr da Silva lacht zwar über jeden, aber er hofft immer, jemand anders würde den Witz auch verstehen, meinen Sie nicht?«

Curtis dachte einen Moment lang darüber nach und sagte dann: »Ja. Sie sind ganz schön scharfsinnig.«

Fens Grübchen wurden sichtbar.

»Aber Mr Holt war nicht so. Niemand sollte seine Witze verstehen, und wenn man es tat, dann konnte man sie nicht lustig finden, sondern fühlte sich nur schlecht.«

»Hat er Sie beleidigt?«

»Oh, nun ja.« Fen schritt mit auf dem Rücken verschränkten Händen voran. »Ich habe nicht wirklich etwas gegen das Flirten, müssen Sie wissen. Mr da Silva ist zwar ein gotterbärmlich schlechter Flirter, aber bei ihm ist es wunderbar amüsant und hoffnungslos unseriös. Aber Mr Holt flirtete auf eher grauenhafte Weise, nicht wenn andere dabei waren, aber sobald man alleine war. Er sah einen so seltsam an. Man hatte das Gefühl, er wusste Dinge, die er nicht wissen sollte.« Sie hielt inne. »Und das tat er dann ja auch, wenn er an den Erpressungen beteiligt war. Wie überaus widerwärtig.«

Curtis unterdrückte seine Neugier, was Holt wohl über Fen hätte wissen können. Es ging ihn nichts an.

»Nun, wir haben eine Chance, dem ein Ende zu bereiten«, stellte er fest. »Wir können Leute anfordern, um diese Unmenschen in flagranti zu erwischen, wenn ich nur ein Telefonat führen könnte, ohne dass der Telefonist mithört.«

»Ja, natürlich.« Fen blinzelte zu ihm auf. »Ich denke, dabei kann ich Ihnen helfen.«

Sie konnten jedoch nicht sofort zur Tat schreiten. Zunächst gesellte sich Lady Armstrong zu ihnen, um mit einem schelmischen Blick zu erklären, dass sie gekommen sei, um Miss Merton als Anstandsdame zu ersetzen. Trotz der nicht sehr geistreichen Bemerkung brach Fen in scheinbar ungezwungenes, schallendes Gelächter aus. Doch Curtis sah die Anspannung in Lady Armstrongs Augen, die sie zurück zur Gesellschaft führen wollte. Die meisten Gastgeberinnen boten ihrer Landhausgesellschaft ein schier endloses Unterhaltungsprogramm an; Lady Armstrongs Popularität dagegen – und der Erfolg mit den Erpressungen – stammte aus ihrer Bereitschaft, es den Gästen zu erlauben, sich während des Tages zu zweit abzusetzen und die Raumbelegung so zu arrangieren, dass so manche nächtliche Begegnung erleichtert wurde.

Nichtsdestotrotz musste ein gewisses Maß an Schein aufrechterhalten werden. Die Gäste der geschrumpften Gesellschaft, abzüglich James, waren zusammengekommen, um sich im Bogenschießen zu versuchen, da Sir Hubert einen Schießstand gebaut hatte und dies ein Sport war, der beiden Geschlechtern gefiel. Curtis nahm tapfer daran teil. Mit dem Bogen hätte er dank seiner Hand kaum umgehen können, selbst wenn er konzentrierter bei der Sache gewesen wäre, aber zumindest brauchte er keine Entschuldigung für seine Fehlschüsse.

Nach ein paar Stunden, die unter anderen Umständen wohl wie im Fluge vergangen wären, wurden sie zum Mittagessen hineingeführt. Curtis verfluchte Lady Armstrongs unaufhörliche Anwesenheit: Wann würde diese verdammte Frau sie endlich allein lassen? Ihm war schrecklich bewusst, dass Daniel schutzlos war, vielleicht sogar krank, möglicherweise verschlimmerte sich sein Zustand auch. Natürlich war da Pat Merton, doch sie war allein – zwar bewaffnet, aber was, wenn James Armstrong sie fand? Würde sie die Nerven haben zu schießen? Und die Uhr tickte. Die Chance, dass ihre Unterstützung noch heute ankommen würde, wurde immer geringer, je später er anrief.

Curtis war durch Burensoldaten in einem südafrikanischen *kraal* eingeschlossen gewesen, allein hinter den feindlichen Linien, zwei Tage ohne Wasser und von einem aufgebrachten Nilpferd auf den Baum getrieben, was in Wirklichkeit sehr viel weniger amüsant war, als es sich anhörte. Er erinnerte sich nicht gern an diese Zeit, aber diese Hausgesellschaft begann allmählich an seinen Nerven zu zerren wie die Situation damals.

»Probieren Sie das gewürzte Rindfleisch, Mr Curtis«, schlug Lady Armstrong vor. »Der Koch macht es nach einem südafrikanischen Rezept, glaube ich.«

»Was isst man denn so in Südafrika?«, fragte Mrs Lambdon. »Zebras und solche Sachen, schätze ich?«

Curtis beantwortete die Frage gerade, als sich die Tür öffnete und ein recht erhitzt aussehender James Armstrong eintrat.

»Du kommst spät, Junge«, tadelte Sir Hubert stirnrunzelnd.

»Es tut mir leid, Vater, ich bitte Sie alle um Verzeihung. Ich war spazieren und hatte dabei die Zeit vergessen.«

Curtis bezweifelte das. Er schätzte, James war oben bei den Höhlen gewesen, wo er mit einigem Glück – nun, nichts gefunden hatte. Er wunderte sich sicher, wo Daniel war – und Holt. Vielleicht war ihm auch bewusst, dass ein Fahrrad fehlte und dass Holt somit niemals von seinem Ausflug zurückgekehrt war.

Hatte er nach Daniel oder Holt gesucht? Hatte er Männer losgeschickt? In Südafrika gab es Fährtenleser, Buschmänner, die über Meilen einer Spur auf scheinbar glattem Boden folgen konnten.

Der schrumpelige Mann mit dem strubbeligen Haar, den sie König George genannt hatten, hätte Curtis' Spuren von der Höhle zum Zierbau zügig folgen können, und er hätte auch noch gewusst, dass er einen anderen Mann getragen hatte. Curtis hoffte inständig, dass die Schläger von Peakholme keine solchen Fertigkeiten besaßen.

James ließ sich nach einer weiteren Ermahnung durch seinen Vater am Tisch nieder. Er sah abgelenkt und besorgt aus.

»Hören Sie«, wandte er sich plötzlich an Curtis. »Ich dachte, Sie würden wieder zurück gen Süden fahren?«

Curtis schenkte ihm ein freundliches Lächeln. »Meinem verflixten Knie geht es heute schon viel besser, dem Himmel sei Dank. Ich fürchte zwar, lange Wanderungen sind nicht möglich, aber kleine Spaziergänge sollten kein Problem sein. Was mich daran erinnert – darf ich Ihr Telefon benutzen, um meinen Spezialisten anzurufen?«, fragte er Lady Armstrong. »Nur, um sicherzugehen.«

»Selbstverständlich. Wann immer Sie wollen. Der Telefonist ist bis sieben Uhr hier – Sie wissen, dass wir unseren eigenen Telefonisten für das System hier haben?«

»Ich würde gern sehen, wie das funktioniert«, warf Fen ein. »Daddys Firma hat das System gebaut, müssen Sie wissen, Archie. Er wäre so enttäuscht, wenn ich es mir nicht genauer ansehen würde. Darf ich mir Ihre Vermittlungseinrichtung anschauen? Ich verstehe zwar überhaupt nichts von Drähten, aber ich kann ihm zumindest erzählen, wie wunderbar schlau alles aussieht.«

»Natürlich, meine Liebe.« In Lady Armstrongs Lachen klang ein klein wenig Spott mit, und alle Männer stimmten ein.

Fen lächelte süß zurück.

Nach dem endlos langen Mittagessen gingen sie hinunter in die Telefonvermittlung. Als sie über die Kieswege liefen, fragte Fen: »Ich schätze, Sie kennen eine Menge schrecklich unanständiger Wörter. Von der Armee her?«

»Äh, ein paar.« Curtis antwortete eher reserviert.

»Dann tun Sie sich keinen Zwang an. Im Vertrauen gesagt, Pat verwendet manchmal entsetzliche Ausdrücke – sie ist mit vier Brüdern aufgewachsen, müssen Sie wissen –, und nach einer Mahlzeit mit diesen Leuten vermisse ich ihre Wortgewandtheit irgendwie. Ich könnte diese Lady Armstrong *ohrfeigen*, ganz ehrlich.« Fen wirkte aufgebracht und entrüstet.

»Nach ihrem Wissensstand liegt Mr da Silva tot in irgendeiner Grube, und sie sitzt einfach da und stopft sich kaltes Hühnchen und gewürztes Rindfleisch in den Schlund. Welch eine verbrecherische Truppe!«

»Da stimme ich Ihnen vollkommen zu. Wie sieht Ihr Plan für die Vermittlungseinrichtung aus?«

»Das hängt vom Telefonisten ab. Spielen Sie einfach mit.«

Die Telefonzentrale war in einer bescheidenen Hütte neben dem Generator untergebracht und dunkelgrün gestrichen, damit sie sich nicht zu sehr von den umgebenden Wäldern – sobald es sie gab – abhob. Ein schmaler Bach floss schnell etwas unterhalb des Häuschens und versorgte eine Mühle, die einen Teil der elektrischen Energie für das Haus lieferte.

Fen klopfte an die Tür und lächelte den kleinen, kahlköpfigen Mann, der die Tür öffnete, strahlend an.

»Guten Tag, mein Name ist Carruth. Fenella Carruth. Mein Vater, Peter Carruth, baute dieses System für Sir Hubert.«

Der Telefonist verzog keine Miene.

»Oh, aye, Miss?«

»Ich habe Erlaubnis, mir die Vermittlungsstation anzusehen, müssen Sie wissen. Sir Hubert war *so* nett, mir zu gestatten, Daddy alles darüber zu erzählen.« Sie stolperte hinein, und Curtis folgte ihr. Die Schalttafel mit all den Drähten und Fassungen entzog sich seinem Verständnis. »Sagen Sie, hat er hier die Repton-Transformatoren verwendet?«

»Das weiß ich leider nicht, Miss.«

Fen nickte. »Nun, Archie, lassen Sie es mich Ihnen zeigen. Um eine Verbindung herzustellen, muss man ein Telefon mit einem Vermittlungspult verbinden. Dies hier sind die vorderen Schalter für die Haustelefone. Man steckt die Buchse ein, und dann verbindet sich die Ruftaste mit dem anderen Telefon. Wo wir gerade dabei sind.« Sie ließ ihren ganzen Charme auf den

Telefonisten einwirken. »Welche Position verbindet wohl den Telefonisten mit der Leitung, und welches ist der Ringgenerator?«

Curtis vermutete, dass es sich hierbei um eine einfache Frage handelte, die der Telefonist sicher beantworten konnte. Und tatsächlich: Er strahlte und erklärte das Prinzip bis ins ermüdendste Detail, unterbrochen durch Fens arglose Fragen, bis sie ein paar Momente später an dem Tisch Platz nahm und kicherte.

»Also, man verbindet einfach diese Fronttaste hier mit der Ruftaste hier und dann – nun, Mr Curtis, geben Sie mir doch die Nummer Ihres Facharztes, und lassen Sie mich Ihre Telefonistin sein!«

Curtis diktierte ihr die Nummer des Büros seines Onkels. Fen, die in sich hineinkicherte, schaltete den Anruf durch und flötete: »Ein Anruf von Mr Archibald Curtis!« Sobald der Anruf am anderen Ende entgegengenommen wurde, sprang sie auf und reichte den Empfänger weiter. »Oh, aber wie unhöflich, wir können doch nicht Ihre gesundheitlichen Angelegenheiten belauschen.« Sie klopfte dem Telefonisten auf den Arm. »*Sie* zeigen mir also den Generator, während Mr Curtis hier seinen Anruf tätigt.«

Der Telefonist wollte protestieren, aber er fühlte sich überrumpelt und konnte natürlich nichts tun, wenn er einer Dame nicht direkt widersprechen wollte. Sie drängte ihn hinaus, und Curtis antwortete auf die fragende Stimme in den Empfänger: »Ich muss mit Sir Maurice Vaizey sprechen. Es geht um eine äußerst dringliche Angelegenheit der nationalen Sicherheit. Holen Sie ihn sofort! Das Leben eines Menschen ist in Gefahr.«

Ein paar Momente später kam Curtis aus der Hütte und bewunderte zusammen mit Fen und dem Telefonisten den Generator und die Wunder des technischen Fortschritts.

Der kleine Mann blickte unbehaglich drein, als sie sich daranmachten zu gehen. »Sir, Miss, eigentlich hätte ich die Geräte keine Minute allein lassen dürfen.«

»Wir haben gewiss nichts kaputt gemacht, da bin ich sicher«, versicherte ihm Fen.

»Nein, Miss, aber mein Job hängt davon ab.«

»Ich würde meinen, Sir Hubert würde Ihre Höflichkeit vollkommen verstehen«, warf Curtis ein. »Wenn Sie es aber vorziehen würden, dass wir es ihm gegenüber gar nicht erst erwähnen …«

»Da wäre ich Ihnen sehr dankbar, Sir.«

»Darf ich dann schließlich …?« Curtis tippte ihm gönnerhaft auf die Schulter und nahm Fens Arm. Dann schlenderten sie voll berechtigter Selbstzufriedenheit zurück zum Haus.

Pat kehrte von ihrer »Wanderung« zurück, kurz bevor es zum Abendessen läutete. Sie brachte reichlich kalte Luft mit herein und hatte rote Wangen. Es ergab sich keine Möglichkeit, mit ihr zu reden, bevor sie zum Umziehen hochging. Er musste noch etwas warten, bis er zum Turm gehen konnte, denn es war unvermeidlich, dass sie beide beim Abendessen anwesend waren. Er hoffte nur, dass Daniel in der Verfassung war, selbst ein paar Stunden auf sich zu achten, und war erleichtert, auch James Armstrong am Esstisch vorzufinden. Er musste unbedingt ein Auge auf diesen jungen Mann haben.

»Wo ist Mr Holt?«, fragte Pat, als die Konversation für einen Moment zum Erliegen kam. »Ist er ebenfalls abgereist?«

»Wir sind nicht ganz sicher«, erwiderte Lady Armstrong. »Soweit ich weiß, wollte er heute Morgen einen Ausflug mit dem Fahrrad machen und ist bislang nicht zurückgekehrt.«

»Vielleicht hatte er eine Reifenpanne. Die Straßen sind so steinig. Ich frage mich, ob er es war, den ich gesehen habe.«

»Sie haben ihn gesehen?« James' Stimme war scharf.

»Ich weiß nicht, ob er es war«, wiederholte Pat geduldig. »Ich sah jemanden auf einem Fahrrad, der er hätte sein können, so um die Mittagszeit, schätze ich. Ich hatte gerade eine kleine Rast auf diesem einzelnen Felsen etwa sieben Meilen nordöstlich von hier eingelegt.«

»Oh, Pat, du bist so belastbar.« Fen warf ihr einen liebevollen Blick zu. »So extrem gesundheitsbewusst.«

»Aber könnte es Holt gewesen sein?«, bohrte James nach.

»Miss Merton sagte doch, dass sie es nicht weiß.« Lady Armstrongs Ton war scharf. »Wir haben Männer losgeschickt, die ihn suchen. Mehr können wir momentan nicht tun.«

»Er hat bestimmt eine Reifenpanne.« Pat sprach voller Überzeugung. »Man sollte in dieser Gegend nicht Fahrrad fahren, bestimmt kommt man aus dem Reifenwechseln gar nicht mehr heraus.«

»Oh, Sie fahren also Fahrrad?«, fragte Mrs Lambdon etwas missbilligend, und die Konversation wandte sich zu Curtis' Erleichterung anderen Themen zu als dem Mann, den er umgebracht hatte.

Vor dem Zubettgehen konnte er kurz ungestört mit Pat reden, denn die beiden Frauen hatten die abendlichen Kartentische so arrangiert, dass die drei eine Runde Reunion spielten. Spätestens jetzt hatte Curtis einen gewissen Respekt vor dem Organisationstalent der beiden entwickelt, der schon fast an Ehrfurcht grenzte.

»Er ist nicht krank«, murmelte Pat. »Er hat meinen Revolver, und die Tür ist verschlossen. Bringen Sie ihm Wasser mit.«

»Geht es ihm gut?«, fragte Curtis, so leise er konnte.

Pat schenkte ihm einen mitfühlenden Blick. »Nur nervös. Er wird schon wieder.«

In diesem Moment landete Fen mit lautem Jubel einen Stich, und Curtis lenkte seine Aufmerksamkeit zurück aufs Spiel, so gut er es vermochte – und wurde gnadenlos in seine Schranken gewiesen.

Er wartete voll nahezu unerträglicher Ungeduld, dass sich die Gesellschaft an diesem Abend endlich auflöste. Die ganze Situation hatte etwas Albtraumhaftes, jetzt, da er wusste, hinter welchen Masken sich diese Menschen verbargen. Sir Huberts Heiterkeit schien eine Parodie ihrer selbst zu sein. James Armstrong und Lambdon wirkten auf ihn nicht länger plump, sondern brutal, und Lady Armstrongs gekünstelte Fröhlichkeit und ihr affektiertes Gehabe waren in ihrer Falschheit abstoßend. Tapfer setzte Curtis ein Lächeln auf, plauderte, spielte und nutzte die erste Gelegenheit, sich auf sein Zimmer zurückzuziehen.

12

Er wartete bis nach Mitternacht, bevor er sich aus dem Haus schlich, bewaffnet mit einer Flasche Wasser und einem Flachmann mit Whisky, einer kalten Hähnchenpastete, die er aus der Küche stibitzt hatte, und einem Revolver. Er war noch vorsichtiger als in der Nacht zuvor, trat so leicht auf, wie er nur konnte, vermied den Kies rund ums Haus und hielt sich im Schatten der Bäume. Er war sich bewusst, dass Armstrongs Männer noch immer dort draußen sein konnten, um nach Holt zu suchen, und er wünschte, er hätte Daniels Gabe, sich lautlos zu bewegen. Doch alles ging gut, und auf seinem Aufstieg zum Zierbau kreuzte niemand seinen Weg.

Die Tür war versperrt. Er klopfte leise und trat dann ein paar Schritte zurück, sodass er vom Fenster aus gesehen werden konnte. Er hoffte, Daniel war nicht eingeschlafen.

Der schwere Holzriegel wurde schabend zurückgezogen, und die Tür öffnete sich. Daniel stand im Türrahmen, zerknittert, unrasiert und ein wenig verloren in den zu großen gestohlenen Kleidern. Curtis' Herz verkrampfte sich bei seinem Anblick. Eilig trat er ein, und Daniel verbarrikadierte die Tür.

Curtis hatte vorgehabt, sofort herauszufinden, ob Daniel bei seiner Entführung irgendetwas bemerkt hatte, das darauf schließen ließ, er sei enttarnt worden, aber als sie sich ansahen, waren die Worte aus seinem Kopf verschwunden. Er war wie gelähmt von dem Wunsch, diesen Mann erneut in seine Arme zu schließen, ihn einfach nur eng an sich gedrückt zu halten und seine Wärme zu spüren.

»Curtis.«

»Jesus, bin ich froh, dich zu sehen«, entfuhr es Curtis mit gedankenloser Aufrichtigkeit.

»Ich bin auch froh. Nicht so froh wie das letzte Mal, als wir uns sahen. Aber andererseits möchte ich auch nie mehr in eine solch verzweifelte Situation geraten, in der ich derart dankbar bin, jemanden wiederzusehen.« Daniels Stimme klang fest, aber es schwang auch etwas unterschwellig Höhnisches mit.

Curtis versuchte, sein Gesicht in der Dunkelheit zu lesen. »Geht es dir gut?«, fragte er vorsichtig.

»Dank dir. Und der bemerkenswerten Miss Merton natürlich. Ich bin mir sicher, sie hätte James Armstrong umgehend niedergeschossen, hätte er sich blicken lassen.«

»Ich bin erleichtert, dass dem nicht so war«, passte sich Curtis Daniels trockenem Tonfall an, denn in der Stimme des anderen Mannes schwang nichts von seinem Verlangen mit. *Reiß dich zusammen, du verfluchter Idiot!* »Ich habe mir nämlich geschworen, ihm das Genick zu brechen.«

Daniel neigte nachdenklich den Kopf. Er stand gut einen halben Meter entfernt, und Curtis war sich seiner Nähe erquickend bewusst.

»Hast du das? Ja, ich glaube, das hast du. Es wäre allerdings besser, wenn du es nicht tätest.«

»Weshalb nicht?«

»Wir müssen wissen, was sie an wen verkauften. Sir Hubert und Lady Armstrong sind schlau, sie werden sich nicht selbst belasten, wenn es sich vermeiden lässt. Holt ist tot. Ich schätze, der wankelmütige James wird wohl am ehesten reden, sobald er in Gewahrsam ist. Du siehst, ich gehe davon aus, dass du es geschafft hast, Hilfe zu rufen.«

»Ich konnte heute Nachmittag mit Sir Maurice reden. Er schickt Männer her, die bis zum Morgen eintreffen sollen. Wir müssen jetzt nur noch warten und die Nacht überstehen. Und dazu habe ich einen Revolver, etwas zu essen und zu trinken.«

»Wasser? Oder tatsächlich etwas zu trinken?«

»Beides.«

»Du gefällst mir.«

Der Ton war unbeschwert, aber die Worte hingen bedeutungsvoll in der Luft. Curtis starrte auf die dunkle Gestalt und wünschte, er könnte mehr erkennen.

»Komm hier hoch, es ist weniger unbequem.« Daniel ging die Wendeltreppe voran zum Zwischengeschoss, wo die Stabswerkfenster das fahle Mondlicht einließen. »Und was ist mit Holt?«

»Er wurde natürlich vermisst. James ist misstrauisch, auch wenn Pat einen guten Einfall hatte, um ihn auf die falsche Fährte zu locken. Ich glaube nicht, dass sie schon Verdacht geschöpft haben.«

»Und mit etwas Glück wird die Unterstützung schon hier sein, bevor ihr Misstrauen zu groß wird.«

Die Picknickdecken waren auf dem Holzboden aufgestapelt. Daniel machte eine einladende Geste, und sie setzten sich nebeneinander mit dem Rücken an die Steinmauer nieder. Es war kalt, aber nicht unerträglich. Curtis reichte ihm Essen und Wasser.

»Danke!« Daniel biss von der Pastete ab. »Erzähl mir. Woher wusstest du, dass ich dort in der Höhle war?«

»Nun, mir war nicht klar, wie du mit all deinen Sachen so schnell und ohne fahrbaren Untersatz deine Zelte abgebrochen haben konntest. Die Armstrongs ließen durchblicken, sie hätten dich gebeten zu gehen, weil du beim Kartenspielen mit Holt und Armstrong betrogen hättest …«

»Wenn ich diese beiden beim Kartenspielen betrogen hätte, hätte es jeder mitbekommen, denn sie würden in ihrer Unterwäsche herumlaufen, weil sie ihr letztes Hemd verloren hätten.«

»Dachte ich mir doch, dass du in der Lage wärst, Karten zu zinken.« Curtis war merkwürdig stolz auf die Fertigkeiten seines Kompagnons.

»Das kann ich, ich tat es aber nicht. Bitte, fahr fort.«

Curtis erzählte ihm von Armstrongs Bemerkung und der Schlussfolgerung, die er daraus gezogen hatte.

Daniel wandte ihm das Gesicht zu und starrte ihn ungläubig an.

Er rutschte unbehaglich hin und her. »Was?«

»Du bist mitten in der Nacht zwei Meilen gelaufen, um mich in der Höhle zu suchen, und das nur aufgrund einer Bemerkung dieses unausstehlichen Kretins Armstrong?«

»Es war der einzige Anhaltspunkt, den ich hatte. Ich wusste nicht, was ich sonst tun sollte.«

»Ich beschwere mich ja nicht, ich staune nur über mein eigenes Glück. Hör mal, Curtis, ich kann dir nicht sagen, wie dankbar ich bin …«

»Nein, wirklich, du hast mir letzte Nacht schon genug gedankt.« Das stimmte zwar nicht ganz, aber er brauchte jetzt keine Dankbarkeit, und er konnte auch diesen Unterton von Angst und Scham in Daniels Stimme nicht länger ertragen. »Ich habe nicht mehr getan als jeder anständige Mann unter diesen Umständen. Du hättest das Gleiche für mich gemacht.«

»Ich belehre dich ungern eines Besseren, mein Lieber, aber ich würde das nicht einmal für meine eigene Mutter tun. Ich bin ein unglaublicher Feigling, wenn es darum geht, mich unter die Erde zu begeben. Und ich habe die wertvolle Lektion gelernt, dass ich diese Information künftig lieber für mich behalten sollte.«

»Ich kannte mal einen Mann mit einer schrecklichen Furcht

vor Spinnen«, entgegnete Curtis. »In der Armee. Ein riesiger Typ, fast so groß wie ich, zäh wie altes Leder und in Panik vor jeder noch so kleinen Spinne … armer Kerl.«

»Und zweifelsohne habt ihr ihn alle deswegen gnadenlos aufgezogen. Mir ist sehr wohl bewusst, dass es irrational und feige ist. Es ist nur – dass ich die Erde über mir spüren kann, ich kann ihr ganzes Gewicht auf mir fühlen – Millionen Tonnen, Millionen Jahre, die auf meinen Kopf drücken …«

Curtis berührte seine Schulter in einer tröstenden Geste. »Weißt du, was ein Sergeant mir riet, bevor ich das erste Mal in die Schlacht gezogen bin?«

»Nein?«

»Er sagte, der beste Rat, den er mir geben könnte, sei, es rechtzeitig zur Latrine zu schaffen, denn nicht wenige von uns würden sich vor Angst noch in die Hosen machen.« Daniel drehte sich zu ihm um, und Curtis grinste angesichts seines fassungslosen Gesichtsausdrucks. »Was ich sagen will, ist, dass man sich seiner Ängste nicht erwehren kann. Die Frage lautet nicht, ob man ein Mann ist, der nachts vor einem großen Gefecht heult – und ich kannte verflucht tapfere Soldaten, die genau das taten, und zwar regelmäßig. Es geht vielmehr darum, ob man sich, wenn es so weit ist, zusammenreißen kann.«

»Welchen Rang hattest du inne?«, fragte Daniel.

»Captain.«

»Wirklich? Ich bin erstaunt, dass du kein General warst.«

Das war ein wenig spöttisch, entsprach aber schon wieder mehr dem Daniel, den er kannte. Nach einem Moment angespannten Schweigens lehnte sich Daniel an ihn, und Curtis legte den Arm um seine Schultern, damit sie es beide etwas bequemer hatten.

»Hattest du Angst?«, fragte Daniel plötzlich. »In der Schlacht?«

»Nicht sehr. Ich habe wenig Vorstellungskraft. Es sind die mit der großen Vorstellungskraft, die leiden.«

»›Der Feigling stirbt tausend Tode‹?«

Curtis schüttelte den Kopf. »Diese Männer riskieren ihr Leben für ihr Land. Das tut kein Feigling.«

Darauf erwiderte Daniel nichts, aber Curtis hatte den Eindruck, dass die Anspannung in seinem Körper etwas nachließ. Sein Blick fiel auf die Rückseite seines dunklen Schopfs, seinen Nacken. Er sehnte sich so sehr danach, sich nach vorn zu beugen und diese Haut mit den Lippen zu berühren, ganz sanft.

Stattdessen fragte er: »Was ist überhaupt passiert? Wie haben sie dich erwischt?«

»Oh, purer Zufall. Ich untersuchte den Servicekorridor, als alle unten waren – ich dachte, das wäre die beste Zeit, und hielt es für unwahrscheinlich, dort jemanden anzutreffen. Leider erwischte mich dieser brutale March mit ein paar seiner Leute und holte Holt. Ich hatte keine Chance, mich da wieder herauszureden, denn innerhalb des Korridors ist es unmöglich, nicht zu bemerken, was es mit den Kameras und den Spiegeln auf sich hat.« Daniel schmiegte sich enger an Curtis. »Und natürlich war Holt ohnehin kein Bewunderer von mir, und dann noch meine jüdische Herkunft und meine dumme Darbietung beim Billardspiel, das ich mir am besten ohnehin geschenkt hätte.« Er seufzte. »Ich habe mich in dieser Mission nicht gerade mit Ruhm bekleckert.«

Curtis versteifte seinen Arm. »Und was geschah dann?«

»Nun, Holt wollte wissen, wie ich dort hineingelangt war. Ob du wüsstest, was ich da tat. Ich habe ihm ein Jammerlied aus dem East End vorgetragen, um ihn davon zu überzeugen, dass ich nur ein Gelegenheitsdieb war, aber er glaubte mir nicht. Und dann hatte er die wunderbare Idee mit der Höhle.« Curtis fühlte, wie Daniel krampfhaft schluckte. »Die Idee war, dass ich nach einem Tag im Dunkeln bereit wäre, ihnen alles zu erzählen, was sie wissen wollten, was natürlich stimmte … bis auf die Tatsache, dass es nicht einmal einen Tag dauerte. Nicht mit diesem verfluchten Wasser, das wie kleine Steine von der Decke tröpfelte, und dem k-kalten …« Er hielt inne und atmete tief ein und wieder aus, dann fuhr er mit leichtem Zittern in der Stimme fort. »Ich glaube nicht, dass Holt zu diesem Zeitpunkt vermutete, ich sei mehr als nur ein gewöhnlicher Dieb. Ich glaube, er suchte nur nach einem Grund, mich zu foltern. Oder *irgendjemanden* zu foltern, und ich kam ihm da gerade recht.«

»Es tut mir verdammt leid, dass ich ihn mit dieser verfluchten Geschichte meines Onkels auf die Idee gebracht habe.«

»Mir nicht. Einerseits wären mir Messer oder Nadeln nicht wirklich lieber gewesen. Andererseits konntest du mich überhaupt nur rechtzeitig finden, weil er sehen wollte, wie ich unter der Erde verrückt werde, wofür ich …«

»Schh …« Curtis zog ihn näher an sich und spürte, wie Daniel die Arme um seine Brust legte. Sie hielten einander schweigend fest, in der kalten Dunkelheit, im blassen Mondlicht, das durch die Stabwerkfenster fiel und alles grau erscheinen ließ. Curtis stellte zu seiner eigenen Überraschung fest, dass er Daniels Haar streichelte. Dieser hatte offenbar nichts dagegen.

»Holt«, sagte Daniel schließlich. »Du hast ihn umgebracht.«

Curtis' Hand hielt kurz inne. »Ja.«

»Ich war zu dem Zeitpunkt nicht ich selbst. Die Kälte und dieser Tag in der vollkommenen Dunkelheit… Ich gebe zu, dass ich nicht recht bei Verstand war, doch mir schien, dass du das auch nicht warst.«

»Nein.« Curtis hatte keine Ahnung, was er noch dazu sagen sollte.

»War es das, was man als Berserker-Zustand bezeichnet?«

»Du hast dieses verfluchte Buch über meinen Onkel gelesen, nicht wahr?«

»Nun, das habe ich, aber auch einige isländische Sagas.« Daniels Antwort überraschte Curtis. »Ich habe meine Diplomarbeit über Old Norse geschrieben.«

»Du hast ein Diplom?«, fragte Curtis, erfüllt von Neid, den jemand empfand, der seinen Platz in Oxford aufgrund seiner Sportkünste erlangt hatte.

»Das deutsche Äquivalent, aus Heidelberg. Dadurch habe ich einige Beschreibungen von Berserker-Kriegern gelesen, und ich muss sagen, Curtis … Du bist etwa um das Doppelte über deine ohnehin schon stattliche Größe hinausgewachsen, du hast immerzu gelächelt, was unheimlich war, und natürlich hast du ihm das Genick mit bloßen Händen gebrochen. Welch ein Anblick! Und das soll keine Kritik sein, ich war eher erstaunt«, fügte er hinzu. »Es war so, als würde man im zwanzigsten Jahrhundert einem römischen Legionär begegnen.«

Curtis zuckte unbehaglich mit den Schultern. »Ich weiß nicht, was ich sagen soll. Quatermain, der Schriftstellerkollege, sagte immer, in meinem Onkel und mir seien unsere nordischen Vorväter manifestiert. Rassendenken oder so ein Schund. Unsinn, wenn du mich fragst. In einer Streiterei verliere ich manchmal die Kontrolle über mich, das ist alles. Ich bin nicht stolz darauf.«

»Nein, das bist du wohl nicht. Hat dich Holt mit seinem Messer erwischt?«

Curtis war dankbar, dass Daniel auf Mitleid und Entschuldigungen bei dem plötzlichen Themenwechsel verzichtete. Das war ein Grund, weshalb man sich mit Daniel so gut unterhalten konnte. »An meinem Unterarm. Die Wunde ist aber nicht tief. Mein Mantel hat das meiste abbekommen.« Er hatte den zerrissenen Mantel zusammen mit seinem blutdurchtränkten Hemd zusammengerollt im Schrank versteckt, dann hatte er die Wunde versorgt. Es war nicht angenehm, würde aber verheilen.

»Ganz schön abgefeimt, ein Messer zu ziehen. Er hatte natürlich Angst vor dir und wusste, dass er unterliegen würde, aber trotzdem.« Daniel schüttelte den Kopf und sagte mit einer gewissen Zufriedenheit und in bemerkenswert naturgetreuer Anlehnung an Holt: »Ein verflucht schmutziger Kanakentrick.«

»Genau das dachte ich auch!«, rief Curtis und spürte, wie Daniel still vor sich hin lachte.

Sie lagen weiter dicht aneinander, Curtis auf seinem Rücken mit Daniel an seiner Seite, was angenehm gewesen wäre, hätte Curtis' Wirbelsäule nicht so heftig rebelliert.

»Ich muss mich aufsetzen«, sagte er mit Bedauern.

Daniel rollte sich weg, und Curtis spürte den Verlust schmerzlich. Er hatte keine Ahnung, was er sagen sollte, damit er wieder näher kam. Er setzte sich mit gespreizten Beinen und gebeugten Knien auf und versuchte es mit »Es ist ziemlich kalt«.

»Sollten wir uns gegenseitig wärmen?«, fragte Daniel und schob sich zwischen seine Beine, um sich mit dem Rücken an Curtis' Brust zu lehnen. Curtis' Herz pochte etwas zu schnell. Er legte seinen Arm um Daniel und erlaubte sich, die Nähe zu genießen.

»Weshalb hast du dein Diplom in Heidelberg gemacht?«, fragte er, einfach, um etwas zu sagen. »Ich meine, warum Deutschland?«

»Verschiedene Gründe«, erwiderte Daniel nach kürzerem Zögern. »Ich wurde aus Cambridge hinausgeworfen.«

»Oh!« Das klang nicht gut. »Wegen deines, äh, persönlichen Lebensstils?«

»In gewisser Weise.« Daniel senkte den Kopf. »Da gab es einen jungen Adonis aus dem Bootsteam. Einer der Stars, weißt du. Gut gebaute, noble englische Jugend. Der Stoff, aus dem die Träume sind für einen Straßenjungen aus dem East End. Ich war gänzlich vernarrt in diesen Kerl, und er … erwiderte mein Interesse. Es folgte ein zauberhaftes, sonnenverwöhntes Ostersemester, bis wir von der Rudercrew im Bootshaus überrascht wurden. Dann ging das Gerede, das Flüstern los. Also entschied sich mein Geliebter, alles kleinzureden, indem er zum Dekan ging und mich einer unsittlichen Tat beschuldigte.«

»Wie bitte?«

»Oh, er begründete alles sehr glaubhaft.« Daniel drehte sich nicht um. »Er war der zweite Sohn eines Herzogs, musst du wissen, er hatte eine soziale Position zu verlieren. Während mein Vater ein Schmied aus Spitalfields war und meine ganze Familie jeden Penny zusammenkratzen musste, um meinen Aufenthalt in Cambridge überhaupt zu finanzieren. Er *gehörte* dorthin. Ich nicht. Und somit hatte ich durch den unehrenhaften Hinauswurf weit weniger zu verlieren als er. Dessen war er sich ziemlich sicher.«

Curtis schluckte. Es fiel ihm schwer, ruhig zu sprechen. »Himmel, Daniel! Das ist …« Er suchte nach den richtigen Worten.

»Es war ziemlich schlimm«, sagte Daniel. »Natürlich wusste der Dekan, dass sich die Geschichte etwas anders zugetragen hatte, als es ihm geschildert wurde, aber er stellte sich auf die Seite meines ehemaligen Geliebten und teilte seine Ansichten. Immerhin war es ihm unangenehm genug, dass er die Aufzeichnungen über diesen Vorfall versiegelte, wodurch er keine weiteren Auswirkungen auf meine Karriere hatte. Kurz darauf konnte ich ein Vollzeitstipendium aus Heidelberg in Anspruch nehmen, was meine Familie finanziell entlastete. So hat sich wohl alles zum Besten gewendet. Wahrscheinlich sollte ich ihm sogar dankbar sein.«

»Dieser egoistische Scheißkerl.«

»Es hat ihm auch nicht geholfen. Er wurde zwei Jahre später verhaftet – reiner Zufall, eine Razzia in einer einschlägigen Kneipe an der Cleveland Street. Er war nur einer von vielen, die man festnahm. Nach seiner Freilassung erschoss er sich selbst.«

»Oh Gott!« Curtis hatte keine Ahnung, was er zu einer solchen Geschichte sagen sollte. Er hatte schon so oft gehört, dass sich »solche Männer selbst erschießen sollten«. Dies war aber das erste Mal, dass ihm bewusst wurde, dass es einige tatsächlich taten.

»Ja.« Daniel schwieg einen Moment lang. »Nun. Genug davon. Ich weiß ohnehin nicht, weshalb ich dich mit dieser unerquicklichen Geschichte gelangweilt habe.«

»Ich bin froh, dass du es mir erzählt hast.« Curtis runzelte die Stirn und dachte nach. »Du passt auf, nicht wahr? Du passt auf, dass du nicht auch in Schwierigkeiten gerätst?«

Daniel hielt eine Sekunde inne. »Mit *Schwierigkeiten* meinst du, einen Tag an einen Felsen gebunden zuzubringen und darauf zu warten, umgebracht zu werden?«

»Nein, ich meine, mit der Polizei.«

»Ja, mein Lieber, ich weiß, ich bin nur überrascht über deine Sicht aufs Leben. Ich bin in der Tat sehr vorsichtig, wenn auch für deine Verhältnisse vielleicht nicht genug.«

Curtis sah das überhaupt nicht so, und bei ihm läuteten angesichts dieser Bedrohung alle Alarmglocken. Nie zuvor hatte er darüber nachgedacht. »Du bist nicht vorsichtig«, entgegnete er. »Du sagst das so einfach, aber jeder merkt, dass…«

»Das mag sein, aber das ist nicht illegal. Man muss beim Akt erwischt werden. Nur weil man sich tuntig verhält, wird man noch nicht festgenommen. Wirklich, keine Angst. Ich weiß, wovon ich rede.«

Das war mehr, als Curtis von sich behaupten konnte, und trotz Daniels unbekümmertem Ton schwang ein stählerner Tonfall mit, der ihm riet, das Thema jetzt fallen zu lassen. »Nun, wenn du es sagst.« Abwesend ließ er seine Hand über das zerknitterte Leinen hinabgleiten und glättete es über der warmen Haut, die es bedeckte. »Und wie kamst du dazu, für meinen Onkel zu arbeiten? Du, äh, scheinst mir nicht der Typ dafür zu sein.«

»Mein guter Junge, ich öffne Schlösser, bewege mich lautlos, habe nur wenige Probleme mit angemessenem Verhalten und spreche die Sprache eines eurer größten europäischen Rivalen. Ich bin genau der Typ dafür, und es gibt Menschen, die ihre Augen danach offen halten.«

»Sogar mit dem, äh …«

»Insbesondere mit dem ›äh‹. Dein verehrter Onkel erzählte mir einst, dass er es sogar für ganz angenehm halte, einige Homosexuelle an der Hand zu haben, auf die er bauen könne, wenn es nötig sei. Ich versicherte ihm, dass ich das ebenso hielte.«

»Das hast du nicht.«

»Doch. Er fand es nicht lustig.«

»Das kann ich mir vorstellen«, entgegnete Curtis matt und dachte an seinen Respekt einflößenden Onkel. »Du hast Nerven.«

Seine Hand strich weiter über Daniels Oberkörper, es erschien ihm wie ein unschätzbares Privileg, hier in der Dunkelheit zu sitzen und ihn berühren zu dürfen. Er fur ein wenig höher, und seine Finger trafen auf etwas merkwürdig Hartes. Er betastete es und dachte nicht darüber nach, was er tat. Erst als Daniel ein eindeutig einladendes Schnurren von sich gab, wurde ihm bewusst, dass er mit dem Brustwarzenring spielte.

»Oh«, sagte er erstaunt und rieb ihn ganz sachte.

»Mmm!« Daniel bäumte sich auf, drückte sich Curtis' Hand entgegen. Der ließ einen Daumen fest über den kleinen Knopf gleiten. *»Mmm.«*

»Ist es – ich meine, darf ich …?« Er hatte keine Ahnung, was er fragte, aber Daniel antwortete kehlig: »Du darfst«, und fing an, ein paar Knöpfe zu öffnen.

Curtis ließ seine Hand in das offene Hemd gleiten, strich über Daniels glatte, warme Haut. Seine Finger fanden den Silberring und den erigierten Nippel, durch den er sich bohrte. Curtis rieb mit Finger und Daumen darüber. Er war sich zwar unsicher, ob er es richtig machte, aber die Reaktion des anderen Mannes schien ihn zu bestätigen und erregte ihn zugleich. Daniels Atem wurde ruhiger, er bewegte sich unter Curtis' Hand, und vielleicht waren es auch die Schatten des blassen Mondlichts, aber …

Curtis verfluchte seine Kriegsverletzungen, aber zumindest verdeckte der Handschuh seine verstümmelte Hand, auch wenn er sehr viel Gefühl verschluckte. Er lehnte sich vor, strich immer noch zärtlich mit der linken Hand über Daniels Brustkorb und tastete mit der rechten Richtung Daniels Taille und weiter nach unten.

Ja: Daniel war definitiv erregt.

Er begann ihn auch dort zu streicheln, durch den dunklen Stoff, ließ seine Hand über die harte Erregung gleiten. Daniel wimmerte, schob seine Lippen einladend vor, und Curtis begriff, dass sein zweifingriger Griff nicht das Richtige für das war, was er plante. »Warte kurz«, murmelte er, zwickte kurz in Daniels Brustwarze und entlockte ihm damit einen Lustlaut, der seine eigene Erregung weiter steigerte. »Lass mich kurz …« Er ließ seine linke Hand an Daniels Taille gleiten und liebkoste seinen Nippel mit dem Handschuh.

Daniel schüttelte den Kopf, als er das Leder spürte. »Zieh ihn aus.«

»Was?«

»Den Handschuh.«

»Es ist aber kein schöner Anblick.«

»Ich will nicht dein ästhetisches Urteil«, rügte ihn Daniel. »Ich will deine *Haut*.«

Curtis zögerte, aber es war dunkel, und er brauchte den direkten Kontakt. Er zog das schwarze Leder ab und ließ den Handschuh zur Seite fallen. Das knotige Narbengewebe wirkte in dem dämmrigen Licht schwarz. Daniels elegante Hand traf auf seine verstümmelte, seine Finger schlossen sich um Curtis' Narben, und er legte die Hand an seine Brustwarze. Dazu brauchte Curtis nicht mehr als seinen Daumen und einen weiteren Finger.

Mit der Linken nestelte er an den fremden Hosenknöpfen, und Daniels harte Länge sprang ihm quasi in die Hand. Natürlich trug er keine Unterwäsche unter den fremden Kleidern. Genüsslich schloss er seine Hand um die Erektion und strich auf und ab. Während er gleichzeitig den Brustring rieb, wand sich Daniel mit einer Ekstase an ihm, von der Curtis kaum glauben konnte, dass er sie ausgelöst hatte.

»Daniel«, flüsterte er.

Daniel hatte den Kopf in den Nacken gelegt, seine Augen waren geschlossen, der Mund geöffnet, der Rücken elegant gewölbt. Er schob sich drängend in Curtis' Hand, erlaubte ihm aber, die Geschwindigkeit zu bestimmen. Curtis spürte, dass er die Kontrolle über Daniels Lust hatte, und dieser Gedanke ließ ihn fast kommen. »Oh Gott, Daniel! Ich hätte das schon viel früher tun sollen. Ich wollte es.« Und er wollte noch etwas anderes. Er rutschte nach unten, ohne seinen Rhythmus zu unterbrechen, und presste sein Gesicht auf Daniels Brustkorb. So glatt, so warm, ein Hauch salziger Schweiß auf seinen Lippen. Er fand Daniels anderen Nippel mit dem Mund und küsste ihn.

»Du *hättest* das schon viel früher tun müssen.« Daniel keuchte, als Curtis saugte und leckte, überrascht von seinem eigenen Wagemut. »Wir hätten die ganze Woche nichts anderes tun sollen. Oh ja, das gefällt mir! *Das*.«

»Ich wollte dich berühren.« Curtis flüsterte die Worte mehr zu sich selbst. Daniels Hüften bewegten sich schneller, und sein Penis lag hart in Curtis' Hand. Er fuhr fort: »Ich wollte dich die ganze Zeit berühren. In meinem Zimmer, als du mir mit den Kragenknöpfen geholfen hast, hättest du mich beinah allein durch Reden zum Höhepunkt gebracht …«

Daniel lachte kurz. »Das werde ich. Eines Tages.«

»Ich möchte dich zum Höhepunkt bringen. Ich möchte, dass du meinetwegen kommst.«

Daniel wand sich unter seinen Fingern, die Hüften gierig vorgestreckt, und brachte kein Wort heraus. Curtis rieb feste über die Brustwarze, dann zwickte er sie und keuchte triumphierend, als Daniel nach Luft schnappte und zuckend kam. Er ergoss sich auf Holts Hemd, seinen eigenen nackten Oberkörper und schließlich Curtis' Finger, während der die letzten Tropfen aus ihm herausmelkte.

Daniel sank haltlos gegen ihn. Curtis genoss den Moment und verdrängte für einen Augenblick seine eigene Erregung. Er fühlte sich wie ein Eroberer, und Daniel, zerzaust und erschöpft, sah gänzlich erobert aus.

»Worüber grinst du?«, fragte Daniel, ohne die Augen zu öffnen.

»Nichts.« Curtis' Blick fiel auf die beinahe haarlose Brust, die dunklen Nippel. »Warum trägst du nur einen Ring?«

»Wenn du das bei beiden Brustwarzen machen könntest, würde ich überhaupt nicht mehr aus dem Bett kommen.«

Curtis musste lachen, und Daniels Mund verzog sich. Mit seinem Taschentuch säuberte Curtis ihn so gut wie möglich, glättete seine Kleidung und schmiegte sich eng an ihn. Dann zog er eine schwere, kratzige Decke über sie beide.

»Lass mich …«, begann Daniel.

»Nein, bleib.« Er schuldete Daniel dieses Vergnügen. Und er würde keine weitere Chance haben, ihn die ganze Nacht in seinen Armen zu halten. Zwei Tage zuvor hatte er gedacht, er würde Daniel nie wiedersehen, und gestern Abend war er einfach dankbar gewesen zu wissen, dass er am Leben war. Doch jetzt war ihm der Gedanke, ihn je wieder loszulassen, unerträglich. Curtis hielt ihn fest, wärmte ihn, beschützte ihn.

Daniels Hände zeichneten Muster auf seinen Beinen. Nach ein paar Augenblicken fragte er: »Sag mal, wie hast du mich eigentlich von der Höhle hierher gebracht?«

»Ich habe dich getragen. Warum?«

»Wegen dieser Sache mit deinem Bein.« Daniel setzte sich auf. »Gütiger Gott, Curtis, ich hatte gehofft, du hättest ein Fahrrad oder einen Wagen oder irgendeinen einheimischen Träger gehabt. Tut dein Knie sehr weh?«

»Ganz und gar nicht. Es fühlt sich besser an denn je seit Jacobsdal. Im Ernst«, beharrte er, als Daniel sich ungläubig zu ihm umdrehte. »Meine Ärzte haben mir schon vor Monaten erzählt, dass es sich nicht um einen dauerhaften Schaden handeln würde. Für die Schmerzen würde es keinen Grund geben, und dass Training alles sei, was es brauchte. Vielleicht hatten sie ja recht. Seit ich hier bin, ist es sogar besser geworden. Erholungskur ist zwar nicht das Wort, das mir zu diesem Aufenthalt hier in den Sinn kommt, aber der Effekt ist derselbe.«

»Wirklich?« Daniel ließ sich wieder zurücksinken. »Hm.«

»Was?«

»In Wien habe ich einen Kerl kennengelernt, einen aufstrebenden jungen Arzt, der ein paar interessante Ansätze für diese Art Schmerz hat. Er würde dir wahrscheinlich erzählen, dass dein Geist Ursache für die Schmerzen war und dass es auch dein Geist war, der sie dir wieder genommen hat.«

»Was? Wie soll das denn funktionieren?«

»Die Idee dahinter ist, dass das Unterbewusstsein – du weißt, was das ist? – auf den Körper wirkt. Du hättest also beispielsweise Schuldgefühle haben können, weil du nicht mehr als Soldat kämpfst, also tat dein Körper so, als ob er verwundet wäre. Der so entstandene Schmerz dient als Entschuldigung dafür, dass du nicht mehr im Dienst bist. Als du dich aber wieder auf deinen Körper verlassen musstest, brauchtest du die Verletzung nicht mehr vorzugeben, und der Schmerz ist verschwunden. Irgendetwas in der Art.«

»Was für ein Schwachsinn! Warum zum Kuckuck würde sich das jemand selbst zufügen wollen? Und wie?«

»Es geschieht unbewusst, das ist ja der Punkt. Sieh mal, diese afrikanische Magie, über die man so viel liest, wenn jemand unter einem Fluch steht und dann tatsächlich dahinwelkt. Passiert so etwas?«

»Ja, das tut es. Mein Onkel hat es ein paarmal beobachtet.«

»Und ist dabei wirklich Magie im Spiel?«

»Nein, natürlich nicht. Die Opfer werden davon überzeugt, dass sie sterben werden, also passiert es auch.«

»Genau. Das Unterbewusstsein beeinflusst den Körper. Ist das nicht genau das Gleiche?«

»Aber das ist Aberglaube«, protestierte Curtis. »Ich bin ein gebildeter Engländer.«

»Mit einem Knie, das ihm jetzt viel weniger Probleme bereitet als zuvor.«

»Ja, aber … Nein wirklich, es ist Unsinn.«

Daniel zuckte mit den Schultern. »Nun, ich weiß es nicht. Es ist eine neue Theorie, aber der Doktor schien mir ein äußerst kluger Mann zu sein. Wo wir gerade dabei sind, ich bin eigentlich zu ihm gegangen, um ihn wegen meiner Angst in der Untergrundbahn zu konsultieren, da er bereits einige bemerkenswerte Ergebnisse bei Phobien erzielt hatte. Und er hat mir gesagt, dass dies zweifelsfrei mit meiner Homosexualität zusammenhänge, also urteile selbst.«

Curtis blinzelte. »Mit deiner …?«

»Homosexualität. Inversion, sich vom eigenen Geschlecht angezogen zu fühlen, mein Lieber. Du musst einmal von Krafft-Ebing lesen.«

Curtis hatte keine Ahnung, wer das war, und wollte es eigentlich gar nicht herausfinden. Er kam wieder auf das eigentliche Gesprächsthema zurück. »Dieser Quacksalber sagte also, du hättest Angst vor Höhlen, weil du invertiert bist?«

»So lautete seine Theorie, ja.«

Curtis hatte Probleme, den logischen Fluss in diesem Gewäsch zu finden. »Nun, das ist wohl nicht ganz wasserdicht. Ich habe schließlich auch keine Angst …« Plötzlich hielt er inne.

Ein paar Sekunden lang herrschte verlegene Stille, bevor Daniel die Spannung löste. »Somit haben wir eine Hypothese zu prüfen. Wie viele Male muss man wohl mit einem Mann geschlafen haben, bevor einen ein Keller mit Schrecken erfüllt? Ich stehe dir gern als Versuchsobjekt zur Verfügung.« Kokett ließ er seine Augenlider klimpern.

»Du redest viel Unsinn.« Dankbar für die Ablenkung strich Curtis mit seiner Hand über Daniels Finger.

»Gib nicht mir die Schuld, sondern dem Wiener Arzt.« Daniel hielt inne. »Aber er hat faszinierende Ansichten, das musst du zugeben.«

Curtis konnte nicht anders, sondern brach in schallendes Gelächter aus. Er zog Daniel an sich und lachte, bis ihm die Tränen übers Gesicht liefen, so, wie er es seit Jacobsdal nicht mehr getan hatte. Hier in dieser kleinen, sicheren Zuflucht außerhalb der Welt.

13

Nach dem Lachanfall saßen sie schweigend zusammen und tranken den Whisky. Daniel nahm einen kräftigen Schluck und reichte ihm den Flachmann. »Solltest du nicht schlafen?«

»Ich passe auf. Du schläfst.«

»Ich habe den ganzen Tag geruht. Ich werde dich wecken, wenn es ein Problem gibt. Sollten wir mit einem rechnen?«

»Ich wüsste nicht, warum. Sir Maurice versicherte, unsere Verstärkung würde bis zum frühen Morgen hier sein. Ich werde vor dem Frühstück zurückkehren, schätze ich, damit alles so normal wie möglich erscheint.«

»Gut. Wir müssen sicherstellen, dass die Armstrongs keine Beweise zerstören, wenn sie merken, dass sie durchschaut wurden. Vaizey wird wissen wollen, wer wofür verantwortlich ist, und dafür braucht er die Akten.«

»Was das betrifft«, Curtis zögerte.

»J-ja. Ich konnte bislang die Fotografien von uns noch nicht an mich nehmen. Das muss noch erledigt werden. Ich hatte nicht vor, heute Nacht hineinzuschleichen …«

»Das steht außer Frage.«

»Dann müssen wir uns morgen darum kümmern. Überlass das mir, wenn es dir recht ist.« Daniel zögerte. »Sieh mal, das Schlimmste, was passieren kann, ist, dass die Armstrongs diese Fotografien Vaizey oder seinen Männern übergeben und ihm damit in die Hände spielen. Und was immer er denken mag, er wird nicht zulassen, dass irgendetwas weitergetragen wird. Er ist gut darin, Stillschweigen zu bewahren.«

»Mir wäre es nicht recht, wenn er die Abzüge in die Finger bekäme.« Das war noch untertrieben. Sir Maurice war berüchtigt für sein Temperament und hatte eine Persönlichkeit, die dafür sorgte, dass Curtis sich selbst in dreißig Jahren noch wie ein kleiner Schuljunge fühlen würde. Doch mehr als das, waren er und Sir Henry Curtis' Familie, waren das, was Eltern am nächsten kam. Sie durften nichts davon wissen. Er konnte nicht glauben, dass es falsch war, hier mit Daniel zu liegen. Es fühlte sich so natürlich und ruhig an. Aber er hatte dennoch keinerlei Absicht, bei seinem Onkel um Verständnis zu bitten, und ihn zu enttäuschen war undenkbar.

»Offensichtlich nicht«, entgegnete Daniel. »Und ich werde versuchen, das zu vermeiden. Aber wenn es doch dazu kommt, lass mich das klären. Ich werde ihm erzählen, dass dir die Situation aufgezwungen wurde …«

»Nein«, widersprach Curtis nachdrücklich.

»Dann werde ich sagen, wir hätten es vorgetäuscht, um nicht entdeckt zu werden. Irgendetwas in der Art. Überlasse das einfach mir, in Ordnung?«

»Ich werde dich nicht die Schuld hierfür tragen lassen.«

»Ich hatte nicht vor, sie zu tragen, ich würde sie lieber eindeutig in Richtung der Armstrongs schieben, wo sie hingehört. Ich verbeuge mich vor deiner Erfahrung in Angelegenheiten physischer Gewalt, mein lieber Wikinger, aber ich bitte dich, die niederträchtigen Listen mir zu überlassen.«

»Dein was?«, fragte Curtis.

Daniel rollte sich auf die Seite, sodass er eine Hand über Curtis' Brustkorb wandern lassen konnte. Er schob einen Finger zwischen die Knöpfe in das drahtige Haar. »Mein Wikinger«, sagte er. »Riesig, muskulös, zügellos …«

»Oh mein Gott, fang nicht wieder damit an.«

Daniels Augen waren wie dunkle Sterne, als er ihn unter träge gesenkten Lidern ansah. »Ein großer, mächtiger Krieger, erpicht auf Plünderung und Brandschatzerei …«

»Gütiger Himmel!«, rief Curtis, halb lachend und halb erschrocken. »Man wird dich noch für einen Poeten halten.« Er hielt inne. »Das bist du doch, oder? Ich meine, du hast diese Gedichte geschrieben? Es ist nicht einfach nur Teil deiner Täuschung?«

»Natürlich habe ich sie geschrieben.« Aus den Vokalen dieser beleidigten Antwort konnte man deutlich das East End heraushören. »Wer, dachtest du denn, hat sie geschrieben, etwa Gladstone?«

Curtis grinste, auf absurde Weise bezaubert von dieser Eitelkeit. »Ich glaube nicht, dass jemand anders sie hätte schreiben können. Sie sind genau wie du.«

Daniel zog skeptisch eine Augenbraue nach oben.

»Unbegreiflich«, beschrieb Curtis, »und viel schlauer, als ihnen guttut, alle möglichen Dinge verbergend und – wirklich schön.«

Daniels Mund öffnete sich. Eine Sekunde lang antwortete er nicht, dann setzte er sich abrupt auf, schaute Curtis in die Augen und nahm sein Kinn in beide Hände. Er zog ihn an sich und küsste ihn.

Sein Mund war weich und sanft und offen, seine Zunge schnellte gegen Curtis' Lippen, und Curtis, erstaunt und elektrisiert, bewegte zunächst nur zögernd seine eigene Zunge, dann stärker, fand Gefallen an dem Geschmack, an der Freiheit, ihn zu erforschen. Er intensivierte den Kuss, als er Daniels kaum merkliches Brummen an seinem Mund spürte, und das Seufzen wurde durch eine fiebrige Hitze ersetzt. Daniels Hände wanderten über seine Schultern, und getrieben von dem Bedürfnis, ihn ganz zu spüren, ließ Curtis seine Finger den schlanken Rücken auf und ab wandern und zog Daniel fest an sich. In seinen Armen liegend erwiderte dieser seinen Kuss so heftig, dass er seine Zähne an seinen eigenen Lippen spüren konnte. Sein Mund war heiß und verzweifelt, und seine Hände verkrallten sich in Curtis' Haar. Curtis hörte auf zu denken und konzentrierte sich nur noch auf das Gefühl von kratzigen Bartstoppeln auf seiner Haut, den Mund, der seinen eigenen mit qualvollem Hunger verschlang, und dem schlanken Körper, der sich um seinen schlang, als ob Daniel unter Curtis' Haut kriechen wolle.

Die Fieberhaftigkeit des Kusses ebbte langsam ab, aber das Bedürfnis, das sich dahinter verbarg, verlangte noch mehr. Curtis' Hände wanderten von Daniels Haar und Gesicht unter sein Jackett. Im Gegenzug fummelte Daniel an seinen Hemdknöpfen, und Curtis spürte die kalte Luft, als er das Leinen abstreifte. Irgendwie gelang es ihnen, sich der Schichten störender Kleidung zu entledigen, ohne den Kuss gänzlich zu unterbrechen. Daniel fluchte leise an Curtis' Lippen, während er mit einer Manschette kämpfte – eng aneinandergeschmiegt, Brust an Brust, Mund an Mund.

Curtis unterbrach den Kuss, um Daniel anzusehen. Sein Kiefer war von Bartstoppeln verdunkelt, das Haar zerzaust, der unwiderstehliche Brustwarzenring blinkte hell in dem schattigen Raum, und sein Blick ruhte mit einer gewissen Ehrfurcht auf Curtis.

»Schau dich an.« Daniel ließ eine Fingerspitze über seine breite Brust gleiten, die definierten Bauchmuskeln bis zu Curtis' verletztem Arm, um auf seinen breiten Schultern innezuhalten. »Du *bist* ein Wikinger.«

»Und was bist dann du?«

»Die falsche Seite Europas.«

Daniels Fingerspitzen strichen über Curtis' Brustwarzen. Er versteifte sich, nicht ganz sicher, ob ihm das gefiel. Sensibel, wie er war, ließ Daniel seine Finger weiter nach unten wandern, und Curtis spürte, wie die Knöpfe an seiner Taille aufsprangen. Er fasste an Daniels Hosenbund, und während er einhändig an den Verschlüssen hantierte, eroberte Daniel erneut seinen Mund und schob sich nach vorn. Sie küssten sich hart, und Curtis' Hand schloss sich um ihre Geschlechter und rieb sie aneinander. Daniel keuchte und ließ sich zurücksinken, dabei zog er Curtis auf sich herab, sodass sie auf dem Deckenlager landeten, verschlungen und noch immer halb angekleidet. Erregt rieben sie sich aneinander, Daniel lag hart und heiß in Curtis' Hand und stöhnte in seinen Mund hinein. Es war ein verblüffender Genuss. Der glatte Körper unter ihm, die warmen, weichen Lippen an seinen. Er küsste Daniel, als er seiner Erregung nachgab und zitternd kam.

Curtis bebte unter einem letzten orgasmischen Zittern und drückte sich mit nasser, glitschiger Hand eng an Daniel. Daniel brauchte länger, um sich zu beruhigen, während der ganzen Zeit ließ Curtis seine Hand an seinem Glied auf und ab wandern und küsste Daniels Brustwarze. Damit entlockte er ihm Töne, die man nur als Quietschen bezeichnen konnte. Das war gut, aber er wollte mehr und brauchte mehr. Er wollte, dass sich Daniel komplett auflöste, wollte tun, was er vor Tagen schon hätte tun sollen, also nahm er all seinen Mut zusammen und wanderte mit seinem Mund nach unten.

»Curtis«, japste Daniel, als der zögerlich an seinem Penis zu lecken begann. Er war sehr glatt und nass und schmeckte nach Moschus und – nun, so musste wohl ein – sein – Samenerguss schmecken. Es war glitschig und herber, als er gedacht hatte, aber nicht unangenehm. Er bewegte seine Lippen über die Spitze und war unsicher, was er als Nächstes tun sollte. Daniels bebende Härte gab ihm Selbstvertrauen.

»Gott! Bist du sicher … aber … nicht …«

»Ich will es«, brummelte Curtis und fing an, seinen Kopf auf und ab zu bewegen, wie Daniel es bei ihm gemacht hatte.

»Oh, verdammt, gütiger Himmel!« Daniels Hüften zuckten. »*Oh Gott!* Curtis …«

Curtis zog sich zurück. »Archie.«

»Archie.« Es klang beinahe ehrfürchtig.

Curtis konzentrierte sich wieder auf Daniel, seinen Geschmack, seine Form, die Gefühle, die er in ihm auslöste, die herrlichen Geräusche der Lust, die Daniel von sich gab. Er konnte spüren, wie seine eigene Erregung wieder aufflammte, und er saugte und leckte immer weiter. Er hatte immer gedacht, dass dieser Akt etwas Unangenehmes wäre, bestenfalls ein Dienst oder eine Aufgabe. Er hatte nicht geahnt, wie sehr man sich danach sehnen konnte, jemand dieses Geschenk zu machen, wie aufregend es war, die unkontrollierten Zuckungen und Windungen zu spüren, das Wimmern zu hören und zu wissen, dass man die Ursache war. Er hatte ja keine Ahnung gehabt, wie es sich anfühlte, mit Daniel Liebe zu machen.

Der Griff in seinem Haar verstärkte sich. »Geh lieber aus dem Weg«, warnte Daniel eindringlich.

Curtis befolgte den Rat – das nächste Mal würde er das nicht mehr tun, sagte er sich – und ließ Daniels Glied aus seinem Mund gleiten – nicht ohne ihn noch einmal zu lecken, um den glatten Kopf zu züngeln und die Tropfen zu schmecken.

»Archie«, flüsterte Daniel und zuckte an seiner Hand.

»Daniel. Jetzt, bitte, jetzt.« Curtis stieß die Worte hervor, als stünde er selbst gerade vor dem Höhepunkt, und schnappte nach Luft, als er sah, wie der weiße Erguss auf Daniels Haut klatschte und ihn bebend zurückließ.

Curtis leckte sich die Lippen und griff nach dem Whisky.

»Ja, trink nur. Ah … hast du das schon einmal zuvor gemacht?« Träge lächelte Daniel ihn an.

»Nein.« Irgendwie war Curtis seine eigene Unerfahrenheit peinlich, was natürlich absurd war. Tatsache war, dass es Männer gab, die anderen Männern zu Diensten waren, und Männer, die sich bedienen ließen – und Curtis hatte bislang immer zu Letzteren gehört. Nie war erwartet worden, dass er sich revanchierte, zumindest nicht mit seinem Mund, und er hatte es auch nie angeboten. Nun, das würde er auch nicht. Er gehörte einfach nicht zu dieser Art von Mann.

Der Gedanke beschäftigte ihn eine Sekunde lang, aber schnell fand sich Curtis in einem tiefen Kuss wieder, der alle Überlegungen aus seinem Kopf verbannte. Es gab nur noch das Spiel ihrer Zungen und die Bewegung ihrer Lippen. Daniel schien nichts dagegen zu haben, sich selbst in Curtis' Mund zu schmecken.

Nach einem atemlosen Moment gab Daniel ihn frei. »Womit ich anmerken möchte, dass ich mich geehrt fühle, mein Lieber.«

»Was? Ach, Unsinn.« Curtis griff nach dem Taschentuch und startete einen Versuch, sie beide zu säubern.

Daniel winkte ab. »Ich bin ohnehin schmutzig, lass es gut sein.«

Sie schafften es, es sich eng aneinandergekuschelt unter den kratzigen, muffigen Decken wieder bequem zu machen. Curtis strich zärtlich über Daniels verstoppelten Unterkiefer und beugte sich vor, um ihn zu küssen, einfach weil er es konnte.

»Das ist die seltsamste Hausgesellschaft, an der ich je teilgenommen habe.«

Daniel gluckste und schmiegte sich an Curtis' Brust. »Es hatte etwas.«

Curtis blickte auf den dunklen Kopf und genoss, wie diese cleveren, forschenden Finger über seine Muskeln glitten. Ohne darüber nachzudenken, fragte er: »Darf ich dich aufsuchen?«

Daniels Finger hielten inne. »Bitte?«

»In London. Wenn all das vorbei ist. Darf ich bei dir vorsprechen?«

»Bei mir vorsprechen?«

Er klang ungläubig. Curtis spürte, wie er rot anlief. »Oder wie auch immer man es ausdrücken mag.«

»Ah.« Daniel entspannte sich merklich. »Wenn du meinst, du willst auf ein Tête-à-Tête vorbeikommen, dann, mein lieber Freund …«

»Nein«, fiel Curtis ihm ins Wort, gefolgt von: »Nun, ich meine, ja. Wenn du es möchtest. Aber das ist nicht das, was ich meinte.«

»Was meintest du dann?« Daniel zog die Stirn in Falten, so als würde diese Aussage für ihn keinen Sinn ergeben.

»Ich weiß nicht, wie ich es sonst sagen soll. Ich weiß nicht, wie Männer solche Dinge untereinander regeln. Wenn mir eine Dame gefiele und ich sie respektierte, würde ich um Erlaubnis bitten, bei ihr vorzusprechen …«

»Ich bin aber keine Dame. Und selbst wenn ich eine Frau wäre, wäre ich keine Dame.«

Curtis seufzte. »Gütiger Gott, hilf ihm!«

»Ich weiß nicht, was du willst.«

Wie hatten sie es nur so schnell geschafft, dieses Verständnis füreinander und ihre Verbundenheit zu verlieren? »Mir scheint es sehr simpel zu sein.«

»Leider, mein Lieber, bist du selbst manches Mal dermaßen einfach, dass ich Probleme habe zu verstehen, was du willst.«

Daniels Ton war glatt und aufgesetzt, und Curtis kämpfte gegen den Drang an, sich zurückzuziehen und zu sagen: »Vergiss es.« Er straffte die Schultern und überlegte kurz, wie hoch die Wahrscheinlichkeit war, mit dem nächsten Satz einen kompletten Narren aus sich zu machen. Er hatte das Ganze nicht im Mindesten durchdacht, wusste aber, dass es das war, was er wollte, während er es aussprach. »Ich meine, ich will dich wiedersehen. Zeit mit dir verbringen. Das hier auch, natürlich« – er deutete auf ihre ineinander verschlungenen Körper –, »aber … mehr. Verflucht, Daniel, ich will mit dir zusammen sein. Du bist tapfer und clever und ziemlich wunderbar, und mir gefallen sogar deine Gedichte und …«

»Stopp!« Daniel schrie beinah. »Stopp, stopp, stopp!«

Curtis starrte ihn an und fing seinen besorgten Blick auf.

»Was zum Teufel …«

»Sag nicht solche Sachen.«

»Weshalb nicht?«

Daniel schloss die Augen. »Weil es das ist, was Gentlemen tun, und ich bin – kein Gentleman. Ich bin sicher, wir werden Spaß miteinander haben, und ich freue mich darauf. Aber mehr ist nicht möglich.«

»Ich verstehe nicht.«

Daniel öffnete die Augen wieder und warf ihm einen Blick zu. »Mein Vater ist ein Schmied aus Spitalfields. Ich wuchs zwischen seinem Laden und der Billardhalle meines Onkels auf, die meine Mutter mit einem äußerst tiefen Ausschnitt leitet. Ich lernte von einem anderen Onkel, der Shakespeare in einer Art Varietétheater rezitiert, die besseren Leute nachzuahmen. Ich ziehe mich gut an, weil ein *weiterer* Onkel ein Schneider mit ausgezeichneter Vorstellungskraft ist, und nicht, weil ich mir einen Satz anständiger Kleider leisten kann. Ich bin der Einzige in meiner grotesk großen Familie, der je an einer Universität war. Du weißt verflucht gut, dass ich nicht zu deiner Schicht gehöre.«

»Und was hat das damit zu tun?«

»Alles.«

Curtis war nicht sicher, was er darauf erwidern sollte. »Ich will nur sagen, dass ich dich nicht behandeln will wie einen … was auch immer das Pendant zu einer Mätresse sein mag.« Curtis streckte zaghaft eine Hand aus, um ihn zu berühren. Daniel zog sich nicht zurück, aber er reagierte auch nicht. »Schau, wenn du mich nicht in London sehen willst, dann sag es einfach freiheraus. Ich will dich schließlich nicht belästigen.«

»Das ist es nicht.« Daniel entfuhr ein tiefer Seufzer. »Oh – hör mal, Curtis.«

»Ich wünschte, du würdest mich Archie nennen.«

»Das war eine mörderische Woche, und du fühlst dich von all den Geschehnissen überwältigt. Ich vermute, wenn du nach London zurückkehrst, wird dir das alles wie ein Albtraum erscheinen oder eine Verirrung oder zumindest wie eine äußerst schlechte Idee.«

»Daniel …«

»Ich bin noch nicht fertig.«

»Natürlich bist du das nicht.«

Ein kleines Lächeln huschte über Daniels Gesicht. »Du bist ein Gentleman. Im wahrsten Sinne des Wortes. Ich möchte nicht, dass du dich durch irgendetwas, das du jetzt sagst, gebunden fühlst, oder dass du es mir irgendwann übel nimmst, weil du es nicht hättest sagen sollen. Ich möchte nicht, dass du dein Licht unter den Scheffel stellst. Und ich werde dir das nicht vorwerfen.«

»Ich bin nicht dein verfluchter Herzog.«

»Sohn eines Herzogs«, stellte Daniel nachdrücklich klar.

»Eher der Sohn eines …« Curtis hielt inne und erinnerte sich daran, dass der Mann tot war. »Ich will sagen, du darfst nicht annehmen, dass ich mich so unehrenhaft verhalten werde.«

»Ich will aber gar nicht, dass du dich ehrenhaft verhältst. Nicht, wenn es bedeutet, eine Verpflichtung zu erfüllen, die du erst gar nicht hättest eingehen sollen. Du bist kein Mann, der sein Wort nicht hält, oder?«

»Nein, und ich ändere meine Meinung auch nicht oft.«

»Du scheinst sie aber in Hinsicht auf deine Wünsche in letzter Zeit geändert zu haben«, betonte Daniel. »Du wirst sie vielleicht wieder ändern wollen.«

Das ist meine Sache, wollte Curtis antworten, aber natürlich stimmte das nicht – nicht, wenn Daniel sich Gedanken um seine Gefühle machte. Nicht, wenn Daniel Angst davor hatte, ihn an sich heranzulassen, und fürchtete, wieder verlassen zu werden.

»Du bist nicht der erste Mann, mit dem ich zusammen war«, überwand er sich zu gestehen. »Ich habe so manches schon vorher gemacht. Mir ist auch noch nie eine Frau begegnet, die mir auf diese Weise gefiel. Verflucht, ich habe noch nie eine Frau meines Standes geküsst.«

Daniel blinzelte. »Nicht dein Ernst.«

Aber so war es. Er hatte ein paar unerfreuliche Bekanntschaften mit Damen gehabt, die er dafür bezahlt hatte, aber er hatte nie den Drang verspürt zu flirten, um dann eine Verpflichtung einzugehen. *Ich warte auf die Richtige*, hatte er seinen Onkeln immer erzählt, aber das Warten war ihm nicht schwergefallen, denn die Aussicht auf eine Heirat war ihm ebenso trocken und freudlos erschienen wie seine restliche Zukunft. »Ich habe meine Meinung über mich nicht geändert. Ich habe nur – versäumt, Dinge zu beachten und zu bewerten. Das musste ich in der Armee auch nie.« Er hielt inne, bevor er zögernd gestand: »Es gab da jemanden. Meinen Leutnant.«

»Er war dein Liebhaber?«

»Oh – na ja …« Das Wort klang in Zusammenhang mit George Fisher nicht richtig. Er war ein rothaariger, sonnenverbrannter Kerl gewesen, ein Waffenkamerad, ein Freund. »Er war mein Zeltgenosse. Wir taten es, weißt du. Diese Dinge.«

»Darf ich vorschlagen, Verben und Substantive zu benutzen? Sie werden das, was passiert ist, nicht ändern, und du gewöhnst dich dadurch vielleicht schneller an die Vorstellung«, meinte Daniel trocken, und er klang nicht länger teilnahmslos. »Ich verlange nicht, dass du über private Angelegenheiten sprichst, aber *wenn* du es tust, verwende bitte auch die entsprechenden Wörter.«

Curtis knirschte mit den Zähnen. »In Ordnung, wenn es sein muss. Wir haben uns manchmal gegenseitig masturbiert, aber es war nichts, worüber wir geredet hätten. Wir taten es einfach. Er hat die ganze verdammte Zeit nie geredet, und ich habe nicht wirklich darüber nachgedacht, wir waren vielmehr mit den Buren beschäftigt. Er war nicht mein Liebhaber. So war es nicht.« Curtis hatte Fisher nie geküsst, hatte nie den Drang verspürt. Er fragte sich jetzt, ob Fisher vielleicht mehr gewollt hatte. »Aber er war mein Freund, mein Kamerad, und er starb, als das Lafayette-Gewehr, das ich ihm gegeben hatte, explodierte. Er verblutete, und ich musste dabei zusehen …« Er hielt inne und kämpfte gegen den Kloß in seinem Hals an.

Daniels Finger schlossen sich um Curtis' rechte Hand, strichen über die vernarbten Knöchel. »Es tut mir leid.« Sonst sagte er nichts, und Curtis atmete langsam aus.

»Wie auch immer. So war es eben in Südafrika. Und seit damals hat sich die Frage auch nicht gestellt. Das letzte Jahr war …« *Als ob man lebendig begraben wäre*, wollte er sagen, hielt sich aber angesichts der kürzlichen Ereignisse zurück. »Ermüdend. Es ist lange her, dass ich das Bedürfnis hatte, etwas haben zu wollen, von irgendjemandem. Aber wenn es so war – jetzt, da ich darüber nachdenke –, hatte es immer mit

Männern zu tun. Nichts hat sich verändert. Oh Gott, du musst mich für einen verdammten Narren halten.«

»Das tue ich nicht.« Daniel massierte seinen Nasenrücken. »Ich weiß nicht. Nun gut. Du musst mir etwas versprechen.«

Alles, hätte Curtis beinahe gesagt. »Was willst du?«

»Versprich mir, mich … sagen wir, vierzehn Tage lang nicht zu kontaktieren, wenn wir wieder in London sind. Versprich mir, dass du nicht nur mit deinem Geschlechtsorgan darüber nachdenken wirst, was du willst. Versprich mir, dass du es nicht zulässt, dich durch irgendetwas, das du in dieser Woche gesagt oder getan hast, gebunden zu fühlen. Versprich mir, dass, wenn du dich entscheidest, Miss Merton einen Antrag zu machen – nun, vielleicht nicht gerade ihr, aber eben einer reizenden jungen Dame –, und vorgibst, dass nichts von dem hier jemals passiert ist … oder auch, falls du dir einen guten, aufrichtigen Engländer deiner eigenen Schicht aussuchst … Versprich mir jedenfalls, dass du dein Leben führst und es tust, ohne dabei nach meiner Meinung zu fragen.«

»Daniel …«

Daniel rollte zur Seite und sah Curtis mit großen, dunklen Augen an. »Versprich es mir. Und dann, wenn du es noch immer willst, nachdem du Zeit hattest, darüber nachzudenken, werden wir reden, und wenn du zum gegenteiligen Schluss kommst, gehen wir als Freunde auseinander. Verstehst du?«

»Du meinst also, ich soll das tun, was ich für richtig halte, ohne mich einen Dreck um dich zu kümmern.«

»Wenn ich dir etwas bedeute, wirst du meiner Bitte Folge leisten«, entgegnete Daniel. »Ich kann viel ertragen, aber nicht, eine Verpflichtung zu sein.«

»Oder Höhlen.«

»Oder Höhlen. Ich meine es ernst.«

Curtis dachte darüber nach. Er konnte Daniels Anspannung

fühlen. Er hatte keine Ahnung, was er von Daniel wollte, außer dass er ihn irgendwie in seinem Leben haben wollte. Er wusste nur, dass ihm sein Dasein außerhalb der Armee nutzlos, ohne Zweck und trüb erschienen war und dass es jetzt, obwohl er noch immer keine Ahnung hatte, was die Zukunft für ihn bereithielt, nicht mehr leer erschien. Er hatte diese Woche gekämpft und geliebt, hatte Leben ausgelöscht und gerettet, und alle Fäden liefen bei dem Mann neben ihm zusammen.

Natürlich hatte Daniel recht bezüglich der unterschiedlichen gesellschaftlichen Kreise, in denen sie verkehrten, aber er hatte die letzten eineinhalb Jahre damit verbracht, zwischen Clubs, Sportveranstaltungen und Hausgesellschaften hin und her zu tingeln, und es war die schlimmste Zeit seines Lebens gewesen. Teil der Gesellschaft zu sein war gut und schön, aber Curtis wollte Kameradschaft. Mehr noch, er wollte Daniel. Daniel mit seiner glatten Haut und der sündigen Zunge. Er wollte seine harte Verteidigungslinie durchbrechen und das Verletzliche, das sich dahinter verbarg, beschützen. Er wollte, dass sie einen solchen Bund eingingen, dass er bei dem Gedanken an den Verlust entsetzt sein würde.

Curtis hatte keine Ahnung, wie eine solche Beziehung überhaupt funktionieren sollte, sei es in London oder sonst wo, aber das war für ihn kein Grund aufzugeben. Pläne wurden von Generälen geschmiedet. Er würde es wie ein Soldat angehen: Schritt für Schritt und immer weitergehen.

Er blickte Daniel an, der versunken sein Brusthaar streichelte. »In Ordnung. Ich verstehe. Du hast Skrupel.« Auch Ängste, aber darauf würde er ihn ebenso wenig hinweisen, wie er eine Mamba mit einem Stab reizen würde. »Ich werde dir dieses Versprechen geben: Ich werde es vierzehn Tage überdenken, keine Verpflichtungen und alles, worum du bittest – wenn du mir als Gegenleistung etwas beantwortest.«

»Was?« Daniel klang misstrauisch.

»Immer in Anbetracht deiner Bedingungen und so weiter …« Curtis beugte sich vor und küsste ihn sanft. »Darf ich dich aufsuchen?«

»Verflucht noch mal, Curtis!« In diesem Satz brach sich der reinste Dialekt aus dem East End Bahn.

Curtis konnte sich ein Grinsen nicht verkneifen.

Daniel verengte die Augen und erlangte Haltung und Akzent zurück. »Wenn du die Absicht hast, mir Blumensträußchen mit Karten zu schicken, auf denen steht: ›Trag die zu meiner Erinnerung‹, dann werde ich *tätlich* werden.« Das war keine Antwort, obgleich … auf eine gewisse Weise schon.

Curtis küsste ihn erneut, dieses Mal ein wenig fordernder. »Du hast darüber gesprochen, was ich will. Ich muss aber auch wissen, was du willst. Darf ich bei dir vorsprechen?«

»Ja, in Ordnung. Wenn es dir ein Bedürfnis ist.«

Curtis packte das schwarze Haar und zog spielerisch daran. »Heißt das, du willst, dass ich es tue?«

Daniel blickte finster drein. »Geh zum Teufel, du herrischer, übergroßer Scheißkerl.«

Erleichtert legte Curtis sich zurück und zog ihn näher heran. Er fühlte den Hauch eines Kusses auf seiner Brust.

»Jetzt schlaf etwas.« Daniel gähnte. »Es ist verdammt spät. Wann wirst du am Morgen zurückgehen?«

»Gar nicht.« Diese Worte überraschten ihn selbst. Zweifelsohne sollte er zurückgehen, und er hatte es auch beabsichtigt, aber Daniel brauchte Schutz, und das erschien ihm wichtiger. »Die Kavallerie wird früh genug hier sein. Ich bleibe bei dir.«

Daniels Lippen verzogen sich zu einem Bogen, und er rieb sein Kinn an Curtis' Brustkorb wie eine Katze. »Jetzt aber im Ernst, mein Lieber, ruh dich aus.«

Curtis zögerte nicht. Es musste nach seiner Schätzung bereits nach drei Uhr sein, und er fühlte sich irgendwie ausgelaugt. Er schlang einen Arm um Daniels Schultern, blendete seine Gedanken aus und schlief ein.

14

»Wach auf. Wach *auf*.«

Curtis blinzelte und versuchte, sich zu orientieren. Das Licht war das Gelbgrau eines Herbstmorgens, was bedeutete, dass es nach sieben Uhr sein musste. Sein Rücken schmerzte vom Liegen auf dem harten Boden, sein Mund war pelzig und trocken, die Kleider, in denen er geschlafen hatte, waren schweißkalt, und Daniel schüttelte ihn nachdrücklich an der Schulter.

»Wach doch endlich auf.«

»Was?«

»Wir sind umstellt.«

Binnen einer Sekunde war Curtis auf den Beinen, so schnell, dass ihm kurz schwindelig wurde. Dann duckte er sich, um vor dem Fenster keine Zielscheibe abzugeben.

Daniel kniete mit großen Augen neben ihm in dem dämmrigen Licht. »Da draußen sind Leute. Ich habe March gesehen. Ich habe James Armstrong gehört.«

Curtis griff nach seinem Webley, prüfte sie mit der Geschwindigkeit langjähriger Praxis und steckte mehrere Handvoll Patronen in seine Taschen. »Pat hat einen Revolver dagelassen. Kannst du schießen?«

»Nein.«

Verflucht! »Dann halte dich von den Fenstern fern. Ist die Tür verriegelt?«

»Ja.«

Zumindest wusste Daniel, wann er sich knapp halten musste. Curtis nickte ihm zu, während er seine Stiefel anzog.

Der Boden des Zwischengeschosses nahm etwa die Hälfte des Innenraums ein, und rund um das Innere des absurden Turms verlief eine Art Galerie, nur unterbrochen durch die Treppe. Sie diente Besuchern als Aussichtsplattform. Curtis kroch zur Vorderseite des Gebäudes und spähte vorsichtig hinaus. Daniel nahm auf der anderen Seite Position ein.

»Curtis!«, rief es von draußen.

Er erkannte die Stimme und warf Daniel einen Blick zu. Der zog eine Grimasse.

»Curtis!«

Er entriegelte das Fenster und schob es auf. »Sir Hubert«, rief er. »Guten Morgen!«

»Kommen Sie sofort heraus«, wies ihn sein Gastgeber gereizt an. »Ich weiß nicht, was das soll.«

»Nein?« Curtis positionierte sich so, dass er mit dem Rücken zur Wand hockte. »Ich würde sagen, das finden Sie heraus, wenn Sie lange genug warten.«

»Warum kommen Sie nicht herunter, und wir besprechen das wie vernünftige Männer?« Von unten drang ein Rütteln herauf, jemand versuchte die Tür aufzubrechen.

»Ich denke, ich kann auch von hier aus ein vernünftiges Gespräch führen«, wiegelte Curtis ab. »Worüber möchten Sie denn reden?«

»Wo ist Holt?« Das war James Armstrong, der ziemlich aufgebracht klang. »Was haben Sie mit Holt gemacht?«

Curtis schaute zu Daniel, der seinen Kopf schüttelte. »Ich habe keine Ahnung, wo Holt ist. Woher denn auch?«

»Sie wissen, wo er ist! Sie halten diesen verfluchten Dichter dort versteckt, Sie dreckiger Scheißkerl!«

Curtis scherte sich einen Dreck um James Armstrong, außer, dass er die Absicht hatte, ihn zu Brei zu schlagen, bevor das hier vorbei war. Und doch, die Worte waren wie ein Schlag ins Gesicht. Er sah Daniel fragend an, doch der schüttelte den Kopf und formte ein hämisches »Oooh« mit seinem Mund. Das gab ihm Ruhe.

»Wenn Sie da Silva meinen, ja, der ist hier. Und?«

»Ich werde ihn töten, wenn Sie mir nicht sagen, wo Holt ist!«

Curtis grinste freudlos. »Dann müssen Sie ihn sich schon holen, Sie verfluchter Dreckskerl.«

»Achten Sie auf Ihre Worte!« Sir Hubert klang aufgebracht.

Daniel reckte den Hals, um aus dem Fenster zu blicken. »Oh, was zum … dort unten ist Lady Armstrong.«

»Oh Gott, wirklich? Wer noch?«

»March. Und dieser andere Dienstbote, Preston. Außer ihr haben alle diese großen Gewehre.«

»Schau zur anderen Seite raus«, wies Curtis ihn mit leiser Stimme an.

Sir Hubert meldete sich erneut zu Wort. »Das hat doch keinen Sinn. Das Ganze hier kann doch nur mit Ihrer Niederlage enden.«

»Ich glaube, da liegen Sie falsch.« Curtis hob fragend die Augenbrauen in Richtung Daniel, der die andere Seite kontrolliert hatte. Dieser schüttelte den Kopf, was Curtis so interpretierte, dass sich dort niemand aufhielt.

Es waren also Sir Hubert, James, March und Preston. Vier Gewehre gegen eines. Aber der Zierbau war aus Stein, die Tür aus dicker, harter Eiche, der Balken stark, von seinem Aussichtspunkt überblickte er alles. Sie konnten hier ausharren, bis Verstärkung eintraf.

Sir Hubert entfuhr ein mitleidiges Grunzen. »Ich schätze, Sie hoffen gerade auf die Männer vom Außenministerium, die Sie anforderten.«

»Ich vermute, er glaubt, sie kämen, um ihm zu helfen.« Lady Armstrongs Stimme ging im Gelächter der Männer fast unter.

»Sie werden vielmehr uns helfen«, warf James höhnisch ein.

Fragend blickte Curtis hinüber und sah Daniels düsteren Ausdruck und den vorgeschobenen Kiefer. Kein gutes Zeichen.

»Wovon reden Sie?«, rief Curtis.

»Die Männer von Sir Maurice Vaizey«, sagte Hubert. »Diejenigen, die Sie riefen, als Sie unter Vorspiegelung falscher Tatsachen mit Ihrem Onkel telefonierten. Sie sollen gegen neun Uhr ankommen, sagte man mir.«

Daniel brummelte etwas Obszönes. »Sie haben jemanden ins Bureau eingeschleust. Jemand hat sie gewarnt.«

»Verdammt«, fluchte Curtis leise und hob dann die Stimme. »Gut. Ich freue mich auf ihre Ankunft.«

»Das bezweifle ich.« Sir Hubert ergötzte sich an Curtis' Unbehagen. »Bis sie hier sind, werden sie nichts mehr vorfinden. Keine Dokumente, keine Fotografien, keine Kameras. Keine Beweise.«

»Nun ja, *ein* Satz Fotografien ist noch übrig«, fügte Lady Armstrong zuckersüß hinzu.

Sir Hubert lachte triumphierend. Curtis fühlte, wie es ihm den Schweiß auf die Stirn trieb. »Ganz richtig, meine Liebe. Ein Satz Fotografien, der Sie, Curtis, und Ihren dunklen Freund ins Gefängnis bringen wird. Zwei Jahre für grob unsittliche Handlungen. Lassen Sie mich nachdenken. Wir haben natürlich einen Satz für Vaizey zusammengestellt, damit er selber sieht, was sein Agent und sein Neffe so treiben, und einen weiteren für Henry. Der arme Kerl wird so enttäuscht von Ihnen sein. Und dann noch einen für die Polizei. Einen vierten für die Zeitung, falls Sie denken, Sie könnten das mit Ihrem Geld regeln. Und dann noch einen Satz für uns. Als eine Art Versicherung – alle wurden an eine gewisse Adresse geschickt, mit der Anordnung, sie weiterzuleiten, wenn ich heute Nachmittag nicht gegenteilige Anweisungen erteile.«

»Sie sind ruiniert«, triumphierte James, Rachsucht lag in seiner Stimme.

Curtis schloss die Augen. Er wollte Daniel nicht ansehen. Er wollte überhaupt niemanden mehr ansehen.

Sir Hubert redete weiter. »Alles andere wurde inzwischen verbrannt. Die Kameras wurden abmontiert. Man wird keinerlei Beweise finden.«

»Das stimmt nicht ganz, nicht wahr?«, rief Daniel. »Wie genau werden Sie den Besitz dieser Fotografien erklären? Wenn Sie sie verwenden, liefern Sie den Beweis für unsere Anschuldigung.«

»Und da wären mein Wort und das von da Silva«, brachte Curtis hervor. Seine Stimme war trügerisch heiser. »Wie vielen Nachforschungen können Sie wohl standhalten?«

»Es wird keine Untersuchung geben.« Sir Hubert klang überzeugt. »Denn Sie werden alles abstreiten. Sie werden Vaizey erzählen, dass alles Lüge ist, ein dummes Spiel, eine neidische Anschuldigung seitens da Silvas. Was auch immer Sie tun müssen, um meinen Namen da rauszuhalten. Denn wenn irgendjemand seine Nase in meine Angelegenheiten stecken sollte – nun, dann wird man sich zunächst einmal um Ihre Situation kümmern. Wenn Sie mich angreifen, werde ich Sie ruinieren. Verstehen Sie?«

Curtis verstand sehr gut. Seine Schultern hoben sich bei dem Versuch zu atmen.

»Das ist mir scheißegal«, presste er hervor. »Gehen Sie zum Teufel, Sie Schwein! Ich werde dem Bureau alles erzählen, und ich werde Sie vom Gefängnishof aus hängen sehen, wenn es sein muss.«

»Wofür?« Sir Hubert lachte. Es war ein sattes, höhnisches Geräusch, das Curtis die Faust ballen ließ. »Jacobsdal? Sie können nichts beweisen, ebenso wenig, wie Lafayette es konnte.«

»Holt gab es zu. Er gab alles zu.«

»Und wird er das auch vor einem Gericht bestätigen?«

»Dazu ist er nicht mehr in der Lage«, rief Daniel.

Curtis fuhr erschrocken zu ihm herum. James Armstrong fluchte. »Wo ist er?«, brüllte er. »Was haben Sie mit ihm gemacht?«

»Er leistet Lafayettes Männern Gesellschaft, was sonst?«

James fluchte und hob das Gewehr. Sofort warfen sich Daniel und Curtis zu Boden und bedeckten ihre Gesichter, als bereits ein Fenster zwischen ihnen in tausend Stücke zerbarst. Das Echo des Schusses klang in Curtis' Ohren, zusammen mit Sir Huberts aufgebrachter Zurechtweisung.

»Leicht reizbar, hm?«, rief Daniel.

»Was tust du da?«, zischte Curtis.

Daniel winkte ab und bedeutete ihm, leise zu sein.

»Sie haben Holt umgebracht«, stellte Sir Hubert fest. »Waren Sie das, Curtis? Einen Kameraden aus Cambridge?«

»Einen Scheißkerl«, sagte Daniel.

»Er brachte dich zum Schreien, du verfluchter Perverser«, brüllte James.

Daniel grinste wie ein Fuchs. »Das tun Scheißkerle oft.«

Dieses Mal war es eine ganze Salve, als James sein Schnellfeuergewehr in die Fenster des Zierbaus leerte und dabei vor Wut schrie. Curtis presste sich flach auf den Boden und schlang die Arme um seinen Kopf. Mit den Handflächen bedeckte er die Augen, um splitterndes Glas von seinem Gesicht fernzuhalten, immer in der Hoffnung, dass Daniel das Gleiche tat.

Das Echo der Schüsse verhallte zusammen mit dem Prasseln zerbrochenen Fensterglases. Sobald das Klingeln in Curtis' Ohren nachließ, konnte er draußen eine zwar leise, aber dennoch aufgebrachte Diskussion hören.

»Was tust du da?«, fragte er Daniel, der sich vorsichtig aus seiner zusammengekauerten Stellung löste. »Was jetzt? Wir können sie damit nicht davonkommen lassen. Was zum Teufel machen wir jetzt?«

»Wie gut bist du als Schütze?«, fragte Daniel mit einem Nicken auf seine Hand.

»Gut.«

»Schön zu hören.«

»Was …?«

Daniel setzte sich mit dem Rücken zur Wand und rief: »Hey!«

Die Stimmen draußen verstummten.

»Was wollen Sie?«, rief Sir Hubert.

»Eine vernünftige Unterhaltung. Dieses Zwischenspiel war ja ganz reizend, aber wir haben höchstens noch zwei Stunden, bevor meine Kollegen hier eintreffen werden, vielleicht auch weniger.«

Das sorgte für Brummeln, und Sir Hubert setzte zu einer Antwort an, doch Daniel unterbrach ihn ungeduldig: »Ich bluffe nicht, Sie fetter Narr. Ich habe nichts, womit ich bluffen könnte. Ich will nicht ins Gefängnis gehen. Ich will nicht, dass Curtis ins Gefängnis geht. Also müssen wir festlegen – oh, zum Teufel damit! Ich komme raus.«

»Was?«, fragten alle Anwesenden wie aus einem Mund.

»*Ich* komme *raus*, zur *Tür*, in etwa dreißig Sekunden. Nutzen Sie die Zeit, um darüber nachzudenken, was geschehen wird, wenn Vaizey hier ankommt und meinen von Kugeln durchsiebten Körper vorfindet. Wenn Sie mich töten, werden Sie wegen Mordes hängen, ganz gleich, was Sie sonst noch getan haben oder nicht. Kapiert?«

»Holt …«, begann James wütend.

»Holt ist tot. Sie nicht. Wenn wir wie vernünftige Männer reden, kommen wir vielleicht alle mit heiler Haut aus dieser Sache heraus.«

»Daniel«, zischte Curtis ungläubig, als dieser Mann sich vorsichtig den Weg über die Glassplitter zur Treppe bahnte. »Was tust du verdammt noch mal?«

Daniel hielt inne und drehte sich zu ihm um. »Du musst mir vertrauen. Im Namen der letzten Nacht, mein lieber Wikinger. Und wenn du jeden ausschalten könntest, der versucht, mich umzubringen, wäre das auch ganz fantastisch. Aber Archie, ich bitte dich, du musst mir jetzt vertrauen. Und wenn das nicht funktioniert …« Er setzte ein schiefes Lächeln auf, doch Curtis sah die Furcht darunter. »Es war mir ein Vergnügen.«

»Nein. Warte!« Curtis versuchte ihn aufzuhalten, aber das zerbrochene Glas hinderte ihn daran. Daniel schüttelte den Kopf und lief schnell die Treppe hinunter.

»Daniel!«

»Geh ans Fenster!«, fauchte Daniel von unten.

»Scheiße!« Curtis gehorchte und positionierte sich so, dass er die Vorgänge unten überblicken konnte. Seine Webley war kein Ersatz für die Waffe eines Scharfschützen, aber der Gegner auf dem Boden war nah genug, dass er sich zuversichtlich fühlte, jedes Ziel zu treffen, das er anvisierte.

Daniel begab sich in die Höhle des Löwen.

Curtis spürte, wie ihn eine seltsame, fatalistische Ruhe überkam, als er hörte, wie Daniel den Balken anhob. Ihre Gegner standen wie festgefroren. James Armstrong hatte sich Prestons Schusswaffe genommen, da er seine eigene geleert hatte. Er und March hatten ihre Gewehre auf die Tür gerichtet, als Daniel hinaustrat. Sir Hubert dagegen hielt die Flinte über seinem Arm wie ein Gentleman, der sich auf einen morgendlichen Spaziergang begeben wollte und nach Fasanen Ausschau hielt.

Drei, dachte Curtis. Drei konnte er erschießen.

Daniel trat in sein Sichtfeld und musterte James, der rot vor

Wut war und den Kolben seines Gewehrs heftig hin- und herschwang. Als er auf ihn zukam, sprang Daniel zurück, und Curtis feuerte eine Kugel vor James' Füßen in die Erde.

»Himmel!«, schrie James und sprang zurück.

»Davon habe ich noch mehr«, rief Curtis nach unten.

»So ist es«, sagte Daniel. »Curtis ist ein verdammt guter Schütze, und er ist wirklich wütend. Sie sollten ihn nicht provozieren. Und vergessen Sie nicht, wenn Sie mich umbringen, hängen Sie wegen Mordes. Vaizey toleriert keine toten Agenten.«

Sir Hubert sah ihn angewidert an. »Nun? Was wollen Sie?«

»Karten auf den Tisch«, sagte Daniel. »Sie haben die Beweise zerstört, und Sie haben Fotografien, die Curtis ruinieren werden. Aber wenn Sie sie verwenden, spricht das gegen Sie. Das nenne ich ein Patt. Keiner von uns kann den anderen beschuldigen, ohne sich selbst mit hineinzuziehen. Richtig?«

Sir Hubert nickte steif.

»Aber für diese Einsicht ist es ein wenig spät«, fuhr Daniel fort. »Vaizey kommt hierher, um nach Beweisen für eine Erpressung zu suchen. Er wird nicht glauben, dass Curtis sich einen Dummejungenstreich mit ihm erlaubt hat.«

»Das ist Ihr Problem«, warf James verärgert ein.

»So ist es«, bekräftigte Sir Hubert.

»Was wollen Sie also?« Daniel sprach nur mit Sir Hubert und ignorierte den Rest. »Ich habe Vaizeys Vertrauen. Ich kann das plausibel erklären. Ich weiß, was das Bureau weiß, ich kann einen Sündenbock finden, und Sie werden ungeschoren davonkommen. Mit allem. Vaizey weiß noch nichts von Lafayette oder Jacobsdal. Wir können das geheim halten, wenn wir zusammenarbeiten.«

Curtis konnte spüren, wie der Schweiß auf seinem Rücken kalt wurde. Seine linke Hand hielt den Revolver ruhig, aber er spürte das Zittern, das sich in ihm aufbaute, die leise Wut, die langsam in ihm hochkochte.

Archie, du musst mir jetzt vertrauen.

»Sie werden doch nicht Ihr Amt betrügen?«, verlangte Sir Hubert zu wissen.

»Natürlich tut er das.« James' Stimme klang verächtlich. »Es ist, wie Holt es sagte. Man kann Kerlen wie ihm nicht trauen.«

»Zum Teufel mit dem Bureau.« Daniels Stimme war leise und boshaft. »Ich schere mich einen Teufel um Jacobsdal, König oder Vaterland. Warum sollte ich auch? Dieses Land hat doch auch für mich nichts übrig. Ich mache diesen Job nur wegen des Geldes, sonst nichts. Ich will nicht ins Gefängnis, und Sie auch nicht. Ich kann uns alle aus dieser misslichen Lage befreien. Aber wir müssen uns zusammentun.«

»Und was ist mit Curtis?«

Daniel lachte unangenehm. »Ein netter Kerl, hat ein Geschlecht wie ein Preisbulle, ist aber nicht sonderlich helle. Ich habe ihn im Griff, da brauchen Sie sich keine Sorgen zu machen.«

James schnappte aufgebracht nach Luft, es klang, als würde er an seiner eigenen Wut ersticken.

Daniel legte eine übersteigerte Version seiner Salonmanieren an den Tag. »Vergeben Sie mir meine Vulgarität. Ich dachte, wir würden keine Spielchen mehr spielen. Curtis wird das machen, was man ihm sagt.«

Curtis atmete ganz gleichmäßig. Seine rechte Hand zitterte. Er musste die Mündung der Webley nur ein klein wenig bewegen, um auf Daniels Schädel zu zielen. Und den Abzug betätigen.

Vertrau mir, vertrau mir, vertrau mir…

»Dann tun Sie es. Was müssen Sie sonst noch wissen?«, fragte Sir Hubert.

»Wie soll das Ganze aussehen? Wer wird den Wölfen vorgeworfen? Lassen Sie uns ein Arrangement treffen.« Daniel drehte den Kopf in Richtung von James und Lady Armstrong. »Wollen Sie sie handlungsunfähig, ausgeschaltet oder tot?«

Sir Hubert schluckte hektisch. »Was zum … sind Sie verrückt?«

»Nein?«, fragte Daniel überrascht. »Sie wollen sie nicht loswerden? Ich hätte darauf gewettet, Sie würden zwei Fliegen mit einer Klappe schlagen.«

»Warum zum Teufel sollte ich meine Gattin und meinen Sohn *loswerden* wollen?« Sir Huberts Gesicht hatte eine merkwürdige braunrote Farbe angenommen.

»Nun, sie haben Ihnen Hörner aufgesetzt.«

Diese Worte, mit lässiger Sicherheit ausgesprochen, schlugen ein wie Steine auf einer Eisfläche. Sir Hubert stand ganz still, und ein aufgesetztes hochmütiges Lächeln verzog seine Lippen.

»Du wundervoller Bastard«, murmelte Curtis und hielt den Revolver bereit.

»Mumpitz«, stritt James die Anschuldigung vehement ab. »Wie können Sie es wagen. Vater, hör nicht auf diesen Unrat.«

Lady Armstrong rang verärgert nach Luft. »Hubert, ich hoffe doch nicht, dass du zulässt, dass dieser Mann weiter so über mich redet.«

»Sie sind ein verfluchter Lügner«, sagte Sir Hubert zu Daniel und hob das Gewehr.

Curtis bewegte den Revolver und zielte auf die verschwitzte Stirn seines Gastgebers.

»Wenn Sie mich erschießen, hängen Sie«, erinnerte ihn Daniel.

»Sie lügen. Geben Sie es zu!«

»In Ordnung, ich lüge.« In Daniels Stimme lag ein herablassendes Grinsen. »Natürlich hat Ihre Gattin nicht lieber einen potenten jungen Mann in ihrem Bett, sie zieht tatsächlich einen fetten, alten, schwitzenden Mann vor. Natürlich würde James Sie niemals hintergehen, wann hätte er das jemals getan? Natürlich wissen Ihre Bediensteten von nichts.«

Sir Huberts Kopf ruckte, als hätte er einen Schlag abgefangen. Preston starrte stur geradeaus. »March?«, fragte Sir Hubert. »Ist das …«

»Darling, natürlich stimmt das nicht«, beteuerte Lady Armstrong. »Wirklich, du musst doch merken, was er da tut.«

»March?«

March wandte den Blick ab. Er öffnete den Mund und schloss ihn wieder, ausnahmsweise unsicher. »Sir …«

»Es ist nicht seine Schuld«, sagte Daniel. »Sie haben es schließlich schon längst geahnt, nicht wahr? All diese Spaziergänge, auf denen Sie sie nicht begleiten. All diese Reisen nach London, während Sie arbeiten, diese gemeinsamen Ausflüge zu den Höhlen …«

James' Gesicht war dunkelrot angelaufen. »Halt dein Maul, da Silva, halt dein verdammtes Maul!«

»Wenn Sie das wünschen.« Daniel grinste. »Aber fürs Protokoll, Armstrong … Ihre Mutter ist eine Hure.«

»Reden Sie nicht so über sie!«, schrie James, und in dieser beschützerischen Reaktion lag all der Verrat, den er zu verbergen versucht hatte.

»Du kleines Schwein.« Sir Hubert starrte seinen Sohn wutentbrannt an.

»Vater …«, setzte James eindringlich an.

»Du undankbarer, wertloser Verräter.« Die Stimme des alten Mannes klang aufgebracht.

»Ja«, sagte Daniel. »Wenn nur er anstelle von Martin gestorben wäre. Haben Sie das nicht immer schon gedacht?«

Sir Huberts Gesicht sagte alles. Vater und Sohn starrten einander an, und keiner fand die richtigen Worte.

»Hubert, hör mir zu«, versuchte Lady Armstrong die Situation zu entschärfen. »Das sind alles Lügen.«

»Holt erzählte uns alles«, fuhr Daniel fort. »Er bettelte um sein Leben. Erzählte uns all die pikanten Details.« Er schaute James an. »Sie hätten für Ihre Prahlereien vielleicht jemand Vertrauenswürdigeren auswählen sollen.«

Lady Armstrong warf James einen entsetzten Blick zu, die Lippen hochgezogen, als würde sie ihn anknurren. Sir Hubert schnappte schmerzerfüllt nach Luft, und James Armstrong machte seiner Wut und Frustration mit einem lauten Schrei Luft, während er das Gewehr in einer fließenden Bewegung in Anschlag nahm und aus nächster Nähe auf Daniel zielte.

Curtis schoss ihm in die Schläfe.

Blut spritzte, und James taumelte zurück. Tot fiel er zu Boden. Eine Sekunde lang herrschte Stille, dann schrien Lady Armstrong und Sir Hubert wie aus einem Mund: »Nein!«

Lady Armstrong fiel auf die Knie und griff nach dem Mann, dessen blaue Augen blind in den Himmel blickten. »Jimmy«, schluchzte sie. »Jimmy, Darling? Jimmy!«

Sir Hubert stand wie erstarrt da, das Gewehr locker in seiner Hand. Preston wich zurück. March hatte seine Waffe auf Daniel gerichtet, aber er sah nicht so aus, als wollte er abdrücken, sondern blickte hilflos auf die Szene, die sich vor seinen Augen abspielte.

»James«, krächzte Sir Hubert. Er schwankte und stolperte beinahe. »Sophie.«

»Komm ja nicht in unsere Nähe.«

Lady Armstrong beugte sich über den toten Körper wie eine Hündin, die ihre Welpen schützt. Ihr Gesicht war schmerzverzerrt, die Tränen liefen ihr über die Wangen. Ihre Stimme klang rau. »Geh weg, du dummes, fettes, altes Schwein. Geh weg von mir!«

»Ich kann mir vorstellen, dass Vaizey ein gewisses Maß an Milde walten lassen wird, sollte einer von Ihnen reden«, fuhr Daniel fort, als wäre nichts gewesen. »Der andere wird natürlich hängen. Wer das wohl sein wird?«

Sophie Armstrong wendete sich ihm zu, das Gesicht vor Gram verzerrt, und begann zu reden. Ein einzelner Schuss krachte, und Blut breitete sich auf ihrer Brust aus. Sie starrte mit erstauntem Gesichtsausdruck und geöffnetem Mund nach oben und kippte vornüber.

»Oh, Sir«, sagte March.

Sir Hubert senkte das Gewehr und blickte auf den Körper seiner Gattin, der schlaff auf seinem toten Sohn lag. Am Fenster behielt Curtis – den Revolver mit zwei Händen fest im Griff – den alten Mann im Auge. Dieser versuchte etwas zu sagen, sein Blick war unstet, der Mund bewegte sich. Er hob die Büchse. Der Gewehrlauf schwankte. Dann drehte er sie abrupt herum, rammte sich das Ende des Laufs ungeschickt in den Mund und griff nach dem Auslöser. Sein Arm war gerade lang genug.

Curtis zuckte bei dem Schuss zusammen. Er wandte den Blick von dem ab, was von Sir Huberts Schädel übrig war, und sah etwas auf dem Hügel.

»Verdammt und zugenäht!« Er versicherte sich kurz, dass March nicht kurz davor war abzudrücken, dann eilte er die Treppe hinunter, sprang über zerbrochenes Glas und nahm die Stufen in drei Schritten. Er wurde langsamer, als er aus der Zierbautür trat, um March nicht zum Schießen zu verleiten, aber der Diener war murmelnd über den Körper seines Herrn gebeugt. Preston war nirgendwo zu sehen.

»Wo ist der andere?«, fragte Curtis und musterte die umstehenden Bäume.

»Weg«, erwiderte Daniel. »Er ist unbewaffnet und hat ebenso viel zu verlieren wie jeder andere.«

Curtis schaute ihn an. Zerzaust, in den viel zu großen Kleidern fast versinkend, schmuddelig und ungewaschen, mit dichten schwarzen Bartstoppeln, das Gesicht grau im fahlen Morgenlicht, war er das Schönste, was er je gesehen hatte.

»Daniel«, sagte er ruhig.

March erhob sich und starrte sie an. Curtis richtete den Revolver auf ihn. »Waffe runter. Seien Sie kein Narr, Mann, Ihr Herr ist tot.«

In Marchs Gesicht arbeitete es, aber er senkte das Gewehr.

»Treten Sie beiseite. Daniel, nimm das Gewehr. Sir Maurice ist im Anmarsch, ich habe mindestens vier Automobile gesehen. Wir haben nicht mehr viel Zeit.«

»Sie werden Sie erwischen«, sagte March boshaft, als Daniel ihm mit extremer Vorsicht das Gewehr aus der Hand nahm. »Man wird Sie entdecken. Sodomit.«

Curtis verpasste ihm ohne Vorwarnung einen Kinnhaken und sah ihn zu Boden gehen. Auf Daniels erstaunten Blick zuckte er nur gleichgültig mit den Achseln. »Ich will ihn nicht im Weg haben. Komm schon.«

Als sie durch die jungen Bäume eilten, die Sir Hubert niemals würde zu Wäldern wachsen sehen, sagte Curtis: »Woher hast du das gewusst?«

»Es war eklatant offensichtlich. Hast du es nicht bemerkt?«

»Du hast das alles nur *geraten*?«

»Nein«, entgegnete Daniel. »Doch. Habe ich. Ich … zum Teufel!« Er blieb stehen, krümmte sich und würgte.

Curtis legte seine Hände auf die schlanken Schultern und hielt ihn fest, während Daniel sich übergab. »Es ist alles in Ordnung. Schhh! Du bist in Sicherheit.«

»Sie aber nicht.« Daniel wischte sich den Mund mit der

Rückseite seiner zitternden Hand ab und richtete sich vorsichtig auf. »Zum Teufel! Ich bezeichne mich als Pazifisten. Aber das war Abschlachten im großen Stil.«

»Du hast es doch nicht getan.«

»Aber ich bin dafür verantwortlich. Ich habe sie provoziert. Sogar James, du hättest das nicht tun müssen, wenn –«

»Ich hätte es getan. Ich habe mir das schon vor geraumer Zeit geschworen.«

Nachdenklich schaute Daniel ihn an. »Ja, das hast du wohl. Der Soldat im Einsatz. Ich wünschte, ich hätte deine Zielstrebigkeit.«

»Diese Schweine haben meine Männer in Jacobsdal getötet. Sie wussten alle von der Sabotage, von den Körpern in dem Senkloch. Die drei können von mir aus direkt in die Hölle marschieren. Und wir müssen jetzt zurück zum Haus.«

»Richtig«, sagte Daniel und ergänzte: »Es tut mir leid, aber du weißt schon, dass wir verloren haben.«

»Wir müssen es trotzdem versuchen.«

»Müssen wir nicht, du hast Armstrong gehört. Die Fotografien sind bereits auf ihrem Weg nach wo auch immer, und wir wissen nicht, wohin, weil ich sie umgebracht habe. Ich habe dich ruiniert. Es tut mir leid.«

Curtis packte ihn und zog ihn an sich. Daniel senkte den Kopf, um ihn nicht anschauen zu müssen.

»Schau mich an. Es ist nicht deine Schuld. Du hast getan, was du konntest.«

»Dein Leben zu zerstören.«

»Nein.« Curtis schlang die Arme um ihn, und es war ihm gleich, ob ihn irgendjemand dabei sah. Das machte jetzt keinen Unterschied mehr. »Da gab es nichts zu zerstören.«

»Sag das noch mal, wenn du in einer Zelle sitzt«, brummelte Daniel an seinem Brustkorb.

»Dazu wird es nicht kommen. Vielleicht müssen wir das Land eilig verlassen – das ist auch schon alles.«

Daniel blickte auf, sein Gesicht schmerzverzerrt, die Augen glänzten hell. »Das ist nicht alles. Deine Familie. Deine Position.«

Curtis küsste ihn sanft, aber bestimmt. »Du hast das alles durchgemacht. Also kann ich das auch. Keine Schuldgefühle, das passt nicht zu dir.«

»Die sollte ich aber haben.« Daniel zog sich zurück und eilte in Richtung Haus. »Ich habe das alles so vermasselt. Vaizey wird mich umbringen, und das ist sein gutes Recht.«

»Unsinn.«

»Ich habe die Beweise verloren, wer das Land bedroht, liefere ihm drei Leichen, deren Ableben man erklären muss, und ruinierte seinen Neffen. Er wird mich töten.«

So gesehen schien das wahrscheinlich. »Komm schon«, sagte Curtis, als sie über den Kies vor der Haustreppe liefen. »Sehen wir den Tatsachen ins Auge.«

15

Die Vordertür stand offen. In der ansonsten leeren Halle lag Lambdon bewusstlos auf dem Boden, sein Blut sickerte träge aus einer Wunde an seinem Schädel.

»Was zum …«

»Schh!« Curtis runzelte die Stirn, sah sich um und ging dann mit ein paar langen Schritten zur Bibliothekstür.

»Lass mich«, sagte er leise, hob seinen Revolver und signalisierte dem anderen Mann, sich hinter ihm zu halten.

Daniel trat zurück. Curtis atmete tief ein, stieß mit dem Ellbogen die Tür auf und platzte in den Raum. Er blieb abrupt stehen, als der Lauf einer Holland-and-Holland-Flinte direkt auf sein Gesicht zielte.

»Oh, Sie sind das«, sagte Patricia Merton und senkte das Gewehr. »Das hat aber lange gedauert, das muss ich schon sagen.«

Curtis starrte erst sie an, dann die beiden anderen im Raum: den Diener Wesley, der mit dem Gesicht zur Wand und den Händen auf dem Rücken auf dem Boden kniete, und Fenella Carruth, die einen hübsches kleines Gewehr mit offensichtlicher Kompetenz auf ihn richtete.

Sie schenkte ihm ein strahlendes Lächeln, als sie seinen offenen Mund sah.

Neben ihm gab Daniel ein würgendes Geräusch von sich und deutete auf die offene Lagerraumtür. Curtis konnte Dokumente und Fotografien sehen, die verstreut auf dem Boden lagen.

»Ist es das, was Sie suchen?«, fragte Pat. »Es ist alles noch da, falls Sie sich das fragen.«

Daniel stürzte in den Lagerraum.

Curtis fragte ungläubig: »Aber wie?«

»Nun, wir hörten sie«, sagte Pat.

»Wie sie ihre Pläne schmiedeten«, warf Fen lustvoll ein.

»Heute Morgen gab es viel Unruhe und gedämpftes Rufen. Es klang, als wäre etwas schiefgelaufen, und als die Armstrongs weg waren, dachten wir, wir sollten vielleicht einmal nachsehen. Und da waren dieser Kerl hier und der grauenhafte Mr Lambdon gerade dabei, das Feuer zu schüren, und wollten als Brennmaterial diese Papiere und Fotografien benutzen. Da war mir klar, dass diese etwas mit den entsetzlichen Dingen zu tun haben, von denen Sie mir erzählt haben. Und ich dachte, Archie würde sicher nicht wollen, dass das zerstört wird, bevor seine Freunde ankommen. Also baten wir sie, damit aufzuhören.«

»Wir waren sehr höflich«, sagte Fen und tippte auf ihren Revolver.

»Sind Sie dazu gekommen, überhaupt etwas zu verbrennen?«, fragte Daniel aus dem Lagerraum.

»Nein, sie hatten das Feuer gerade erst angeschürt. Es ist alles da. Nun, beinahe. Fen, meine Liebe?«

Fen zog etwas aus ihrem Mieder, und überreichte Curtis einen Umschlag.

»Die sollten Sie haben«, meinte sie. »Wir hätten sie verbrannt, wäre das Feuer an gewesen.«

Curtis zog den Inhalt heraus und blickte auf die oberste Fotografie – und sah Daniel und sich selbst. Erschrocken über die Eindeutigkeit, drehte er das Bündel hastig um und wusste nicht, was er zu Fen sagen sollte.

Sie blickte zu ihm auf. Eine Sekunde lang ganz ernst, aber dann stellte sie sich plötzlich auf die Zehenspitzen, um ihm einen Kuss auf die Wange zu geben.

»Sie müssen sich unseretwegen keine Sorgen machen, Archie. Ich weiß, dass es für Sie schwerer sein muss, aber – nun, es ist überraschend, womit man in der Gesellschaft so durchkommen kann, wissen Sie. Die Menschen bemerken viel weniger, als man fürchten könnte. Das haben wir festgestellt, nicht wahr, Pat?«

Pat verdrehte die Augen und warf Fen einen Blick liebevoller Verzweiflung zu. Curtis blickte von einer Frau zur anderen, und dann fiel der Groschen.

Fen zwinkerte schalkhaft und flüsterte verschwörerisch: »Und ich bewundere Ihren Geschmack. Ich habe immer gesagt, Mr da Silva ist *schrecklich* gut aussehend.«

»Fenella Carruth!«, rügte Pat. »Lass den armen Mann in Ruhe.«

»Archie, hast du da in den Händen, was ich denke, das du hast?«, fragte Daniel vom Lagerraum aus.

»Der Dank gebührt den Damen.« Hilflos zuckte Curtis mit den Schultern.

Daniel sah ihn eine Sekunde lang an, dann fiel er dramatisch auf die Knie und breitete die Arme aus. »Miss Merton, Miss Carruth. Beide oder nur eine von Ihnen. Heiraten Sie mich.«

»Welch ein haarsträubendes Angebot«, meinte Pat, als Fen in schallendes Gelächter ausbrach. »Nun stehen Sie schon auf, Sie absurde Kreatur, ich höre Automobile in der Auffahrt.«

Curtis zurrte seinen Koffer zu. Er hatte ihn selbst gepackt; das Haus versank im Chaos, und auf keinen Fall wollte er, dass irgendwelche Bediensteten seine blutverschmierten Kleider sahen, ganz zu schweigen von diesen schrecklichen Fotografien. Sie lagen sicher verstaut unten in seiner Gladstone-Tasche, bereit, verbrannt zu werden, sobald er die Gelegenheit dazu hatte. Bis dahin hatte er die Absicht, die Tasche nicht aus den Augen zu lassen.

Er hatte vor den Spiegel und das Loch in der Wand ein Bild gehängt. Er fragte sich, ob er jemals wieder unbefangen in einen Spiegel würde blicken können.

Acht von Vaizeys Männern waren zusammen mit seinem formidablen Onkel angekommen, alle bewaffnet. Sie holten die Körper der Armstrongs zusammen mit March zurück. Er und Wesley schwiegen eisern und hatten nicht versucht, Curtis und Daniel anzuklagen, beide bezogen sich auf das, was ihnen ihre Herrschaft eingetrichtert hatte, und wussten nichts.

Die Graylings waren entsetzt und verwirrt in großer Eile abgereist. Lambdon würde sich wegen eines gebrochenen Schädels medizinisch behandeln lassen müssen. Es schien, als hätte Fen seiner Gattin ein paar aufschlussreiche Bilder gezeigt, woraufhin die farblose Mrs Lambdon ihrem Mann eine Tischlampe über den Kopf gezogen hatte.

Es klopfte leise an der Tür. Curtis hatte keinen Laut auf dem Gang vernommen, und sein Herz hüpfte.

»Herein.«

Leise wie immer glitt Daniel herein und schloss die Tür. Er hatte sich gewaschen, rasiert und umgezogen, wie Curtis bemerkte. Er sah präsentabel aus, erschöpft und wunderschön.

»Du hast also deinen Koffer wiedergefunden?«

»Ja, sie hatten all meine Sachen im Servicekorridor verstaut. Zum Glück. Eine gänzlich neue Garderobe wäre eine höchst unwillkommene Ausgabe.« Daniel blickte ihn mit einem Ausdruck an, der sogleich wieder verschwand.

»Daniel …«

»Du dürftest sicher sein.« Daniel sprach hastig weiter. »Alle Anschuldigungen wird man als offensichtliche Boshaftigkeit abtun, aber in jedem Fall denke ich nicht, dass irgendjemand mehr zugeben wird, als er muss. Die Verantwortung liegt bei den Toten, wo sie auch hingehört. Bewahre einen kühlen Kopf, und du wirst ohne Schaden davonkommen.« Er zögerte einen Moment lang. »Ich bin froh darüber. Du hast dein Leben zurück.«

»Wenn das so ist, dann habe ich das dir zu verdanken. Du hast mich gerettet, Daniel.«

»Ich bin mir ziemlich sicher, dass es genau umgekehrt war.«

»Dann haben wir uns eben gegenseitig gerettet. Hast du jetzt Zeit?«

»Ein paar Minuten.« Daniel setzte ein kleines, klägliches Lächeln auf. »Lange genug, um mich zu verabschieden.«

Curtis strich mit einem Daumen sanft über seine Lippen und runzelte verwirrt die Stirn, als Daniel das Gesicht abwandte. »Ich will nicht Auf Wiedersehen sagen.«

»Das wirst du. Wenn du zurück in London bist, in deiner Welt. Du weißt, dass es so ist. Ich gehe lieber jetzt in Freundschaft auseinander, als später miterleben zu müssen, wie du peinlich berührt bist, weil man dich mit mir sieht. Oder wie du nach Ausreden suchst, um mir zu sagen, dass es vorbei ist. Ich will es lieber jetzt beenden, während ich es noch kann.«

»Was? Nein! Du hast es versprochen. Du hast mein Versprechen – zwei Wochen und all das –, und ich habe deins. Ich soll verflucht sein, wenn ich dich damit durchkommen lasse.«

Daniel sank gegen die Wand. »Ich wünschte, du würdest mir zuhören. Es wird nicht gut gehen.«

»Das hast du heute Morgen auch über die Fotografien gesagt.«

»Ja, aber wie viele Wunder wird es für uns wohl noch geben?«

»Wovor hast du solche Angst?«, setzte Curtis nach.

»Angst?« Daniels Mund verzog sich. »Ich habe Angst davor, dir wehzutun, du Idiot. Dass du meinetwegen verletzt wirst. Du hast keine Ahnung, wie es ist, für das, was du bist, verachtet zu werden. Wenn Menschen dich schneiden oder mit verächtlichen Blicken strafen oder deinen Freunden und deiner Familie den Rücken zukehren – du weißt nicht, wie das ist. Und ich *will* nicht, dass du diese Erfahrung machen musst. Gottverdammt noch mal, ich habe dein Gesicht gesehen, als du dachtest, deine Onkel könnten diese verfluchten Fotografien zu Gesicht bekommen!«

»Daniel –«

»Nein. Ich kann dir das nicht antun. Zu sehen, wie du meinetwegen leidest – ich könnte das nicht ertragen.«

Curtis streckte eine Hand aus und umfasste Daniels Gesicht. Die frisch rasierte Haut fühlte sich glatt an. »Genug von mir. Wovor hast *du* Angst?«

Daniel schloss die Augen und erwiderte ruhig: »Ich will auch nicht verletzt werden. Und ich glaube, ich habe noch nie jemanden getroffen, der mich so sehr verletzen könnte wie du.«

»Ich habe nicht die Absicht, dir wehzutun.«

»Ich weiß, dass du die nicht hast.« Er atmete tief ein. »Noch nicht.«

»Nein. Daniel …«

»Es ist sehr leicht, sich mitreißen zu lassen, wenn man im Mund des anderen kommt.« Der boshafte Ton in Daniels Stimme war zurück. »Aber ich versichere dir, dass dies seinen Reiz verliert, sobald das Gerede anfängt.«

Curtis' Finger strichen über Daniels Kinn und hoben es an. »Sieh mich an. Ich bin nicht dieser Bastard in Cambridge. Ich bin zehn Jahre älter …«

»Und hast etwa fünf Jahre weniger Erfahrung als er.«

»Vielleicht fehlt mir diese Art Erfahrung. Aber ich habe reichlich Erfahrung darin, mich Dingen zu stellen, die verflucht viel gefährlicher waren als ein Angriff wegen grob unsittlicher Handlung.«

»Gefahr.« Daniels Stimme war beißend. »Du bist reich, Sir Maurice Vaizey ist dein Onkel. Du müsstest schon mit dem Schatzkanzler auf dem Woolsack herummachen, um eingesperrt zu werden. Wir beide wissen, dass du dich aus dieser Art von Schwierigkeiten herauskaufen könntest. Es sind der Tratsch und das höhnische Lachen, die kalte Schulter, die dir gezeigt wird, und die schrecklichen Unterredungen mit deinen Onkeln, und die *Blicke* – gottverdammt, du kannst das nicht einmal annähernd verstehen, oder? Wenn du nur eine vage Vorstellung von dem hättest, worauf du dich hier so unbekümmert einlassen willst, würdest du mir danken, dass ich dich davor bewahren will.«

»Nun, das tue ich nicht, also bin ich es auch nicht. Ich habe es dir schon gesagt, ich verstecke mich nicht hinter dir. Ich habe hier auch ein Wörtchen mitzureden.«

»Ja, aber ich ebenfalls, und ich sage dir hier und jetzt, es ist vorbei.« Daniels Gesicht war sehr blass. »Du darfst mich nicht besuchen, und ich will dich auch nicht sehen. Ich werde nicht das Instrument deines Ruins sein, und du wirst mir nicht die Schuld dafür geben. Das ist jetzt zu Ende. Und schau mich nicht so an.«

»Ich hatte dein Versprechen«, flüsterte Curtis tonlos. Ein schrecklich leeres Gefühl machte sich in seiner Brust breit – dass es Daniel tatsächlich ernst war, dass er sich nicht überzeugen ließe. »Du hast mir dein Wort gegeben …«

»Ich bin halt ein Spion«, entgegnete Daniel verbissen. »Man kann uns nicht trauen.«

»Archie!« Die Stimme kam vom Korridor, ein schallendes Brüllen. Sir Maurice, sein Onkel.

»Zum Teufel. Daniel …«

Aber Daniel trat bereits ans Fenster und starrte hinaus.

»Archie!«

»Hier, Sir«, brachte es Curtis fertig zu rufen.

Sir Maurice Vaizey stürmte ins Zimmer. Er blickte von Daniel zu seinem Neffen, und seine buschigen Augenbrauen verliehen ihm den gewohnt finsteren Blick. »Da Silva? Ich dachte, Sie ruhen sich aus. Was zum Teufel machen Sie schon wieder hier?«

»Mir geht es gut.« Daniel zog eine Augenbraue hoch. »Ihr charmanter Neffe und ich hatten ein *reizendes* Tête-à-Tête.«

Nicht zu fassen, dass er sein affektiertes Verhalten aufgesetzt hatte. Curtis beobachtete seinen Onkel mit Besorgnis und wartete auf die Explosion, aber Sir Maurice wirkte ungerührt.

»Hören Sie auf, den Narren zu spielen. Was haben Sie vor?«

»Die Befragung durch den Untersuchungsrichter zu besprechen, verehrter Sir. Ich hatte das Gefühl, wir sollten unsere Geschichte in Bezug auf den armen James abstimmen.«

»Sie werden nicht aussagen«, erwiderte Sir Maurice. »Jeder Geschworene, der etwas auf sich hält, würde Sie sofort hängen, und ich könnte es ihnen nicht verübeln. Gehen Sie schon, machen Sie sich nützlich, wenn Sie das können. Ich muss mit Archie reden.«

»Entzückt wie immer. Sir. Curtis.« Daniel ging, ohne sich noch einmal umzublicken, dafür mit betont schwingenden Hüften.

»Verfluchter Schönling«, sagte Sir Maurice erstaunlich kühl. »Man sollte nicht glauben, dass er einer meiner besten Männer ist. Na ja, nach dem Durcheinander, das er hier angerichtet hat, würde ich das auch nicht.«

»Das war meine Schuld, Sir«, entgegnete Curtis. »Ich stand ihm im Weg.«

»Ja, das hast du. Warum hast du mir nicht erzählt, was du vorhattest, Junge, bevor du wie ein einsamer Kreuzritter hierherkamst?«

»Lafayette sagte, er hätte bereits mit Ihnen gesprochen, Sir. Er sagte, Sie glaubten ihm nicht.«

»Das stimmt.« Sir Maurice grunzte. »Ich Idiot. Nun, wir haben drei Leichen – oder vier. Ist es wahrscheinlich, dass Mr Holts Leichnam irgendwann wieder auftaucht?«

Curtis verschloss seinen Koffer. »Nein, Sir.«

»Gut. Drei Leichen und einen Schrank voller Verrat, Sodomie und Ehebruch. Ich brauche hier dein Stillschweigen, Archie.«

»Gütiger Gott, Sir, als ob Sie darum bitten müssten.«

Sir Maurice nickte. »Du wirst für die Befragung des Untersuchungsrichters über den Tod von James Armstrong bleiben müssen, wir können dich nicht erst zur Verhandlung auftauchen lassen. Ich werde da Silva aus der Schusslinie schaffen, und wir werden dir eine Geschichte an die Hand geben, in der er nicht vorkommt.«

»Er würde aber sicher auf die Geschworenen einen guten Eindruck machen können«, meinte Curtis. »Sie müssen wissen, dass er in jede Rolle schlüpfen kann.«

Sein Onkel warf ihm einen Blick zu, der gleichermaßen Zuneigung und Verwirrung verriet. »Du musst nicht galant sein, mein Junge, er ist keine Frau. Ich muss ihn hier außen vor lassen, weil ich weitere Aufträge für ihn habe und nicht will, dass sein Name mit dieser Sache in Verbindung gebracht wird.«

»Einen neuen Auftrag? Guter Gott, Sir, es ist keine zwei Tage her, da wurde er beinahe umgebracht …«

»Aber das ist seine Aufgabe. Deine ist es im Moment, mir alles zu erzählen, was du weißt. Und jetzt pass auf …«

Sir Maurice' Befragung war höchst eingehend. Seine Anweisungen, wie er sich bei der unvermeidlichen Untersuchung verhalten solle, waren derart detailliert, dass Curtis fast geneigt war, auf schuldig zu plädieren und ins Gefängnis zu gehen. Er tagte mit seinem Onkel vier Stunden lang hinter verschlossenen Türen, und als er schließlich herauskam, stellte er fest, dass Daniel bereits nach London abgereist war. Er hatte keine Nachricht hinterlassen.

16

Es dauerte elf Tage, bis sie nach London zurückkehren konnten.

Die gerichtliche Untersuchung war relativ glatt verlaufen. Er, Miss Carruth und Miss Merton bezeugten, dass James Armstrong zu viel getrunken hatte und verzweifelt über das Verschwinden seines Freundes war. In Curtis' unangefochtenem Bericht hieß es, dass ein betrunkener James Armstrong den leeren Zierbau mit Kugeln durchlöchert hatte, dann seine Stiefmutter erschoss, dass er, Curtis, James erschossen hatte, und das leider zu spät, um einen Mord zu verhindern, und wie Sir Hubert das Gewehr gegen sich selbst gerichtet hatte. March kam in seinem Bericht nicht vor, er tauchte auch nicht bei der Untersuchung auf.

Die Graylings waren anwesend, wortkarg und gedrückt, wurden aber nicht aufgerufen. Die Lambdons erschienen nicht. Mr Lambdon hatte sich noch nicht von seiner Kopfverletzung erholt, hieß es; seine Gattin war zur Kur in einem Sanatorium.

Daniel da Silva wurde als Gast erwähnt, der lange vor den schrecklichen Ereignissen die Gesellschaft verlassen hatte. James' mentaler Kollaps wurde auf das abrupte Verschwinden seines Freundes Mr Holt geschoben, aber zum Ärger des Untersuchungsrichters konnte Mr Holt nicht ausfindig gemacht werden. Er hatte diesen Umstand äußerst gereizt kommentiert.

Zu einem kurzen Erklärungsnotstand kam es in Bezug auf die Frage, weshalb Curtis mit einem geladenen Revolver auf einen morgendlichen Spaziergang gegangen war, aber Vaizey hatte ihn gut vorbereitet. Curtis hob die rechte Hand und erklärte, dass er versuchte, sich an seine Behinderung zu gewöhnen. Und wenn irgendjemand einen einhändigen Mann, der sich morgens früh im Nirgendwo im Schießen übte, für einen gefährlichen Exzentriker hielt, so hatte er seinen natürlichen Respekt vor einem verwundeten Kriegshelden verloren, wie der Untersuchungsrichter mit glühenden Worten betonte. Das Ganze war ziemlich peinlich.

Aber es kam noch schlimmer. Vaizey hatte ihn bei einem Agenten namens Cannon zurückgelassen, der ihm klarmachte, dass er neun Tage lang nicht nach London zurückkehren könne, so lange, bis sich die Aufregung um das Familiendrama und den Selbstmord eines reichen Mannes gelegt hätte. Dann begann er ihn detailliert zu jeder Kleinigkeit zu befragen, an die er sich in Bezug auf Holt, die Armstrongs oder Lambdon erinnern konnte, und das immer und immer wieder. Cannon informierte ihn säuerlich, dass er seit einiger Zeit ein Auge auf Holt gehabt hatte. Dass der Mann jetzt tot war, hatte ihnen ihre beste Chance genommen, das Ausmaß des Erpressungsnetzwerks und die Kanäle, über die die Informationen auf den Kontinent flossen, aufzudecken. Er ging so weit zu behaupten, dass England besser gedient wäre, wenn Holt am Leben und Daniel tot wäre. An diesem Punkt stellte Curtis seine Kooperation mit ihm ein und gab eindringlich seinen Wunsch bekannt, nach Hause zurückzukehren.

Elf Tage. Wenn Daniel sein Versprechen gehalten hätte, würde Curtis die restlichen drei ungeduldig abzählen, in der Erwartung, seinen Liebhaber zu sehen.

Er hatte über alles nachgedacht, endlos, auf langen Spaziergängen und in wütenden, einsamen Nächten. Er hatte über die Möglichkeit der sozialen Schande nachgedacht, darüber, seine Onkel zu enttäuschen, darüber, was er mit dem Rest seines Lebens anfangen konnte. Er hatte an Daniel gedacht, der wegen Sir Maurice Vaizey nicht nachgab, sondern ihn verlassen hatte.

Jetzt war er endlich zurück in London und saß bei seinem Onkel am Tisch, in dem kleinen, stickigen Zimmer eines unscheinbaren Gebäudes irgendwo in der Nähe von Whitehall.

»Scheint gut gelaufen zu sein«, meinte Sir Maurice. »Bislang kein Nachspiel. Unter den Spießbürgern gab es etwas Unruhe, aber weniger, als man erwartet hätte. Hast du von Armstrongs Testament gehört?«

»Ja.«

»Das nenne ich doch mal einen Glücksfall …«

»Nein.«

Sir Maurice sah ihn nachdenklich an. »Es ist eine stolze Summe, mein Junge, und du kannst sie schwerlich ablehnen, ohne dass sich jemand fragen würde, weshalb – und das will ich in jedem Fall verhindern.«

»Ich werde sein Geld nicht nehmen.«

Armstrongs Testament hatte den Großteil seines Vermögens seinem Sohn und seiner Gattin hinterlassen. Der Rest sollte unter den Angehörigen der Männer aufgeteilt werden, die in Jacobsdal ihr Leben ließen, sowie unter den verwundeten Überlebenden. Die Vorstellung, dass Armstrong das in dem Glauben geschrieben hatte, dass das Verteilen von etwas Geld ihn von seiner Schuld freisprechen würde, hatte Curtis so wütend gemacht, dass er sich die Knöchel seiner linken Hand an einer Wand blutig geschlagen hatte.

Natürlich war es nicht nur ein bisschen Geld. Da Sohn und Gattin vor ihm gestorben waren, bestand Sir Huberts Vermächtnis nunmehr aus seinem gesamten Vermögen, was auch immer davon übrig blieb, nachdem die Schulden bezahlt waren. Es war schmutziges und ehrenloses Geld, aber die anderen verstümmelten Männer, die Witwen und Waisen wussten das nicht und konnten es als kleine Wiedergutmachung für ihre Verluste annehmen. Curtis konnte es nicht.

»Sei nicht so stolz, Junge«, sagte Sir Maurice. »Du würdest doch auch niemandem sonst seinen Anteil verwehren, oder?«

»Ich lege mein Erbe zurück in den Topf für andere. Niemand wird das hinterfragen, Sir. Ich bin ein wohlhabender Mann.«

Sir Maurice seufzte vernehmlich. Curtis war größtenteils deswegen ein reicher Mann, weil sein Onkel sein Erbe verwaltet hatte, seit er im Alter von zwei Monaten Waise geworden war. »Ich hege ein Interesse an deinem Reichtum, Archie. Und wenn du einmal eine nette junge Dame kennenlernst und dich entscheiden solltest, sesshaft zu werden, wirst du mir danken.«

»Ich bin bereits dankbar, Sir. Darf ich fragen, ob Sie mich deswegen hergerufen haben?«

»Nein.« Sir Maurice lehnte sich zurück und legte die Fingerspitzen aneinander. »Ich habe ein Problem, und ich frage mich, ob du mir helfen kannst.«

»Gern, Sir. Worum handelt es sich?«

»Eins nach dem anderen.« Sir Maurice lächelte säuerlich. »Ich schätze, du hast herausgefunden, woher die Armstrongs wussten, dass du und da Silva euch in diesem absurden Gebäude verschanzt habt.«

»Da Silva sagte, jemand in Ihrem Büro muss geredet haben, Sir. Jemand rief in Peakholme an, um alles, was ich Ihnen gesagt habe, weiterzugeben.«

»Das ist richtig.« Sir Maurice sah aus, als würde er auf unreifen Stachelbeeren kauen. »Jemand verkaufte da Silva an den Feind. Ich hatte gehofft, der Schuldige würde sich verraten, aber das ist nicht geschehen.«

»Sie wissen also nicht, wer ihn verraten hat?«, wiederholte Curtis ungläubig.

»Nein.«

»Sie wissen, dass wir hätten umgebracht werden können.« Angesichts des ruhigen Tons seines Onkels hatte Curtis alle Mühe, seinen Zorn unter Kontrolle zu halten. »Wenn ich kein linkshändiger Schütze wäre und da Silva nicht so gut improvisiert hätte …«

»Das ist mir wohl bewusst. Doch: Ich weiß nicht, wer es war.«

»Ich nehme an, das müssen Sie herausfinden, bevor Sie ihn auf weitere Missionen schicken. Oder nicht?« Curtis merkte erst, dass er sich halb von seinem Stuhl erhoben hatte, als sein Onkel ihn mit einem belustigten Gesichtsausdruck betrachtete. Er setzte sich wieder und schaffte es, unverbindlich zu lächeln. »Ich bin hier gefühlsmäßig stark eingebunden, Sir. Ich habe zwei Männer umgebracht, um das Leben dieses Mannes zu retten. Ich will nicht, dass das umsonst war.«

»Seltsamerweise will ich das auch nicht.« Sir Maurice tippte seine Fingerspitzen aneinander. »Mein Problem mit da Silva ist Folgendes: Er hat ein verflixt garstiges Mundwerk, und er ist ein Feigling.«

»Er ist nichts dergleichen!« Curtis schrie beinahe, und dieses Mal war es ihm egal, was sein Onkel dachte. »Gütiger Gott, Sir, wie können Sie hinter einem Schreibtisch sitzen und so reden? Er trat drei Männern gegenüber, die mit ihren Gewehren auf ihn zielten, und das unbewaffnet …«

»Genau, unbewaffnet«, wiederholte Sir Maurice. »Er will einfach nicht lernen, wie man schießt, geschweige denn ein Messer mit sich führen. Ich schätze, er hat noch nie vor Wut die Faust erhoben. Ich sage dir, er hat wirklich Nerven, aber körperlich gesehen ist er ein Feigling. Die meisten von seiner Art sind das, glaube ich.«

Curtis wusste nicht, ob sich »von seiner Art« auf Daniels Herkunft, die politische Einstellung oder seine sexuellen Präferenzen bezog, und es war ihm auch gleich. Er verehrte seinen Onkel zutiefst, aber an dieser Stelle konnte er zur Hölle fahren. »Es gibt verschiedene Arten von Mut, Sir. Und wenn Sie einen besseren Mann in Ihrem Büro haben, würde ich den gern kennenlernen.«

Sir Maurice winkte ab. »Der Punkt ist, er kann nicht auf sich aufpassen. Und ich kann ihm auch keinen Leibwächter aus dem Bureau zur Seite stellen. Und das nicht nur, weil es jemanden in meinem Amt gibt, dem ich nicht vertrauen kann. Ich habe bislang dreimal versucht, da Silva einen Partner zuzuweisen, aber niemand kann diesen verfluchten Kerl ertragen.« Er warf Curtis einen schrägen Blick zu. »Du scheinst der Einzige zu sein.«

»Ich habe ein dickes Fell, Sir.«

»Und du bist nett.« Sir Maurice zeigte eines seiner seltenen echten Lächeln. »Manchmal erinnerst du mich an deine Mutter. Sie hatte auch ein Herz für Menschen, die in der Patsche sitzen.«

»Ich nicht«, widersprach Curtis.

Sir Maurice beugte sich vor. »Wir beide wissen, dass du eine neue Aufgabe brauchst, Archie. Ich brauche jemanden, dem ich vertrauen kann. Und da Silva braucht jemanden, der ihm den Rücken freihält. Ich habe weitere Aufträge für ihn, und es könnte gefährlich werden. Vielleicht sollte ich das nicht fragen, und du kannst ablehnen oder aufhören, solltest du von dem Mann genug haben. Aber ich würde dir gern einen Job anbieten.«

Ein paar Stunden später verließ Curtis das Büro mit einem Stück Papier in der Hand, auf dem Daniels Adresse stand.

Es wäre höchst dumm, direkt dorthin zu marschieren, sagte er sich, als er in den Omnibus Richtung Holborn stieg. Er sollte zuerst schreiben. Einen passenden Zeitpunkt vereinbaren. Dem Mann die Chance geben abzulehnen. Er hatte sich weiß Gott in Peakholme deutlich ausgedrückt. Sein Besuch war nicht willkommen. Curtis dachte darüber nach, als er am British Museum aus dem Bus stieg und sich in die Straßen von Bloomsbury wagte, einem Stadtteil mit verblichenem Glanz. Daniel war schrecklich stolz und hatte alle Stacheln ausgefahren. Curtis sollte ihm seine Anwesenheit nicht aufzwingen.

Und was, wenn er gerade Gesellschaft hatte? Das war ein höchst unwillkommener Gedanke, aber damit musste er rechnen. Warum sollte Daniel in London keinen Liebhaber haben? Oder gleich mehrere?

Er bahnte sich seinen Weg durch die langen Straßen mit den grauen Backsteinhäusern, drückte sich an Kinderwagen und Blumenverkäufern vorbei und dachte nach. Er wusste, was er fühlte. Daran bestand kein Zweifel, nicht nach elf endlosen, unruhigen Nächten, in denen er wie besessen versucht hatte, die wertvollen Stunden im Zierbau festzuhalten, weil er Angst hatte, er würde sie irgendwann vergessen. Doch was empfand Daniel wirklich, was wollte er? Hatte er Curtis tatsächlich nur zu seinem Besten von sich geschoben oder weil er sich nicht mit einem unerfahrenen, völlig versessenen Narren abgeben wollte? Oder teilte er Curtis' Gefühl, dass sie etwas verband, das mehr als nur körperliche Anziehung war …

Curtis hatte in diesen Dingen keinerlei Erfahrung, was ihm klar wurde, als er an der Glocke der kleinen Pension läutete, er war ein Idiot, einfach so vorzupreschen. Jeder vernünftige Mann hätte das Ganze diskret behandelt, mit Überlegung und Taktgefühl. Niemand, der bei klarem Verstand war, würde einfach so vor der Tür stehen.

Die Hauswirtin führte ihn hoch in die erste Etage und deutete auf den Raum. Er klopfte. Auf der anderen Seite konnte man ein leises Geräusch hören, das nach einem Fluch klang, dann öffnete sich die Tür, und ein verwirrter Daniel stand vor ihm.

Er trug seine Hemdsärmel und eine Weste, die Manschetten zurückgeschlagen. Sein Haar war ungezähmt und zerzaust, so als ob jemand mit den Fingern hindurchgefahren wäre. An seinen Händen war Tinte, und er trug eine Brille mit Drahtgestell. Curtis war von der Brille fasziniert.

Daniel blinzelte zweimal, dann nahm er hastig die Brille von der Nase. »Curtis.« Er machte einen Schritt zurück, ließ ihn ein und schloss die Tür vor der Nase der Hauswirtin. »Was zum Teufel willst du?«

»Ich will dich sehen.«

»Ich habe dir doch gesagt: Nein!« Daniel legte die Lesebrille auf den Schreibtisch. Es war ein kleiner Kartentisch, auf dem sich Papier stapelte. Die oberen Blätter waren mit Daniels runder Schrift beschrieben: kurze Zeilen mit vielen Streichungen und Einfügungen.

»Schreibst du ein Gedicht?«, fragte Curtis fasziniert.

Daniel drehte das Blatt demonstrativ um. Auf der Rückseite stand ebenfalls etwas. Er zischte verärgert und knallte die Zeitung auf den Papierstapel. »Ich werde nicht gern ausspioniert.«

»Nein.« Curtis sah sich im Raum um. Es war eine bescheidene Behausung, recht beengt mit verblichenen Möbeln. Ein kleines Feuer brannte in einer unzureichenden Kiste, und die Kohlen in der Schütte waren fast aufgebraucht.

»Kann ich dir helfen?«, fragte Daniel spitz. Er lehnte sich gegen die Wand und verschränkte die Arme über der Brust. »Ich sagte dir doch, ich möchte keinen Besuch von dir …«

»Ich bin beruflich hier.«

»Wirklich? Bin ich denn in irgendein Land eingefallen?«

»Es geht um deinen Beruf«, klärte Curtis ihn auf und fügte hinzu: »Und zwar nicht um die Poesie.«

»Ja, das habe ich verstanden, danke. Und was ist damit?«

Daniel war eindeutig nicht in versöhnlicher Stimmung. Es hatte also wenig Sinn, um den heißen Brei herumzureden. »Ich dachte, du solltest wissen, dass wir in Zukunft zusammenarbeiten werden.«

Das durchbrach die glatte Fassade. Daniel starrte ihn an. »Wir tun was?«

»Zusammenarbeiten. Mein Onkel hat mich an deine Seite gestellt. Falls du in eine Schlägerei gerätst.«

Daniels Miene ließ vermuten, dass eine Schlägerei kurz bevorstand. »Ich brauche kein Kindermädchen«, zischte er. »Ich will keinen Partner. Ich habe noch nie einen gewollt.«

»Nein. Mein Onkel erzählte mir, dass du bereits drei Kandidaten mit deinem boshaften Mundwerk verjagt hast.«

»Wenn ein Mann mir die Ehre erweist und seine Meinung über diese verfluchten Sodomiten und verdammten Juden offen kundtut, ist das natürlich einfach nur ein zivilisierter Austausch von Gedanken. Während es mein boshaftes Mundwerk ist, wenn ich ihm meine Meinung über seinen Intellekt und seine physischen Fähigkeiten mitteile.«

»Ich mag dein Mundwerk.«

Daniels Augenbraue schoss nach oben, und das war nicht gespielt, doch er fand seine Haltung schnell wieder. »Wie gewagt von dir, das zu sagen.«

»Eigentlich nicht.« Curtis trat einen Schritt näher. »Ich weiß, dass du kein Kindermädchen brauchst. Aber mein Onkel hat mir nur einen Grund gegeben, in deiner Nähe zu sein. Wenn du denn willst.«

Daniels dunkle Augen blinzelten nicht. »Ein Grund, den nur dein Onkel kennt. Und in der Zwischenzeit beginnt das Gerede.«

»Er sagte mir, es bestünde die Möglichkeit, dass die Leute

Spekulationen anstellen würden, wenn sie sehen, dass ich Freundschaft mit dir geschlossen habe. Ich sagte ihm, das sei mir egal. Und es ist mir egal.«

Daniel schaute ihn skeptisch an.

»Es ist mir egal. Er hat mir einen Grund gegeben, mit dem er und Sir Henry zufrieden sein werden. Wenn ich mir um meine Onkel keine Gedanken machen muss, kann mir der Rest der Welt den Buckel runterrutschen.«

»Das sagst du jetzt.«

»Du versteckst dich nicht«, sagte Curtis. »Du könntest konvertieren, du könntest dich konservativ kleiden, du könntest wie ein Beamter reden, wenn du wolltest. Du gibst nicht die ganze Zeit vor, jemand zu sein, der du nicht bist. Warum bestehst du darauf, dass ich es sollte?«

»Du hast dreißig Jahre lang vorgetäuscht, etwas anderes zu sein«, bemerkte Daniel.

»Ich habe es satt. Ich wäre ohnehin hergekommen, Sir Maurice hat es mir nur einfacher gemacht. Daniel, ich will mit dir zusammen sein. Und wenn ich das nicht haben kann …« Er starrte in diese dunklen Augen, drängte ihn zu verstehen. »Und ich werde dieses Täuschungsspiel nicht mehr weiter betreiben. Ich habe mein ganzes Leben auf diese Weise verbracht … in der Dunkelheit, als wäre ich in einem deiner verfluchten Fischteiche geschwommen. Dunkles Wasser. Ich werde nicht mehr untertauchen.«

Daniels Augen weiteten sich, dann wandte er sein Gesicht ab. Bissig entgegnete er: »Nein, die Poesie ist wirklich *nicht* dein Gebiet, nicht wahr? Ich schlage vor, du überlässt mir die Metaphern.«

Das schmerzte wie ein körperlicher Schlag. Curtis starrte ihn an und erkannte plötzlich, dass er es satthatte zu reden, dass er es satthatte zu versuchen, Verteidigungslinien mit Waffen zu durchbrechen, in deren Nutzung er nicht sonderlich geübt war.

»Du hast recht«, erklärte er. »Ich bin kein Poet. Lass uns das auf die militärische Weise regeln.«

»Was …«, begann Daniel und keuchte erstickt, als Curtis ihn vorwärtszerrte und in seine Arme zog. Er lehnte sich gegen ihn, nutzte fünfundneunzig Kilogramm solide Muskeln, um ihn an die Wand zu pressen.

Daniel blickte zu ihm auf. »Was zum Teufel tust du da?«

»Ich schließe deinen verflixten Mund«, entgegnete Curtis und küsste ihn, so heftig er nur konnte. Daniel versuchte, zu protestieren und sich zu befreien. Es half nichts. Curtis war viel stärker. Er hatte schon viele Männer bezwungen, wenn auch nicht gerade beim Küssen, und er konnte Daniels Versuche, sich zu befreien, mit Leichtigkeit unterbinden. Er drückte seinen Mund weiter auf Lippen, die sich, vermutlich fluchend, kontinuierlich bewegten. Durch Daniels Abwehrversuche rieben ihre Hüften aneinander, und Curtis drückte sich eng an ihn, Körper an Körper.

Daniel wand sich heftig, um seinen Mund zu befreien, und presste schließlich ein »… Scheiß Wikinger!« hervor.

»Schwarze Mamba.«

»Schwarze was?«

»Eine Art Schlange. Dunkel, wunderschön und entsetzlich übellaunig.«

»Du Saukerl.«

Daniel stürzte sich auf ihn. Ihre Münder trafen sich erneut, hart und hungrig. Curtis verbarg seine Stärke nicht, und er fühlte Daniels wilde Reaktion, seine Zähne, die sich in seine Lippen gruben. Er konnte Daniels Erregung spüren, die sich hart gegen seinen Oberschenkel drückte. Bei seinen Bewegungen ging es nicht mehr darum, sich zu befreien, sondern ihre Körper aneinanderzureiben. Auch wenn er keine Erfahrung darin hatte, verspürte Curtis ein überwältigendes Gefühl, ihn hochzuheben, aufs Bett zu werfen und Dinge mit ihm zu tun, die ihn zum Schreien und seine Barrieren für immer zum Einsturz bringen würden. Und er würde verflucht noch mal herausfinden, welche Dinge das waren.

Er schob die Hüfte nach vorn, presste Daniel gegen die Wand und genoss den Atemzug an seinem Mund.

»Friede«, brachte Daniel hervor und drehte den Kopf zur Seite, um nach Luft zu schnappen. »Friede. In Ordnung, und was sollte das überhaupt beweisen? Dass du größer bist als ich?«

»Du willst mich. Es ist noch nicht vorbei.« Curtis lockerte seinen Griff und trat einen Schritt zurück. Er blickte auf Daniels lädierte Lippen und versank in seinen dunklen, unergründlichen Augen. Einen Moment lang hörte man nur ihr heftiges Atmen.

»Das«, sagte Daniel schließlich, »war alles andere als gentlemanlike.«

»Ich werde ein Gentleman sein, wenn du das willst.«

Sie starrten sich weiter an, ihre Brustkörbe hoben und senkten sich. Eine Locke aus Daniels zerzaustem Schopf fiel ihm in die Augen. Curtis strich sie beiseite, dabei berührten seine Fingerspitzen Daniels Haut, und er spürte, wie Daniel sein Gesicht für einen winzigen Moment in seine Hand schmiegte.

Dann fuhr er sanfter fort: »Ich habe gemeint, was ich sagte. Ich bin froh, dass dies zwischen uns passiert ist.«

»Bitte.« Daniel spie das Wort förmlich aus. »Tu nicht so, als hätte ich dir einen Gefallen getan.«

»Aber das hast du. Und du weißt gar nicht, wie sehr. Sieh mal, Daniel, ich will dich. Ich habe noch nie jemanden so gewollt, und ich schätze, das wird auch nie mehr geschehen. Ich will, dass du mit mir streitest, mich zum Lachen bringst, mich auslachst oder mit mir lachst. Ich will diese schrecklichen Dinge hören, die du sagst, und diesen modernen Unsinn, den du von dir gibst. Aber wenn du wirklich nicht dort weitermachen willst, wo wir waren, dann werde ich das akzeptieren. Ich werde es müssen. Alles, worum ich bitte, ist: Wenn du mich wegschickst, dann deinet- und nicht meinetwegen. Ich brauche nämlich auch kein Kindermädchen.«

Einen Moment lang herrschte vollkommenes Schweigen.

Daniel rieb sich mit zitternden Händen über die Augen. »Du kannst nicht mit mir zusammenarbeiten. Auf keinen Fall. Ich werde mich nicht wie ein kleines Kind behandeln lassen, und du würdest dich nur mit deinen gigantischen Füßen über alles hinwegsetzen.«

Curtis nahm sich eine Sekunde, um das Gesagte zu verstehen, und fühlte einen Hauch Freude in sich aufsteigen. »Fein.«

»Und es ist nicht meine Schuld – wenn du dir dein verfluchtes Leben versauen willst, kann ich dich nicht aufhalten.«

»Nein.« Curtis konnte ein Grinsen nun nicht länger unterdrücken. »Bist du immer so schwierig?«

»Ja.«

»Wirst du es mir jemals einfach machen?«

»Wohl kaum.«

Curtis tippte sanft an Daniels Kinn, bis sich ihre Augen trafen. »Darf ich dich küssen?«

»Das hast du bereits.«

»Ja. Darf ich?«

»Oh, gütiger *Gott*!« Daniel griff in Curtis' Haar und zog seinen Kopf heran, bis sich ihre Lippen gierig trafen. Curtis keuchte, schloss den schlanken Mann in seine Arme und spürte, wie Daniel an ihn sank. Er zog ihn näher und spürte einen seufzenden Atemzug. Dann dachte er an nichts mehr außer daran, Daniel zu küssen, mit der Zunge seinen Mund zu erkunden, seine Lippen und Zähne zu spüren, seine Hände über dessen Körper wandern zu lassen. Er verschlang ihn mit der Verzweiflung, die er bis jetzt in sich verschlossen gehalten hatte, mit dem Bedürfnis, Daniel in den Armen zu halten, das schon seit Tagen in ihm brannte. Als er spürte, wie Daniel nach Luft rang und versuchte, etwas zu sagen, gab er zögernd dessen Mund frei.

Er lehnte an einer Kommode, wie er erst jetzt bemerkte. Daniel saß darauf und hatte die Beine um Curtis' Hüfte geschlungen, die Arme um seinen Brustkorb gelegt. Er war nicht ganz sicher, wie es dazu gekommen war.

Daniel legte den Kopf zurück, um Curtis in die Augen zu sehen. »Fürs Protokoll, ich habe versucht, dich zu warnen. Und ich bitte dich nicht um irgendwelche Versprechen und gebe auch keine.«

»Das erwarte ich auch nicht.«

»Still. Ich habe wirklich gehofft, du würdest nicht hierherkommen.« Er legte den Kopf an Curtis' Brustkorb und flüsterte: »Aber ich habe es mir erträumt.«

Curtis streichelte sein Haar. »Es ist nicht das erste Mal, dass ich dich verfolge.«

»Oh Gott, Archie. Mein Wikinger. Du hast ja keine Ahnung, wie du mein Leben geplündert hast.«

»Du bist so wortgewandt«, sagte Curtis heiser. »Wie könnte jemand deinen Mund nicht lieben.«

Daniel lachte kurz auf. »Du gehst immer deinen eigenen Weg, nicht wahr?«

»Genau wie du.« Er küsste das zerzauste schwarze Haar. »Ich würde es auch nicht anders wollen.«

Daniels Arme schlossen sich fester um ihn. »Das bedeutet nicht, dass ich dich einem Risiko aussetzen werde. Wir werden vorsichtig sein, hm? Ich werde dein Leben nicht vollkommen auf den Kopf stellen.«

»Das hast du schon in dem Moment getan, als du meine Hand schütteltest und eine schmutzige Bemerkung über Soldaten machtest.«

»*Zweideutig*. Sie war nur zweideutig.«

»Aus deinem Mund klang sie schmutzig.«

Daniel grinste reuelos. »Apropos …« Er reckte sich und ließ seine Hand durch Curtis' Haar gleiten. »Ich wusste nicht, dass der erregendste Anblick auf der Welt ein Mann sein würde, der Gedichte liest. Ich hätte dir stundenlang dabei zusehen können. Ich hätte dort sofort vor dir auf die Knie gehen können.«

Curtis schluckte. Daniels Lächeln war jetzt schelmisch. »Und wo wir schon dabei sind … hast du mich vermisst?« Er ließ seine Hände hinab zu Curtis' Hosenbund gleiten.

Curtis versuchte sie einzufangen, bevor er keinen klaren Gedanken mehr fassen konnte.

»Noch einen Moment. Wirst du mit mir arbeiten? Bitte?« Er sagte nicht *Darf ich dich beschützen?*, obwohl diese Worte in seinem Kopf pochten.

Daniel schnitt eine Grimasse. »Du willst für deinen Onkel arbeiten? Wirklich?«

»Ich will mit dir arbeiten.« Er beugte sich hinab, um Daniels Ohrmuschel zu küssen. »Sag einfach Ja.«

»Auf Versuchsbasis. Keine Verpflichtungen.«

»Natürlich.« Curtis musste mühsam ein Lächeln unterdrücken.

»Und keinen Alarm mehr auslösen. Meine Nerven würden das nicht aushalten.«

»Tut mir leid.« Curtis versuchte zerknirscht auszusehen.

»Und sollten wir uns wieder in einer solchen Situation befinden, ist es an dir, mich in den Mund zu nehmen.«

»Das ist nur fair. Aber müssen wir denn bis dahin warten?«

»Nun, ich schätze, du solltest vorher wohl noch ein paar praktische Erfahrungen sammeln.« Daniels Lippen verzogen sich zu diesem geheimnisvollen Lächeln, von dem Curtis gar nicht genug bekommen konnte. »Sieh zu und lerne, mein Lieber.« Er schob Curtis sanft zurück, um sich Platz zu schaffen und elegant auf die Knie zu sinken. »Sieh zu und lerne.«

Danksagung

Sir Henry Curtis und die Todeshöhle der Kukuana sind die Schöpfungen von H. Rider Haggard in seinem Klassiker *König Salomos Schatzkammer* aus dem Jahr 1885. Archie habe ich zum Stammbaum der Familie Curtis eigenmächtig hinzugefügt. Ich hatte das Gefühl, er würde in der Riege noch fehlen.

Mit Dank an die TFR-Jungs (für ihre Beratung in Sachen Schusswaffen) und Alexandra Sherriff (für *äußerst seriöse* Psychologiebeiträge).